Sonoko Machida

La casa del nespolo

Traduzione di
Gala Maria Follaco

GIUNTI

Titolo originale:
Utsukushigaoka no hukou no ie

www.giunti.it

Via Bolognese 165 – 50139 Firenze – Italia
Via G. B. Pirelli 30 – 20124 Milano – Italia

Prima edizione: aprile 2023

1

La casa della fine

Se per me c'è anche solo una possibilità di essere felice, posso essere certa che arriverà qualcuno e manderà tutto a rotoli.

Sprofondata nella sua nuovissima poltrona da parrucchiere, Mihori si sforzava di trattenere le lacrime.

Il "Salone Tsumugu", che avrebbe aperto i battenti di lì a due giorni, sembrava già pronto a ricevere clienti. Le forbici erano sistemate in ordine sul carrello, il vaporizzatore era già predisposto per scaldare gli asciugamani, sarebbe stato sufficiente accenderlo. L'orchidea a cinque rami, regalo di amici, faceva bella mostra di sé sul bancone della cassa. Sul biglietto c'era scritto: "Congratulazioni a una coppia che ha saputo realizzare il proprio sogno!". Il profondo imbarazzo con cui l'avevano letto solo due giorni prima sembrava ormai un ricordo lontano.

Quella mattina avevano ricevuto una telefonata dalla famiglia del marito, che viveva non troppo distante da casa loro. La cognata se n'era andata di casa in seguito a una lite coniugale così furiosa che aveva procurato all'uomo una frattura alla mano destra.

«La mano è inutilizzabile. Oggi abbiamo un mucchio di prenotazioni e non posso tenere chiuso il salone.»

La solita faccia tosta del suocero: «Devi venire subito qui ad aiutarci». Senza neanche un briciolo di rimorso nei confronti di quel figlio che aveva quasi mandato via da casa.

Mihori aveva osservato, irritata, che non doveva per forza accorrere ogni volta che lo chiamavano, ma suo marito Yuzuru era andato lo stesso, giurando che era solo per quella volta. *Sì, certo, come no*, pensò Mihori.

Erano dodici anni che si era diplomato alla scuola per barbieri. Suo padre gli aveva promesso che a tempo debito gli avrebbe ceduto il salone di famiglia, dove Yuzuru lavorava da sempre. La paga era bassa, ma lui non si lamentava perché sapeva che un giorno il salone sarebbe stato suo. E invece a un certo punto Yūichi aveva deciso di lasciarlo a Mamoru, il figlio minore. Anche lui aveva studiato da barbiere, ma per anni non si era fatto vivo, impegnato com'era a cercare di fare l'artista. Poi aveva messo nei guai una ragazza ed era tornato a casa. Se avesse ereditato il salone, in un modo o nell'altro se la sarebbero cavata. Yūichi aveva sempre avuto un debole per la sfacciataggine di Mamoru.

«Cosa faresti senza di me?» gli aveva detto, e così se l'era ripreso, mandando Yuzuru a farsi benedire. «Perché non ti metti con quella parrucchiera, tu? Un giorno o l'altro potrete aprire un salone insieme, no?»

Satsuki, la madre, aveva accennato qualche parola di scuse, ma come sempre non era stata in grado di avere la meglio sulla cocciutaggine del marito. «Sai com'è fatto tuo padre, ci vuole pazienza. Lo capisci anche tu che è il solo modo per aiutare Mamoru, vero?» Al primogenito che per dodici anni era stato al loro servizio non avevano mai concesso né una buonuscita in denaro né una parola di incoraggiamento.

Yuzuru e Mihori, sua coetanea, si frequentavano da otto anni. Era stato un comune amico a presentarli quando Mihori lavorava come impiegata presso una piccola fabbrica di viti e bulloni. Si occupava di verificare le giacenze – migliaia, decine di migliaia di bulloni – e di tenere traccia delle ore di lavoro delle impiegate a tempo ridotto, mansioni perfette per una persona ordinata e precisa come lei. Ma quando con Yuzuru le cose si fecero serie e lei iniziò a frequentare casa sua, seppe che i futuri suoceri auspicavano che il figlio sposasse una parrucchiera. Quando alzava il gomito, Yūichi era solito dire che una parrucchiera avrebbe portato al salone una clientela femminile, niente di meglio.

E così, a ventisei anni, Mihori si iscrisse alla scuola per parrucchieri. Si trovò un lavoretto part-time nelle ore serali, per due anni sopportò le sue compagne appena uscite dal liceo che la chiamavano di nascosto "la signora" e alla fine riuscì a prendere il suo tanto sospirato diploma.

Nel primo salone in cui lavorò, una sua collega più giovane ma con più esperienza la rimproverò: «Chi fa un lavoro come questo dovrebbe curare un po' di più il trucco, non credi?». Mihori, sbalordita, si rifletté in quegli occhi, velati da lenti a contatto marroni e incorniciati da un paio di ciglia finte che ricordavano una bambola francese. La voce le tremò mentre si scusava. Anche quell'umiliazione era per Yuzuru, per il salone che avrebbero ereditato insieme. Per Yuzuru, e quindi per la loro felicità. Affrontò ogni difficoltà. Eppure era andata a finire così.

Vedendo Yuzuru disperato, che le chiedeva perdono nonostante non avesse colpa, si disse che non poteva certo prendersela con lui. Gli diede una pacca sulle spalle ricurve e con un sorriso lo rassicurò, gli disse che andava tutto bene. Avrebbero aperto un salone tutto per loro. Dovevano darsi da fare, prenderla come un'opportunità. Yuzuru abbozzò un sorriso e la elogiò per la sua forza d'animo. Le disse che forse era stata proprio quella sua energia ad affascinarlo.

Mihori si era innamorata di lui al primo sguardo. Sicuramente c'entrava la sua passione per le facce pulite, un po' da bravi ragazzi di una volta, oltre che la personalità tranquilla, gentile e riservata che le era sempre piaciuta. Non aveva nulla da ridire, considerando anche il fatto che amavano gli stessi identici film e nello stesso ordine. *Voglio vivere insieme a lui, voglio restare al suo fianco.*

Era la prima volta che provava una cosa del genere. E così si fece sotto. Ci si buttò a capofitto. Neanche lei gli era indifferente, entrarono presto in confidenza e non passò molto prima che Yuzuru le chiedesse di mettersi con lui.

«Ti voglio per sempre insieme a me.»

Convinta com'era che sarebbe stata lei a dichiararsi per prima, Mihori non riuscì a credere alle sue orecchie quando Yuzuru pronunciò queste parole. Provò un profondo senso di gratitudine e si chiese addirittura se meritasse una simile felicità. Dopo qualche tempo, però, maledì la propria ingenuità e il mondo intero. Venne a sapere che Yuzuru si era messo con lei per ripicca nei confronti di un'altra ragazza che lo aveva rifiutato. «Dopo che l'ho respinto ci ha provato con tutte le mie amiche, che schifo. Non cascarci, Mihori, capito?» Mentre si prodigava in consigli, la sua ex amica riusciva a stento a trattenersi dal sogghignare.

Yuzuru non negò. «È cominciata così ma adesso ti voglio bene. Penso perfino al matrimonio.»

Ormai però, quando Yuzuru le sussurrava parole d'amore il suo cuore non sobbalzava più come una volta. *Come ho fatto a spingermi così oltre?* Un uccello che sa di non essere abbastanza leggero difficilmente potrà volare. Più ci pensava e più soffriva.

Mihori si tirò su a fatica e scosse il capo. *Fino a stamani ho vissuto un sogno, l'illusione della felicità. Ogni cosa mi sembrava luccicante, abbagliante. Ora invece è tutto tremendamente sbiadito. Un mondo di sottile cartapesta.*

Si disse che se fosse rimasta lì sarebbe stato ancora peggio, così aprì la porta e si arrampicò su per le scale. A ogni passo sentiva un lieve scricchiolio. Guardò in basso e vide che un lembo della carta da parati si era staccato. Si accovacciò e lo premette con le dita. La colla doveva aver perso completamente di presa, perché non appena allontanava la mano il ritaglio di carta ingiallita si arrotolava su sé stesso. Si ricordò che vicino alla stazione degli autobus, a cinque minuti da lì, doveva esserci un negozio di bricolage. Era piccolo, ma sicuramente vendeva la colla per carta da parati. *Potrei darci un'occhiata.*

Avevano acquistato e ristrutturato un immobile di due piani costruito ventun anni prima. Tra i soldi messi da parte per la ristrutturazione del salone del padre di Yuzuru e il massimo del finanziamento concesso loro dalla banca, non erano riusciti a sistemarlo del tutto. Soffitto e pareti erano stati ritinteggiati, il pianterreno, che ospitava il salone, rimesso a nuovo, e si erano procurati le attrezzature necessarie per partire con il lavoro, spendendo fino all'ultimo centesimo. Là dove non arrivava lo sguardo dei clienti, era rimasto uguale a come l'aveva lasciato il proprietario precedente. Soldi non ce n'erano.

«Abbiamo usato anche i risparmi per il matrimonio.»

Si sentiva male solo a dirlo. All'ottavo tentativo, tolse il dito e vide che il lembo si era attaccato per i due terzi, quindi si rialzò. Riprese a salire le scale. Il vestito bianco tradizionale e la coroncina di gigli, la cerimonia nel santuario famoso, quello dove si sposano i personaggi dello spettacolo. Le fedi di Boucheron. Il ricevimento all'aperto, magari nella stagione delle rose.

Gli ospiti che lanciano petali di rose rosse sugli sposi. Mihori sognava da sempre il matrimonio, e con il passare degli anni i suoi desideri si erano fatti più specifici. E alla fine aveva dovuto rinunciare a tutto. Era stata l'ultima di tre sorelle a sposarsi e i genitori le avevano detto chiaro e tondo: «I soldi sono finiti. A questo punto, della cerimonia puoi anche fare a meno, no?». Per una delle tre poteva anche andare così. Ormai l'esperienza di organizzare cerimonie per le figlie l'avevano fatta. Da un lato Mihori ne fu sollevata, perché sarebbe stato un impiccio anche per lei, però ci rimase male lo stesso. In fondo ci si sposa una volta sola. Quelle parole non dette le lasciarono l'amaro in bocca, come se fossero rimaste bloccate da qualche parte.

Al primo piano c'erano la cucina, il soggiorno, il wc, la sala da bagno e una piccola lavanderia. Al secondo piano c'erano la camera padronale, una stanza con il parquet di circa dieci metri quadrati e una cabina armadio di tre metri quadrati. Era una casa abbastanza grande, ma antiquata e malconcia. Se il pianterreno era stato risistemato, bastava affacciarsi ai piani superiori per notare tutti i difetti.

Mihori accese il riscaldamento. Sognava una cucina con l'isola, tre fornelli a induzione e pensili capienti, ma dovette rinunciare anche a quello. La sua cucina era di un color crema sbiadito, con due fornelli a gas di cui si erano limitati a sostituire gli spartifiamma completamente arrugginiti. I tre cassetti erano scomodi e con un'apertura stretta, inoltre emanavano un odore insopportabile di olio rancido. Finse di non vederli e mise il bollitore sul fuoco. Il bollitore risaliva alla sua vita da single. Il beccuccio era venuto via e quando l'acqua arrivava a ebollizione immancabilmente fuoriusciva.

Aprì il frigo in cui erano allineati vari barattoli contenenti caffè in grani. Il caffè era una delle passioni che accomunavano

Mihori e Yuzuru. Fece per prendere il solito Guatemala ma si fermò. Ci pensò su qualche istante, quindi allungò la mano verso il barattolo in fondo. Il Gesha da duemiladuecento yen al grammo. Lo avevano comprato per le occasioni speciali, per esempio l'inaugurazione che si sarebbe tenuta di lì a due giorni.

Macinò i chicchi e li mise in infusione nella caffettiera. Non appena versò l'acqua, una fragranza intensa si diffuse per tutto l'ambiente. Controllò l'orologio per essere certa di premere lo stantuffo al momento giusto, quindi fece un respiro profondo. Dopo quasi quattro minuti versò il caffè in una tazza di ceramica di Mino che aveva scaldato con l'acqua bollente. Ne bevve un po' e sentì nel naso un aroma corposo simile al gelsomino. Chiuse gli occhi e respirò piano. Dopo un attimo, però, il suo volto si contrasse in una smorfia. Di solito le bastava un assaggio di quel caffè per dimenticare qualsiasi problema. Stavolta invece il suo umore non si era alleggerito di un milligrammo e si sentiva ancora giù. Continuò a bere, ma dopo metà tazza stava sempre come prima. In genere riusciva a gustarsi quegli attimi, stavolta stava peggio a ogni sorso. Ebbe la sensazione di stare sprecando qualcosa di buono, così versò quello che rimaneva nel lavandino e mise via la tazza.

Andò nel soggiorno di fianco alla cucina e si stese sul divano. Chiuse gli occhi e cercò di addormentarsi. In realtà aveva molto da fare. Nella stanza al piano superiore c'erano ancora diversi scatoloni da aprire, inoltre metà degli abiti nella cabina armadio era da piegare. In un angolo del soggiorno due scatole facevano bella mostra di sé. Contenevano i campioni di prodotti per capelli che avrebbero consegnato ai clienti come ricordo dell'inaugurazione, e Mihori doveva impacchettarli con la carta che aveva disegnato con le sue mani. Se le fosse rimasto del tempo sarebbe andata a infilare dei volantini con un buono sconto nelle cassette postali dei condomini vicini alla stazione degli autobus. Peccato che non riuscisse a muovere un dito.

Plink, plink, rumore d'acqua. Guardò verso la cucina e vide che il rubinetto gocciolava. Yuzuru aveva detto di voler cambiare la guarnizione ma poi non era riuscito a trovare la cassetta degli attrezzi. *Plink, plink*. Era un rumore ovattato, segno che la goccia stava cadendo in qualche recipiente, forse nella tazza del caffè. Mihori chiuse gli occhi e cercò di visualizzare le gocce che precipitavano una dopo l'altra nella tazza. Una goccia apparentemente non cambia nulla, ma a poco a poco il volume dell'acqua aumenta. La tazza si riempie, l'acqua cresce, la millesima goccia la fa fuoriuscire. E una volta che è fuoriuscita, non la si può più fermare.

Quella di prima per me è stata l'ultima goccia, pensò Mihori a occhi chiusi. *Un singolo episodio ha fatto traboccare il vaso, già pieno di tante piccole gocce. E non so come fermare l'acqua, né tantomeno come far finta che nulla sia successo.*

Fu il quartiere residenziale chiamato Utsukushigaoka, su una collina da cui si vede il mare, a convincerli, dopo aver girato in lungo e in largo da soli e con svariati agenti immobiliari, che quello era il posto perfetto per loro. Si trattava di un quartiere di recente costruzione, risalente a circa venticinque anni prima, in cui vivevano attualmente più di novecento nuclei familiari. Non ci passavano né treni né metropolitane, e il centro della città era raggiungibile soltanto con gli autobus. Era lontano dai grandi ospedali, dai centri commerciali e dalle strade con i negozi: una posizione pessima, insomma. Una famiglia priva di automobile era perduta. Qualcuno, malignando, gli aveva affibbiato l'appellativo di "isola sperduta sulla terraferma". In compenso c'erano asili nido, scuole materne, elementari e medie, oltre che diversi doposcuola e parchi: una benedizione per chi aveva figli. E anche il fatto che fosse vicino sia al mare che alla montagna aveva contribuito a renderlo popolare. In cima alla collina c'erano alcune case di riposo, nella zona intermedia invece dei complessi residenziali quasi di lusso. Grandi negozi non ce n'erano, ma quelli piccoli resistevano ancora, e chissà perché a Utsukushigaoka c'erano pochissimi barbieri e parrucchieri. E di saloni sia per uomo che per donna, poi, neanche l'ombra.

Altrove erano numerosi, soprattutto i parrucchieri. Anche più dei *konbini*, che ormai si vedevano in ogni angolo del Giappone. In centro città e nei quartieri più alla moda si facevano una concorrenza spietata, e non era raro sentir parlare di saloni che avevano dovuto chiudere dopo nemmeno un anno dall'apertura. Dunque era fondamentale scegliere un locale al riparo da potenziali concorrenti.

C'erano tanti bambini. E uomini che probabilmente dovevano allontanarsi molto per trovare un barbiere. Perciò anche qualche mamma che portava il figlio dal parrucchiere e ne approfittava per tagliarsi anche lei i capelli. A Mihori e Yuzuru Utsukushigaoka sembrava il posto migliore del mondo. Senza dimenticare che Yuzuru vi era legato da tanti bei ricordi.

«Ho trascorso a Utsukushigaoka le vacanze estive della terza elementare. Allora non c'era ancora niente eccetto tanto verde, mi sono divertito un sacco.»

Satsuki aveva litigato con Yūichi e se n'era andata a casa di amici portandosi dietro Yuzuru e Mamoru. Erano rimasti tutti e tre a Utsukushigaoka per circa un mese, finché Yūichi non era andato a chiederle perdono in ginocchio. Yuzuru le aveva raccontato di essersi anche fatto un amico con cui aveva trascorso giornate splendide. Chissà se viveva ancora lì, sarebbe stato bello rivederlo, diceva.

«Se a questo posto sei legato da ricordi così belli, allora vuol dire che è destino.» Così dicendo, si misero alla ricerca di un immobile adatto alle loro esigenze. Doveva essere vicino alla stazione degli autobus, su una strada di passaggio, grande abbastanza per viverci e lavorarci. Se poi aveva il giardino e un po' di spazio per parcheggiare tanto meglio. L'unico immobile che rispondesse a tutti i requisiti era quello che avevano comprato.

Ristrutturare una casa è faticoso, ma ne vale la pena. Erano in ansia per come sarebbe andata a finire, ma si ripetevano a vicenda che impegnandosi ce l'avrebbero fatta. Quando videro il salone tornato come nuovo, le prime parole che vennero loro in mente furono: "Con il vento in poppa". Tutto ciò che avevano dovuto affrontare fino ad allora non era che una serie di piccoli ostacoli lungo la strada che portava a quel salone. Sarebbero stati felici lì a Utsukushigaoka. Ci credevano, eppure...

Il vento soffiava forte e faceva tremare i vetri delle finestre. Aprì gli occhi e guardò fuori. Nubi fitte, color cenere, avevano coperto il cielo. Su un lato si vedeva un'ombra scura che sbatteva a destra e a sinistra. Per un attimo Mihori rimase interdetta, poi si rese conto che erano le fronde di un albero. Nel giardino di quella casa c'era un nespolo altissimo, che arrivava fino alla finestra del primo piano.

Mihori non era molto esperta di piante. Ne aveva comprate alcune da appartamento per decorare il salone, ma aveva dovuto cercare in rete per capire come mantenerle. Non era neanche sicura che sarebbero state ancora vive. Ecco perché, se non fossero stati gli operai a dirle che in giardino c'era un nespolo e che era una cosa tutt'altro che comune, lei a quest'ora probabilmente non se ne sarebbe neanche accorta.

«Pare che i nespoli portino sfortuna, che dice, lo tagliamo?»

Così le aveva detto un operaio sulla quarantina. Aveva un'aria bonaria, il volto rotondo, le sopracciglia, già corrucciate per natura, ancora più corrucciate. «Si dice da sempre: dove c'è un nespolo aumentano malattie e morti.»

«Ma no, ma no, non si preoccupi» gli aveva risposto Yuzuru. Le nespole gli piacevano come forse una o due altre cose al mondo. Quando, a inizio estate, cominciava a vederle sui banchi della frutta, era sempre di buonumore. Poterne avere un albero a casa era semplicemente magnifico. Inoltre non dava peso a certe superstizioni.

Mihori non lo contraddisse dal momento che neanche lei credeva a ciò che mancava di un fondamento razionale. Come poteva un albero influenzare la vita di qualcuno? Si limitò a guardarne le fronde e pensò che in autunno le avrebbero dato un gran da fare.

Le foglie battevano contro i vetri. Emettevano un forte fruscio. Proiettavano un'ombra che ricordava la figura di uno sconosciuto pronto a intrufolarsi in casa. Mentre le osservava, cominciò a farsi strada in lei il desiderio di tagliare il nespolo. Che la causa di tutto fosse proprio quell'albero infausto? Non c'erano altre spiegazioni. Doveva pur esserci un motivo se tutti lo reputavano foriero di malattie e morte.

Si alzò dal divano e corse al piano superiore. In mezzo a quegli scatoloni dovevano esserci gli attrezzi di Yuzuru. E forse avrebbe trovato una sega. Iniziò ad aprirli a partire da quello più in fondo, ne esaminò il contenuto. Spuntò una cassetta degli attrezzi, ma c'erano solo cacciaviti, pinze e qualche chiave inglese. Non sembrava esserci alcuna sega. Si disse che le sarebbe toccato andarla a comprare, e cominciò a riporre alla bell'e meglio le scatole che aveva spostato. Fece per accostarle alla parete e notò quello che sembrava un chiodo che fuoriusciva all'incirca di un centimetro. Posò la scatola che aveva tra le mani sul pavimento.

In corrispondenza degli occhi di Mihori, che era alta un metro e sessanta, c'era proprio un chiodo, inclinato verso il basso e leggermente ritorto. Guardando meglio, si accorse che il buco era allungato in senso verticale. Forse c'era attaccato qualcosa di pesante.

«E adesso questo cos'è?»

Pensò a un calendario, a un orologio e altri oggetti del genere, ma li scartò subito perché non avrebbe avuto senso appenderli in un punto così basso. Si guardò intorno ma non vide altri chiodi alla stessa altezza di quello.

Lasciarlo lì era pericoloso, qualcuno ci si sarebbe potuto ferire. Si ricordò che nella cassetta che aveva visto un attimo prima c'era anche un levachiodi, così pensò di tirarlo via. Mentre riapriva il cartone che aveva appena chiuso, le balenò alla mente la parola "suicidio".

Che fosse stato usato da qualcuno per togliersi la vita? Una volta alla televisione aveva sentito che ci si può impiccare anche usando la maniglia di una porta. Il chiodo era a un'altezza decisamente superiore rispetto a una maniglia. A Mihori sembrò l'altezza perfetta per un suicidio. Bastava attaccarci una corda e stringersela intorno al collo...

«Basta.»

Il solo pensiero le fece venire i brividi, quindi si affrettò a liquidarlo dicendosi che era impossibile. Se un immobile è stato teatro di un suicidio, l'agenzia immobiliare è tenuta a comunicarlo prima della vendita. Era certa di averlo sentito da qualche parte. E nel caso di un tentato suicidio? Se la persona fosse sopravvissuta, allora non sarebbe stato necessario dire niente, forse? L'ipotesi che una persona si fosse stretta un cappio intorno al collo e si trovasse in uno stato di incoscienza permanente, o che avesse riportato danni irreversibili, le sembrava anche più inquietante di una morte. Ebbe persino l'impressione di sentire tutto quel dolore che, privo di una via d'uscita, continuava ad aleggiare nella stanza.

«Basta, basta.»

Le venne la pelle d'oca, che cercò di calmare sfregandosi le braccia. Pensò che lì fosse successo qualcosa. Normalmente non avrebbe dato peso a una sciocchezza del genere, ma in quel momento non riusciva proprio a scacciare dalla testa i brutti pensieri.

«Devo tagliarlo subito.»

Era anche quello colpa del nespolo. *Ne sono convinta*, si disse Mihori uscendo dalla stanza. Si infilò il primo cappotto che le capitò, afferrò il portafoglio e si precipitò verso il negozio di bricolage. La sola cosa a cui riusciva a pensare, ormai, era che doveva tagliare quell'albero il prima possibile.

Quando se lo ritrovò davanti, si rese conto che era molto più grande di come lo ricordasse. I rami toccavano le finestre del primo piano, quindi era alto, e il fusto era più spesso dei fianchi di Yuzuru. Mihori aveva acquistato la sega più grande che potesse usare senza l'aiuto di nessuno, ma adesso le sue dimensioni la intimidivano. Lo scotto da pagare per ottenere la felicità era davvero così grande? Tutti quei timori, però, non le avrebbero certo portato felicità. Mihori scosse energicamente la testa e andò a prendere una scaletta nel capanno degli attrezzi sul retro dell'abitazione. Doveva solo tagliare un ramo dopo l'altro, e a un certo punto sarebbe riuscita ad abbatterlo senza eccessiva difficoltà. Sistemò la scaletta e ci salì sopra. L'albero, lasciato da tempo all'incuria, aveva i rami protesi in ogni direzione.

Alcuni finivano addirittura nel giardino della casa vicina. Era un'abitazione in stile tradizionale, piccola e compatta. L'ampio giardino, i pini curati e i sassi decorativi di diverse dimensioni, le lanterne in pietra: tutto faceva pensare che i proprietari fossero persone benestanti. Lasciare che i rami di quell'albero così trascurato invadessero un giardino tanto ordinato li avrebbe fatti passare per vicini sconsiderati. Mihori si disse che proprio non potevano permettersi di fare una cattiva impressione, tanto più che i vicini erano anche potenziali clienti del salone, e così cominciò a tagliare proprio quel ramo. Si sedette sul bordo della scaletta traballante e lo afferrò. Appoggiò sul legno la lama della sega, mai usata prima, e si rese conto che serviva una forza considerevole. E infatti, anziché reciderlo, riuscì solo a tirar via un pezzo di corteccia.

«Ma come diavolo...?» imprecò Mihori senza neanche rendersene conto. La sega era pesante e il ramo non voleva saperne di venire via. Provò a metterci più forza ma la scaletta vacillò e per un attimo sudò freddo. Forse era il caso di contattare un professionista. Ma chissà quanti soldi ci sarebbero voluti. I risparmi erano finiti, e la gestione del negozio per qualche tempo avrebbe richiesto ancora parecchio denaro. Inoltre le pareva scorretto ricorrere a qualcun altro per guadagnarsi la felicità.

A furia di agitare avanti e indietro la sega, le sembrò di avere trovato un sistema. Piano piano i denti penetrarono nello spesso ramo. Mihori esultò a bassa voce.

Il problema fu spingerli fino in fondo. La sega si fermò all'improvviso. Non capiva perché non andasse né avanti né indietro. Era come se il ramo l'avesse inglobata. Ci mise tutta la forza che aveva ma non successe nulla. Provò a spingere con il peso del corpo, ma ancora una volta fece traballare pericolosamente la scaletta.

«E adesso che faccio?»

Guardò la sega che sembrava una propaggine del ramo e riuscì a stento a trattenere le lacrime. Se almeno ci fosse stato Yuzuru avrebbe trovato una soluzione. Peccato che fosse al salone del padre a tagliare capelli.

Lasciò la sega, che non si spostò di un millimetro. Mihori guardò i denti piantati nel legno e cominciò a ridere a squarciagola nonostante non ci fosse proprio niente di buffo in quella situazione. *Ce la puoi mettere tutta, tanto le cose non vanno mai come vorresti tu.* Rise fino alle lacrime.

«Oh, ha intenzione di tagliare quel ramo?» disse d'un tratto una voce dal tono gentile. Colta di sorpresa, Mihori si guardò intorno e vide, nel giardino accanto, una vecchina che la osservava. Aveva i capelli bianchissimi e il volto coperto di rughe. Le guance erano ricoperte di macchie grandi e piccole. Avvolta in un grande scialle beige, la vecchina le rivolse un sorriso bonario e disse: «È una faticaccia, eh?».

Mihori e Yuzuru non si erano ancora presentati agli abitanti del quartiere. Contavano di fare il giro del vicinato per i saluti di rito l'indomani, prima di inaugurare il salone. Per questo motivo, Mihori non conosceva ancora il cognome della signora.

«Ah, mi... Mi perdoni. Il ramo è finito nella sua proprietà, quindi...» disse, affrettandosi a chinare il capo mentre era ancora sulla scala. «Le foglie sono cadute nel suo giardino, perdoni il fastidio» aggiunse.

«Ma no, tutt'altro. In realtà sono io a dovermi scusare. Ne ho approfittato per così tanto tempo.»

La vecchina sorrideva calma. I suoi modi aggraziati confermavano l'impressione iniziale di Mihori che i nuovi vicini fossero persone benestanti. Proprio quando stava per domandarle in che senso ne avesse approfittato, la sorprese una folata di vento.

La punta dell'albero si agitò e la scaletta oscillò leggermente. Mihori rimase in equilibrio aggrappandosi al ramo. L'anziana donna si strinse al petto lo scialle e, vedendola, le domandò: «Oh, ma forse non riesce più a estrarla?». I suoi occhi si erano posati sulla sega che non voleva saperne di muoversi di un millimetro, e Mihori annuì con lo stesso imbarazzo di un bambino beccato a combinare una marachella. Le spiegò che il ramo era molto duro, e la vecchina annuì mostrandosi solidale.

«I nespoli hanno tronchi assai resistenti. In passato li usavano per fabbricare spade di legno, sa?»

«Davvero?»

«Non credo che una donna possa potarlo da sola. Potrebbe farsi male. Ah, ma certo...» Le si illuminò il viso e le propose di rivolgersi a un giardiniere di sua conoscenza.

«Si occupa anche del mio giardino, lo conosco bene. Se gli dico che si tratta di un nespolo verrà sicuramente.»

«Perché? È un albero a cui attribuisce un valore particolare?»

Forse ne usava il legno, in tal caso gliel'avrebbe fatto tagliare a proprio piacimento. Mentre Mihori accarezzava questo pensiero, l'anziana la invitò a scendere.

«Qui fa un gran freddo. Venga a casa mia, le preparo un buon tè.»

Mihori lanciò un'occhiata all'edificio alle spalle della vecchina. Oltre la veranda da cui era venuta non sembravano esserci altre persone. Che vivesse da sola? Forse aveva visto una nuova vicina e voleva farci amicizia.

«Non vorrei approfittarmene...» disse Mihori pensandoci per qualche istante, ma si capiva che alla vecchina faceva piacere.

La condusse in una stanza di otto *tatami* dall'arredamento essenziale. Un grande tavolo e due *zaisu*. Una vecchia stufa sulla cui fiamma tremolante era appoggiato un bollitore. A stonare era solo una grossa bacinella posizionata su un lato della stanza. Mihori pensò che forse ospitava dei pesci rossi ma in realtà non c'era acqua all'interno, era piena di segatura per un terzo della sua profondità. Due lucine ne illuminavano l'interno. Proprio quando stava per avvicinarsi un po' di più, i *fusuma* si aprirono ed entrò la vecchina.

«Sono contenta, non ricevo quasi mai ragazze giovani come lei. Ma prego, si metta a sedere.»

Si chiamava Araki Nobuko. Come pensava Mihori, viveva da sola. Il marito era morto dieci anni prima.

«Da allora ha sempre vissuto da sola? Non si sente triste?»

«Non particolarmente. A Utsukushigaoka abitano tante persone e non ci si annoia mai, inoltre c'è anche quella piccolina laggiù.»

Indicò con il dito ossuto la bacinella di prima.

«Ho una tartaruga terrestre. Si chiama Gan. È molto brava.»

Nobuko la chiamò con un tono cantilenante e la montagnola di segatura si mosse. Pochi istanti dopo spuntò una testolina. Aprì e chiuse la bocca un paio di volte, al che Mihori involontariamente lanciò un gridolino.

«Eh? Reagisce quando la chiama? Una tartaruga!»

«Certamente. E la porto anche a passeggio. Mi segue ovunque vada, non ho mai visto niente di più tenero.»

Gan guardava Nobuko con gli occhi neri che le brillavano, ma quando capì che l'aveva chiamata per niente li richiuse e ritirò la testa.

«L'abbiamo comprata quando siamo venuti ad abitare in questa casa, quindi siamo insieme da ventidue anni.»

«Così tanto!»

A sorprenderla non fu solo la longevità della tartaruga, ma anche il fatto che gli Araki vivessero lì da così tanti anni. Significava che erano venuti ad abitarci proprio all'indomani della costruzione.

«Ci siamo ritirati qui quando mio marito ha compiuto sessant'anni. Eravamo solo noi due, quindi ci bastava una casa piccola, e insieme a noi volevamo una creaturina tranquilla» disse Nobuko mentre versava l'acqua dal bollitore alla teiera. Mihori annuiva ripetendo che era una bella cosa. Non riusciva ancora a immaginare la vecchiaia, ma sperava che un giorno anche lei e Yuzuru potessero fare discorsi del genere riguardo al resto della loro vita.

D'improvviso, però, sentì come un'ombra sul cuore. Chissà se quel giorno sarebbe davvero arrivato. Sarebbero rimasti insieme, lei e Yuzuru? In quella casa, in quel salone?

«Prego.»

Le furono posati davanti una grande tazza piena di tè e un piattino di legno. Dalla tazza si levava del vapore profumato, sul piattino erano adagiate due grosse castagne bollite.

«Oh, sembra squisito. Ha preparato tutto lei, signora Nobuko?»

Le castagne erano rotonde, di un bel marrone intenso, e luccicavano. Quando sentì lo stomaco brontolare, Mihori si rese conto che non mangiava niente dalla mattina.

«Allora mi servo.»

Tagliò a metà una castagna con un coltellino laccato, e quando se la infilò in bocca ne sentì tutta la dolcezza aromatica e nutriente. Al di là della fame, erano davvero deliziose, tanto che il volto di Mihori si illuminò.

«Che bontà.»

«Ah, meno male. Ne ho preparate tante. Ne mangi pure a volontà.»

Mandò giù quelle castagne dal gusto rotondo e prese la tazza con il tè. Bevve un sorso e sentì che era un tè tostato leggermente dolce.

«Anche il tè è delizioso.»

«Sono contenta. Sa, per questo dobbiamo ringraziare il nespolo là fuori.»

Mihori, presa alla sprovvista, alzò gli occhi dalla tazza al volto di Nobuko che, tutta sorridente, aggiunse: «È fatto con le foglie di nespolo». Quindi le spiegò: «Sono una meraviglia i nespoli, non le pare? Ho provato tante volte a piantarne uno, ma nel mio giardino non c'è mai stato verso di farli attecchire. E invece il suo cresce in continuazione e produce anche frutti! Se sapesse che frustrazione. Alla fine mi sono rassegnata a chiedere un po' di foglie ai vari vicini che si sono avvicendati nel corso degli anni».

«Le foglie...»

La donna aveva un'ottima opinione di quell'albero che, a detta di tutti, portava sfortuna. Mihori continuò a sorseggiare il suo tè, incapace di confessare che fino a qualche istante prima era determinata ad abbatterlo. Era buono, leggermente dolce ma con un retrogusto amarognolo. Le scaldò tutto il corpo che si era infreddolito fuori, sulla scala.

«Le piacciono i nespoli, quindi?»

Nobuko sorrise. Disse che era troppo giovane per capire. Che con il passare degli anni li si comincia ad apprezzare. Che anche uno solo è una specie di cura.

«Una cura?»

«Prenda questo tè, per esempio: aiuta la digestione. E lasciando le foglie in infusione se ne ricava un unguento capace di dare sollievo dopo le scottature. I semi si possono usare per insaporire lo *shōchū*, con grande beneficio per gli organi interni. Ne basta un pochino per guarire un leggero raffreddore.»

E poi le disse ancora che le foglie grigliate si possono usare come cataplasmi, nell'acqua della vasca da bagno riscaldano il corpo in profondità.

«Il giardiniere che verrà da lei dice che non potrebbe vivere senza il mio *shōchū* alle nespole. Pare che gli abbia fatto migliorare i valori epatici.»

«Addirittura!»

Non sapeva che fosse un albero tanto prezioso. Mihori era meravigliata, poi si ricordò di ciò che le avevano detto.

«E allora perché si dice che porti sfortuna? Che sia causa di malattie e altro?»

Nobuko sgranò leggermente gli occhi mezzi coperti dalle rughe e poi, con un tono insofferente, ribatté: «Queste storie circolano sempre e sono dure a morire. È divertente far lavorare l'immaginazione, ma io preferisco immaginare cose interessanti. Se uno va a vedere, è tutto molto semplice. Ci sono tante persone malate che si mettono alla ricerca dei nespoli per via delle loro facoltà curative. Qualcuno se li pianta in giardino perché vorrebbe avere il medicinale comodamente a casa, ma un nespolo non impiega meno di tredici anni a crescere. E nel frattempo qualcuno muore».

«È solo per questo?» chiese Mihori con un tono vagamente sorpreso. Era solo una questione di come si raccontavano le cose.

«Solo per questo. Ma capita spesso, sa? Quante volte un problema ci sembra insormontabile e poi a un certo punto si rimette tutto a posto? Dipende dal punto di vista, dallo stato d'animo con cui si affrontano le situazioni, e magari ci accorgiamo di quanto fossero insignificanti, e ci viene da ridere. Non ci si crede, a volte, nemmeno alla mia età.»

Nobuko disse che le avrebbe preparato dell'altro tè. Le foglie del nespolo, compresse ed essiccate, cadevano dal barattolo nella teiera sotto forma di piccole sfere. Non sembravano più le foglie grandi e carnose viste pochi minuti prima.

Il bollitore sulla stufa emise un sibilo e sbuffò. La fiamma crepitava. Mihori ne sentì il tepore gentile sulla pelle. Ripensò ai tempi ormai lontani in cui viveva con la nonna: l'atmosfera di quella stanza le ricordava molto tutto ciò.

Quando Mihori si rese conto che la nonna soffriva di reumatismi, le sue dita erano già tutte contratte. Pensando a lei, la prima immagine che le tornava alla mente era quella delle sue dita rigide che grattavano l'aria. La nonna, vedendola arrivare, non si lamentava e correva a preparare il tè. Tirava fuori dal pensile dolcetti allo zucchero di canna e al *matcha*, d'inverno si sedeva davanti alla stufa. I dolci con cui accompagnavano il tè erano sempre squisiti, e da bambina Mihori ne andava matta. Con i genitori, che lavoravano entrambi, non riusciva a parlare, mentre alla nonna raccontava sempre tutto, e questo l'aiutava a dare un senso alle sue emozioni. La nonna l'aveva capito, e con pazienza le dava ascolto.

Chissà se era colpa di tutti quei ricordi. Quando vide tornare il piattino di legno con sopra un dolcetto allo zucchero di canna dalla superficie luccicante, Mihori non riuscì più a trattenersi.

«Eppure ci sono anche cose che per quanto uno ci provi non riesce a superare. Non otterrò mai la felicità perfetta che sogno.»

Ora che l'aveva detto, le sembrò ancora più triste e scoppiò a piangere. Mandò giù con il tè alle foglie di nespolo il nodo che aveva in gola. Fece un breve respiro, poi riprese a bere piano. Ogni volta che si dava da fare per ottenere la felicità, qualcosa si metteva di traverso.

«Anche stavolta. Ho fatto tutto ciò che potevo, ho messo su quel posto, e poi...»

Di nuovo il nodo alla gola. Il solo ripensarci le faceva rivivere il trauma.

«Avete comprato questo posto pur sapendo che lo chiamano "La casa della sfortuna"?» Così le aveva detto una donna di passaggio mentre era davanti all'ingresso a pulire. Sulla quarantina, di bell'aspetto, con un sacchetto del *konbini* bello pieno. Mihori vide una rivista di moda fresca di stampa, il cartone del caffellatte e una busta grande di patatine. Con un sorriso accattivante aveva rivolto a Mihori ogni genere di domanda per saperne di più di lei e Yuzuru, poi, accentuando ancora di più la curva agli angoli della bocca, se n'era uscita con quella frase.

«È una storia famosa. Una, due, tre... Quante famiglie ci avranno abitato? Comunque sia, cambiavano in continuazione. Se ne vanno tutti, e dico tutti, di corsa. Io conoscevo solo i Suetsugu, una famiglia distrutta. Chi abita qui è destinato all'infelicità e prima o poi scappa via.»

Pronunciò quest'ultima frase con un tono più grave, eppure risuonò forte, quasi brutale. Era evidente che volesse spaventarla, ferirla per divertirsi a vedere la sua reazione. Perché una che non aveva mai visto doveva trattarla così? Essersi trattenuta dal lanciarle dietro la scopa che aveva in mano le sembrò già una vittoria. Mihori si rese conto di avere un sorriso forzato appiccicato al volto, e l'altra la guardava molto soddisfatta.

«Voi però avete speso un sacco di soldi per ristrutturarla, ne farete un salone, è tutta un'altra cosa. E senta, quanto l'avete pagata? Quando si comprano case con una storia dietro in genere ci si informa un po' prima. Voi niente? Ah, come mi dispiace.»

Il ricordo di Mihori si interrompeva qui. Un attimo dopo era imbambolata sulla sedia da parrucchiere. In seguito trovò la scopa appoggiata al cancello esterno, segno che l'aveva tenuta in mano fino alla fine della conversazione.

«Che diavolo significa "La casa della sfortuna"? L'abbiamo comprata perché volevamo essere felici, che storia è mai questa? Io ce l'ho messa tutta... Ce l'ho messa proprio tutta per arrivare fin qui!»

Una lacrima le rigò il viso dalla guancia al mento, poi cadde sul tavolo. Tirò su con il naso e si strofinò vigorosamente gli occhi.

«Se avessi saputo che c'era una storia dietro questa casa, col cavolo che l'avrei comprata. Se uno lo sa la compra, secondo lei? Perché devo sentirmi dire certe cose?»

In sesta elementare aveva usato tutti i suoi risparmi per fare un regalo alla nonna in occasione della Festa dei nonni. Un bel bastone su cui erano disegnati tanti fiori di glicine viola chiaro. Si era ricordata che la nonna le aveva detto di camminare con fatica, perciò glielo aveva comprato senza esitazioni. La nonna era rimasta contenta e lo usava volentieri, ma il manico mal si adattava alle sue mani nodose. Dopo sole due settimane, la nonna era caduta e si era rotta entrambe le ginocchia. Diversi mesi di ricovero in ospedale l'avevano indebolita, costringendola a letto per il resto della vita.

Le sorelle se la presero con lei.

«È per colpa del bastone che le ha regalato Mihori!»

E Mihori si era messa a piangere. Non voleva che andasse a finire così. Voleva solo renderla felice. Ma la nonna non riuscì mai più ad alzarsi, le forze l'abbandonarono del tutto e alla fine morì.

«È colpa mia? Sono io che...»

Non riusciva a smettere di piangere. Mentre Mihori continuava a versare lacrime, Nobuko mandò giù il suo dolcetto e, con tono duro, disse: «Che cattiveria. Vivo qui accanto da anni ed è la prima volta che sento parlare della "Casa della sfortuna". Chissà perché nessuno mi ha mai detto niente. Chi di loro sarebbe scappato, eh? Doveva dirtelo, quella lì».

Trangugiò in due bocconi quel dolcetto per cui a Mihori ne erano serviti quattro e continuò a ripetere: «Che cattiveria». Poi aggiunse: «Forse sembrerò un po' suonata, ma i miei vicini li osservo bene. Ci vuole tempo per portare Gan-*chan* a passeggio, e volente o nolente mi ritrovo a guardarmi intorno, compresi i giardini delle case. In quella qui accanto ho visto gente piangere e arrabbiarsi, certo, ma mai nessuno che avesse l'aria infelice».

«Che mi siano solo sfuggiti?» borbottò Nobuko sorseggiando il suo tè. Aveva le sopracciglia aggrottate. Molto aggrottate.

«Cos'è, sono scappati via tutti dicendo "Oh, no! Questa è la casa della sfortuna"? Impossibile. Che assurdità, chi è che mette in giro certe sciocchezze prive di fondamento?»

Più parlava e più sembrava irritata. Posò rumorosamente la tazza sul tavolo e sospirò sollevando le spalle.

«Ah, però credo di aver capito chi te l'ha detto. Una pienotta, con la testa che sembra una ciotola di *yakisoba*, non è vero? È così, giusto? Si chiama Mukumoto, abita nella casa con le pareti giallo limone, la sesta iniziando a contare dalla tua. Oggi è giovedì, dev'essere andata al *konbini* per comprare le sue riviste.»

Sorpresa dalla minuzia con cui aveva elencato ogni dettaglio, Mihori continuava ad annuire.

«Lo sapevo. La signora Mukumoto è una a cui non hanno mai insegnato come si usa la lingua. Pensa che non ci sia niente di meglio che mangiare cibi banali, dai sapori forti e in gran quantità. Purtroppo per lei, nessuno le ha mai fatto scoprire il piacere che si prova a consumare piatti ricchi di cura e di ingredienti, di storia, piatti sofisticati.»

«Poverina, che pena mi fa» continuò Nobuko, e sembrava davvero contrita. «Quella non è in grado di assaporare ciò che mette sulla lingua, capisci?»

Mihori riusciva a fatica a star dietro a Nobuko, che in pochi istanti era passata dall'essere una vecchina riservata a dire cose così pungenti. Rispondeva a monosillabi e fissava sbalordita le sue sopracciglia aggrottate.

«Non è facile comprendere che situazioni affrontino le persone né per quali motivi lo facciano. Bisogna prima accumulare esperienze, e poi usare l'immaginazione per cercare di avvicinarsi alle possibili risposte. Chi non si prende la briga di fare tutto questo dovrebbe astenersi dal raccontare in giro sciocchezze.»

«La odio!» esclamò infine Nobuko, stringendo le labbra come una bambina.

«Ma allora la storia della "Casa della sfortuna" è tutta una menzogna?»

Mihori cercò di contenere la sorpresa per quel cambio di tono così brusco, perché per lei era davvero importante saperlo. Nobuko ci rifletté per qualche istante, poi, con un'aria sofferente, rispose: «Io, almeno, non l'ho mai sentita chiamare con un nome così sgradevole. È come il nespolo. Le chiacchiere sono incontrollabili, specie quelle malevole».

«Come il nespolo» mormorò Mihori. Fu come accorgersi che l'acqua del caffè, che credeva di aver cambiato da poco, in realtà era acqua stantìa. O, da un altro punto di vista, le sembrava di aver capito qualcosa di importante che prima le sfuggiva.

«Però, vedi, tu non fai che parlare di felicità, ma la felicità non si riceve in dono da altri, né gli altri possono portarcela via. Siamo noi a procurarcela e sempre noi a distruggerla o rovinarla. Non ci si deve far manipolare dagli altri.»

«Siamo sempre noi...»

Si sentì una voce provenire dall'ingresso. «Signora, ho tagliato il ramo dove si era incastrata la sega, c'è altro?»

«Oh, caspita, è già arrivato. Grazie, già che c'è dia anche una sistemata!»

«Certo però che non posso mica lasciargli carta bianca, su, usciamo un momento anche noi» aggiunse Nobuko conducendola in giardino.

Il vento sibilò facendo tremare le foglie del nespolo. Il ramo cui fino a poco prima era attaccata la sega adesso era stato tagliato con cura. Un vecchietto recideva abilmente foglie e rametti seduto sulla scala di Mihori.

«Mi scusi per la chiamata improvvisa. Vorrei pagarla!» esclamò Mihori, ma l'altro rispose: «Si figuri se mi faccio pagare per una sciocchezza del genere. Sono d'accordo con la signora che mi regalerà il suo *shōchū* alle nespole. Le dispiacerebbe invece se portassi con me alcune foglie? Il freddo acuisce i miei dolori alla schiena, e le fasciature di foglie di nespolo mi danno parecchio sollievo».

Mihori gli disse che poteva prenderle anche tutte e lui fece un sorriso con la sua bocca sdentata e la ringraziò.

«Signora, mi hanno detto che qui ci sarà un barbiere. Quello da cui vado sempre io si trova vicino alla stazione, ma la prossima volta vengo qui. Eh sì, un nespolo nel giardino di un barbiere è proprio un buon segno.»

«Dice che è un buon segno?»

Non sarà piuttosto il contrario?, pensò Mihori, confusa, inclinando il capo. Invece Nobuko, che aveva capito dove volesse arrivare il giardiniere, tutta contenta esclamò: «Eh sì, non è vero? Non racconta mica bugie, il buon vecchio Eizō».

«Che intende dire?»

«Ma sì, quell'affare che si vede spesso davanti ai saloni dei barbieri. Quello azzurro e rosso.»

«Il palo dei barbieri?»

Ne avevano installato uno anche loro, era una specie di segno di riconoscimento, un palo tricolore roteante. Ma che c'entrava con il nespolo? Mihori continuava a non capirci nulla. Poi, tutt'a un tratto, le tornò in mente una noiosissima lezione della scuola per parrucchieri.

«Ah sì. Ha a che fare con la cura dei malati!»

«Proprio così.»

Nobuko ed Eizō annuirono sorridenti mentre sul viso di Mihori si dipinse un'espressione soddisfatta.

Una volta si andava dal barbiere anche per piccoli interventi e cure varie. Qualcuno sostiene che i tre colori del palo abbiano valore simbolico: il rosso per il sangue arterioso, il blu per il sangue venoso e il bianco per le bende. Vale a dire che in passato i barbieri hanno anche salvato vite.

La lezione era sulla storia dei barbieri. Un'informazione come tante, che Mihori si era appuntata perché il docente disse che l'avrebbe messa nel test finale. E invece adesso proprio quella storia così triviale l'aveva emozionata.

«Sicuramente attirerà tanti clienti» concluse l'anziano giardiniere, ricevendo un segno di approvazione da Nobuko. Anche Mihori annuì lentamente. Forse avevano ragione.

In tarda serata Yuzuru rincasò. Disse che aveva cenato dai genitori. L'avevano chiamato perché a loro dire c'erano molti clienti, eppure a guardarlo non sembrava particolarmente stanco.

«Scusami se ti ho lasciata sola in un momento delicato come questo, con l'inaugurazione alle porte» disse con aria di rammarico tirando fuori piano piano una scatola di cartone marrone. Era della pasticceria preferita di Mihori e conteneva una quantità di pasticcini impossibile da finire in due.

«Per farmi perdonare. Hai lavorato sodo ultimamente. E ti vedo anche dimagrita, quindi almeno stasera vorrei che mangiassi qualcosa che ti piace.»

Trattandosi di una pasticceria piuttosto costosa, erano soliti non comprare più di due pasticcini per volta. Doveva aver speso una fortuna per prenderne così tanti. Mihori stava per dirgli che bisognava essere oculati con il denaro, ma poi si morse il labbro. Era stato un gesto carino, perché rovinarlo con un commento del genere?

«I loro dolci stanno bene con il Mocca Matari. Dovremmo averne ancora, che dici, lo preparo?»

«Quando lo fai tu ha tutto un altro sapore, quindi sì, volentieri.»

Il caffè diffuse il suo aroma per la stanza. Si sedettero al tavolo della cucina e lo gustarono insieme a quei pasticcini colorati. Dalle loro bocche usciva vapore caldo.

«Da quale comincio? Non riesco a decidermi.»

Esitò per qualche istante, tra la tortina ai fichi e quella di mele e burro tostato, poi scelse la prima. Nell'istante in cui addentò quel frutto dalla polpa rosso vivo, Yuzuru estrasse una grossa busta dalla borsa.

«Che cos'è?»

Sulla sottile busta azzurrina che le aveva passato c'era il disegno di un uccellino con una foglia nel becco e una scritta con caratteri squadrati: "Kotori. Un'oasi di pace". Un'altra scritta, più piccola, diceva: "Casa di riposo e di cura per anziani". Poiché Yuzuru non le diceva niente, la aprì ed estrasse i documenti al suo interno. Era un dépliant ricco di informazioni e fotografie sulla struttura.

«Che cos'è? Non mi pare che nella cerchia di nostri amici e conoscenti ci siano persone a cui possa servire una casa di riposo.»

Le andò l'occhio sull'indirizzo e vide che era molto vicina. Doveva essere una delle tante case di riposo in cima alla collina di Utsukushigaoka.

«Leggi» le disse Yuzuru indicando una pagina su cui aveva attaccato un post-it. C'era scritto: "Offriamo servizio di taglio effettuato da parrucchieri che periodicamente visitano la struttura". Sembrava esserci un vero e proprio salone all'interno. Nelle fotografie si vedevano persino le postazioni per lo shampoo.

«Fantastico. Significa che hanno dei parrucchieri che vanno a lavorare lì da loro. È per questo che hai portato i pasticcini?» domandò spostando di lato il volantino e portandosi alla bocca la tortina. Era deliziosa, la crema vellutata alle mandorle si sposava alla perfezione con la croccantezza del fico. Mihori pensò che quel giorno le erano toccate parecchie prelibatezze. In effetti doveva riferire a Yuzuru tutto ciò che aveva scoperto. Proprio in quel momento, il marito riprese a parlare.

«Forse ci chiameranno un martedì sì e uno no.»

«Eh?»

«Quello che ci è andato finora ha dovuto rinunciare per problemi di salute. Cercavano qualcun altro e mi hanno chiesto se potessimo andarci noi. I primi veri guadagni al salone arriveranno fra un po', quindi mi è sembrato un colpo di fortuna.»

In fondo al dépliant c'era un foglio su cui erano scritti tutti i dettagli, inclusa la retribuzione. Già a una prima lettura si capiva che le condizioni non erano affatto male.

«Uhm... Hai ragione, non è male. In effetti le incertezze sono molte. Se avessimo anche solo una piccola entrata sicura lavoreremmo con maggiore tranquillità, inoltre potrebbe rivelarsi un modo per attirare altri clienti, per esempio tra i familiari degli anziani ospiti della struttura.»

Serviva una persona sola. A settimane alterne, Yuzuru sarebbe andato alla casa di riposo e Mihori sarebbe rimasta al salone. Nessun problema, insomma.

«Ma chi te ne ha parlato? Non è che a mia insaputa te ne sei andato a caccia di affari?»

Mihori si mise a ridere e gli disse che sì, era contenta, ma si sentiva anche un po' tagliata fuori, quando Yuzuru, leggermente imbarazzato, le rispose: «Mio padre». Poi aggiunse: «Mi ha dato la busta stasera, quando abbiamo finito di lavorare. La casa di riposo appartiene a un suo cliente di lunga data. Gli ha detto che suo figlio avrebbe aperto un salone nelle vicinanze e lo ha pregato di prenderci in considerazione».

«Tuo padre? Si è preso la briga di chiedere questo favore a un suo cliente?»

Mihori era incredula, sbigottita. Yūichi era un commerciante di vecchio stampo, che per quanto affezionato fosse un cliente non si permetteva mai di prendersi certe confidenze. Ripeteva in continuazione che non si devono mai mescolare lavoro e amicizia, Mihori non sapeva neanche più quante volte gliel'aveva sentito dire. Era impossibile che uno come lui avanzasse una simile richiesta. Evidentemente Yuzuru la pensava come lei, a giudicare da come se la rideva.

«Ha sorpreso anche me. Mi ha consegnato la busta dicendo che non dovevo fargli fare figuracce, sembrava quasi un condannato a morte. Ma è la verità.»

Mihori guardava ora i caratteri sulla busta, ora il viso di Yuzuru. Non riusciva proprio a crederci.

«Credo che sia il suo modo di chiederci scusa. Pensa che oggi mi ha dato persino dei soldi, mi ha pagato la giornata di lavoro. Sin dai tempi della scuola non faceva che dirmi che chi lavora in casa propria il denaro se lo può anche scordare, era un continuo rimproverarmi, e adesso… Esilarante.»

Yuzuru aveva gli occhi rossi dal gran ridere. Porse a Mihori la busta con i soldi, già aperta.

«Scusa, ero così felice che mi è venuta voglia di comprare qualcosa che ti piacesse. Però ho speso meno della metà dei soldi che mi ha dato, quindi non ti arrabbiare.»

«È andata… È andata così allora.»

Non aveva proprio niente da perdonargli. Staccò un pezzo di tortina con la forchetta e se lo portò alla bocca. Le sembrò ancora più profumata e dolce. La assaporò lentamente.

«Che buona.»

«Sì, è deliziosa.»

Poi rimasero in silenzio per qualche minuto. I soli rumori erano quelli delle forchette sui piattini. Un vago tepore li stava pian piano avvolgendo.

Si rimpinzarono di dolci e bevvero i loro caffè.

«Domani vorrei dargli la nostra risposta. Non vedo l'ora.»

«Sì, certo. Io qui avrò parecchio da fare. Oggi mi sono persa e non ho concluso quasi niente.»

«Sei stanca, va bene così. Mia madre ha detto che domani verrà qui a darti una mano. Si è offerta di fare volantinaggio durante la passeggiata quotidiana.»

«Sul serio? È gentile però.»

Mihori stentava a crederci. Non avrebbe mai immaginato, quella mattina in cui era talmente triste da sentire la nausea, quando ce l'aveva con il mondo intero, di poter trascorrere una serata così serena.

Pensò che aveva anche lei qualcosa da raccontare a Yuzuru. Lui, però, dopo quella giornata di lavoro iniziata prestissimo, era tornato esausto. Fece un grosso sbadiglio e si strofinò gli occhi, al che Mihori gli disse soltanto di andare a farsi il bagno e poi a dormire.

Avrebbero parlato l'indomani. In fondo il nespolo sarebbe rimasto lì per sempre.

L'indomani fu molto occupata. Doveva recuperare ciò che non aveva fatto il giorno precedente, ma riuscì tranquillamente a portare a termine tutto. La suocera Satsuki arrivò di buon mattino con le sue scarpe comode e in poco tempo distribuì un gran numero di volantini.

«Grazie, mi sei stata di grande aiuto. E hai anche portato da mangiare!»

Era da poco passata l'ora di pranzo, quindi mangiarono tutti e tre insieme. Satsuki aveva portato i contenitori grandi, quelli che si usano solitamente a Capodanno, pieni zeppi di cibo. Una quantità esagerata di *inari zushi* e *onigiri*, pollo fritto e verdure lessate.

«Mamoru se ne stava con le mani in mano, quindi gli ho affidato le faccende di casa e sono venuta qui. Capisco che la moglie sia giovane, ma non può fare tutte quelle storie, mi dispiace per lui che non vede una via d'uscita. Vi ho detto perché avevano litigato? Lei desiderava una fede acquistata in una gioielleria famosa, Harry non-so-che, e lui non gliel'ha comprata. E poi le ha detto che se proprio la voleva poteva mettere da parte i soldi e comprarsela da sé. Devono risparmiare in vista di una gravidanza e lei se ne esce con queste sciocchezze. Mamoru, che certe cose proprio non le digerisce, si è inferocito!»

Satsuki parlava a ruota libera perché con Yūichi era impossibile lamentarsi, non stava mai a sentire. E nelle pause si rimpinzava di cibo. Mihori aveva sempre trovato buffa la sua golosità.

«Però grazie a questa storia sono potuta sgattaiolare fuori per venirvi a dare una mano. Devi perdonarci, Mihori, ti abbiamo creato tanti problemi.»

Chinò il capo in segno di scuse, spiazzando la nuora. Era la prima volta che le parlava in quel modo.

«Ma no, che cosa fai. Ti prego, non è necessario.»

«Come sai, mio marito e io non disponiamo di denaro e non abbiamo nulla da offrirvi, ma cercheremo sempre di darvi una mano.»

«E a noi va benissimo così...»

Non mentiva. Mihori non desiderava altro. Aveva ragione Nobuko. Non si devono ingigantire i problemi.

«Mamma, cos'hai fatto lì?» disse Yuzuru, che era andato a prendere i pasticcini avanzati dalla sera prima, indicando la mano di Satsuki. Mihori la guardò a sua volta e notò una grossa fasciatura intorno al polso.

«Questa? È solo una scottatura, ero tutta presa dalla cucina e mi sono distratta. Uno schizzo d'olio mentre preparavo il pollo fritto. Che testa che ho» disse Satsuki.

«Ma non puoi limitarti a fasciarla. Stai qui e non muoverti, vado a comprare una pomata in farmacia.»

«Ma no, ma no. Ti dico che è una sciocchezza.»

Mihori assisteva in silenzio a quello scambio di battute, quando le venne in mente qualcosa.

«Quasi dimenticavo. Aspettate un attimo.»

Nella cassetta del pronto soccorso c'erano delle garze. Mihori le tirò fuori e le portò a tavola insieme a una bottiglia di vetro che aveva recuperato in cucina.

«Che fai, Mihori?»

«Me l'hanno data ieri.»

Versò in un piattino una piccola quantità del liquido contenuto nella bottiglia e vi intinse le garze. Poi chiese a Satsuki di porgerle la mano.

«Pare che curi anche le scottature. È fatto con i semi di nespole.»

«Ma pensa un po'» disse Satsuki sgranando gli occhi. Era stupita che Mihori conoscesse rimedi così antichi.

«Le nespole di quell'albero lì? Che storia è questa?» domandò curioso Yuzuru mentre annusava il contenuto della bottiglia. L'odore di alcol era molto pungente.

Sciolse la benda e applicò sulla scottatura rigonfia una delle garze. Quando la garza fredda toccò la pelle Satsuki aggrottò le sopracciglia ma negò di sentire dolore. Dopo qualche istante disse di provare una sensazione gradevole.

«Me lo ha dato ieri la vicina, la signora Araki. Sai che c'è un nespolo nel nostro giardino, vero? Sono i semi dei suoi frutti che ha messo in infusione nello *shōchū*.»

Nobuko, infatti, ne aveva regalato un po' anche a Mihori, oltre che all'anziano giardiniere. «Se lo diluisci in acqua e lo usi per i gargarismi va bene anche per le infiammazioni del cavo orale, dei denti e per il mal di gola» le aveva detto. «Ma è efficace soprattutto su ferite e scottature, quindi tienilo insieme ai medicinali.»

Mihori l'aveva accettato volentieri ma non credeva che le sarebbe servito tanto presto.

«Oh, sembra proprio una brava signora la vostra vicina. Con i vicini è sempre meglio non avere problemi. Mi rincuora sapere che è una persona a modo.»

Yuzuru scoppiò a ridere. Mihori annuì ma pensò che c'era dell'altro. Senza esagerare, il giorno prima Nobuko le aveva salvato la vita. Avrebbe fatto di tutto per andarci d'accordo. Ma di questo ne avrebbe parlato a parte con il marito. Non era il caso di appesantire con troppi discorsi quel momento di spensieratezza.

La prossima volta le avrebbero fatto visita insieme. Yuzuru era un amante degli animali e Mihori voleva mostrargli quella tartaruga che si voltava se qualcuno la chiamava per nome. Appena saputo che seguiva Nobuko a spasso per il quartiere, sarebbe venuta voglia anche a lui di allevarne una. E poi doveva farsi dare la ricetta delle castagne bollite. E dello *shōchū* ai semi di nespole. Su internet aveva letto che è efficace anche contro i reumatismi. Se la nonna fosse stata ancora viva avrebbe potuto prepararagliene in quantità.

«Grazie, Mihori. A dire il vero, prima mi faceva un po' male ma adesso è passato» disse allegra Satsuki dopo essersi fasciata nuovamente il polso, poi le chiese se potesse dividere con lei il contenuto della bottiglia. «Ma certo» rispose Mihori facendo sì con la testa.

«Forza, spazzoliamo questi pasticcini e rimettiamoci all'opera. Scusaci, mamma, se ti facciamo sgobbare» disse Yuzuru, al che Satsuki gli chiese scherzosamente quanto volesse farla lavorare ancora. Mihori non li aveva mai visti parlare così e le venne da ridere. Dopodiché si rimisero a lavorare alacremente fino a che il cielo si tinse di rosso.

Quando ebbero sistemato tutto, salutarono Satsuki e decisero di fare il giro di visite ai vicini. «Come prima cosa andiamo dalla signora Araki» propose Mihori, ma quando arrivò al cancello si fermò.

Fino alla sera prima era spalancato, come se aspettasse ospiti da un momento all'altro, mentre adesso era chiuso a chiave. Guardò dentro ma sembrava che non ci fosse anima viva. Le sembrò strano e suonò più volte il campanello, quando dalla casa di fronte spuntò una vecchietta che le disse: «Se cerca Araki, si è trasferita oggi poco dopo mezzogiorno. Pare che sia andata ad abitare con la famiglia del figlio».

«Non può essere.»

«La signora viveva sola da parecchio tempo, forse per questo era già un po' che dava i numeri. Il figlio era preoccupato che potesse capitarle qualcosa. È un bravo figlio, una persona a modo.»

Chissà quanti anni di differenza c'erano tra quella signora con le *mèches* castane e Nobuko. Scrutava Mihori e Yuzuru con curiosità. Noncurante della sua invadenza, Mihori ripensò a Nobuko. Non le sembrava affatto che desse i numeri. Era perfettamente lucida e ciò che le aveva fatto assaggiare era delizioso.

A un tratto la donna esclamò con voce squillante: «Ah! Ma siete per caso i proprietari del nuovo salone? Ho sentito che abiterete e lavorerete in quella casa. Quando aprirete verrò a trovarvi. Oh, ma state forse facendo il giro di visite? Ma che gentili, non dovevate disturbarvi!».

Yuzuru le allungò il sacchetto di carta con dentro l'omaggio e scambiò con lei qualche convenevole. Accanto a lui, Mihori continuava a osservare la casa deserta, chiedendosi se il giorno prima non avesse sognato.

Aveva così tante cose da dirle.

Quella donna aveva vissuto per decenni accanto a una casa che la gente aveva soprannominato "Casa della sfortuna". In poche ore le aveva raccontato molte storie. Avrebbe voluto diventare sua amica e parlare ancora con lei. Chi aveva vissuto in quella casa prima di loro, e che esistenza conduceva? Cosa avevano provato quando andarono ad abitarci e perché se n'erano andati? Avrebbe voluto che lei le raccontasse tutto questo.

«Che strana giornata. Subito dopo aver salutato una persona che viveva qui da sempre ho incontrato gli ultimi arrivati, una specie di ricambio. Ma in fondo la vita è così» disse con enfasi la donna. Poi aggiunse: «Sono certa che questo posto vi porterà fortuna. È come un fiume che scorre. Quando qualcosa di vecchio scompare, porta con sé tutte le cose stagnanti, tutte le cose cattive. Su quella casa circolano brutte storie, ma ora che lei non c'è più comincerà un nuovo corso».

Yuzuru inclinò leggermente il capo e fece un sorriso di circostanza, perché non era certo di aver capito cosa intendesse dire la signora. Mihori farfugliò qualcosa e levò gli occhi al cielo. Il velo scuro della sera era attraversato da lenti banchi di nubi.

Sperava che avesse ragione. Che quell'addio così doloroso le avesse lasciato un frammento di felicità.

«Tanti auguri per domani!»

Yuzuru chinò il capo. Mihori lo seguì a ruota.

«Andrà tutto bene. Quella casa diventerà il nostro luogo felice» disse tra sé, ricordandosi delle parole pronunciate da Nobuko. *La felicità non si riceve in dono da altri, né gli altri possono portarcela via. Siamo noi a procurarcela e sempre noi a distruggerla o rovinarla.*

Mihori pensò che doveva tenere quelle parole bene a mente. Se le sarebbe ripetute ogni qualvolta avesse sentito la felicità sfuggirle di mano.

Però sai, Nobuko, a volte la felicità si può anche ricevere in dono da altri. Un giorno, se ne avremo occasione, te lo dirò.

Domani apriremo il nostro salone qui a Utsukushigaoka.

2

La casa dove si gioca a mamma e figli

C'è un segno premonitore per qualsiasi evento.

A Takako lo aveva insegnato sua suocera Yoshie. «Devi sempre osservare tuo marito e i tuoi figli. Così potrai prevenire qualsiasi cosa. Segnali di malessere fisico e di problemi extrafamiliari. Questi ultimi, in particolare, vanno estirpati alla radice. Se li lasci crescere, rischi di non poterli più controllare.»

Yoshie, che aveva fatto sempre la casalinga, era una donna accorta e pignola. Per la sua famiglia non si risparmiava, la casa era sempre pulita e in ordine, in cucina non ne sbagliava una. Da bambino Yoshiaki aveva sempre mangiato dolci fatti in casa, non gli aveva mai comprato nulla di confezionato. Sferruzzava maglioni per l'intera famiglia così che potessero indossarli e farsi fotografare tutti insieme. Il soggiorno della casa dei suoceri era pieno di quello fotografie, così come gli album rilegati in pelle che custodivano come dei veri tesori.

«Non dovrei dirlo perché sono il figlio, ma è veramente la casalinga perfetta.» Yoshiaki tesseva le lodi della madre da quando lui e Takako erano ancora fidanzati, e questo a volte la metteva in difficoltà. Takako era un tipo accomodante, che usava volentieri tutto ciò che poteva facilitarle la vita, quindi l'esempio di una fanatica del fai-da-te come Yoshie, per lei, era semplicemente irraggiungibile. Per fortuna Yoshiaki era consapevole della differenza tra la propria madre e Takako, la rispettava e non si era mai lamentato per i suoi modi di fare, tuttavia era evidente che il suo ideale di donna si avvicinasse molto di più a Yoshie. Ogni volta che trovava i bambini a mangiare le patatine fritte dei *fast food*, o che vedeva le bustine di aromi preconfezionati nella pattumiera, sollevava le sopracciglia con aria di disapprovazione. A Takako non sfuggivano i movimenti quasi impercettibili delle sue labbra che sembravano dire «Mia madre, invece...» e ogni volta era come se un sassolino andasse a depositarsi in fondo al suo stomaco. Rispetto alla suocera era sicuramente più sciatta, ma sapeva anche di fare sempre del suo meglio.

Yoshiaki riteneva che il primo dovere dei genitori fosse educare e istruire i figli, e così avevano fornito loro ogni occasione di apprendimento fin dalla più tenera età. Il doposcuola, ovviamente, ma anche i corsi di pianoforte, il nuoto, l'inglese, il calcio e chi più ne ha più ne metta. Tutto ciò aveva un costo e, per dare un po' di respiro alla situazione finanziaria della famiglia, Takako si era messa a lavorare. Quando era libera dal suo impiego part-time accompagnava i figli qua e là, e nei giorni festivi si divideva tra gare e saggi. Si poteva forse rimproverare a una persona che lavorava ogni giorno fino allo stremo delle forze di non riuscire a preparare pasti completi senza ricorrere a un aiuto? Yoshie non aveva torto, ma solo chi aveva la fortuna di condurre una vita agiata poteva permettersi di fare certi discorsi.

Su una cosa, però, avrebbe dovuto starla a sentire, e si pentiva di non averlo fatto: bisognava osservare. Se si trovava in quella situazione, era proprio perché non aveva "osservato" a sufficienza. Ora, davanti a marito e figli, si pentiva della propria insofferenza rispetto agli avvertimenti della suocera. *Dovevo starti a sentire, mamma.*

Quel giorno c'era l'ultimo colloquio con gli insegnanti prima delle vacanze estive.

Per i genitori i cui figli si preparavano agli esami di ammissione all'università, le vacanze estive del terzo anno erano diverse dalle altre. Dovevano mettercela tutta per aiutarli a superare la difficile sfida che li attendeva di lì a sei mesi. Anche per Yūhi, il figlio di Takako, stava per cominciare l'estate del terzo anno. Yūhi frequentava dei validi corsi preparatori e aveva bei voti, motivo per cui gli insegnanti si dicevano fermamente convinti che sarebbe riuscito a superare senza alcun problema l'esame di ammissione dell'università che desiderava. Yūhi però stava vivendo un'adolescenza in ritardo, non dava retta né ai genitori né tantomeno ai professori, e per questo motivo era una specie di "osservato speciale".

«Non presta ascolto a ciò che gli diciamo. Certo, se con i suoi modi e tempi porta avanti lo studio per gli esami riuscirà comunque a superarli senza problemi. Le vacanze estive, però, sono una tentazione continua per gli studenti. Finiscono per buttarsi a capofitto in cose che potrebbero benissimo aspettare» iniziò con aria preoccupata il professore guardando la sedia vuota. Nonostante al colloquio fosse prevista anche la sua presenza, di Yūhi non c'era traccia. Quella mattina gli aveva dato appuntamento davanti alla scuola ma lui si era limitato a bofonchiare un «Non rompere».

Takako sospirò, delusa dall'atteggiamento del figlio che credeva avere a cuore almeno il proprio futuro. Ciò nonostante rivolse un sorriso imbarazzato al professore e rispose: «In fondo è un ragazzo assennato, sono certa che tornerà tutto a posto». Da quando era cominciata quella fase, in famiglia non parlavano praticamente mai, e se qualche volta apriva bocca era solo per rivolgere a sua madre parolacce sentite chissà dove. Yūhi però continuava a frequentare assiduamente sia il liceo che il doposcuola. Quella che stavano attraversando era una situazione passeggera, quindi potevano stare tranquilli. Anche se qualche preoccupazione c'era. Dal registro risultava che era uscito prima diverse volte. Aveva forse preso l'abitudine di saltare la scuola?

Ma no, si stava allarmando inutilmente. Forse Yūhi cercava solo delle vie di fuga dal tran-tran quotidiano. Alla stessa Takako, quando andava a scuola, era capitato di fingersi malata per saltare qualche lezione. Se ne andava al karaoke o in qualche caffè con i suoi compagni di scuola, e ricordava ancora con nostalgia quei momenti. Le sarebbe dispiaciuto troppo se Yūhi da adulto avesse avuto come unico ricordo dei tempi del liceo quello di un periodo votato esclusivamente allo studio. Doveva essere contenta per lui. Pose fine al colloquio promettendo che avrebbe fatto più attenzione anche in casa.

Poi, mentre rientrava, le capitò qualcosa. Aveva appena fatto acquisti per la cena e stava per salire sull'autobus, quando si sentì chiamare. Era Noriko, la sua vicina di casa ai tempi in cui abitavano ancora negli alloggi dell'azienda di Yoshiaki.

«Takako, da quanto tempo!»

Noriko aveva otto anni più di lei ed era una persona molto premurosa, che le era stata d'aiuto in diverse occasioni. Aveva cresciuto quattro figli maschi e dato una mano a Takako con i propri – persino più di sua madre, che abitava lontano.

«Stavo giusto pensando di chiamarti. Sono contenta che ci siamo incontrate. Senti, avresti un po' di tempo da dedicarmi?»

Senza darle neanche il modo di rispondere, Noriko la trascinò in una caffetteria lì vicino e, una volta all'interno, assunse di colpo un'espressione seria e appoggiò il cellulare sul tavolo tra sé e Takako. Quest'ultima la guardava con aria interrogativa, poi vide che le stava mostrando una fotografia. Takako ebbe un tuffo al cuore. Un uomo e una donna con una certa differenza di età passeggiavano mano nella mano. L'uomo doveva essere di ritorno dal lavoro, perché era in giacca e cravatta e portava un sacchetto del supermercato, la donna sorrideva tranquilla appoggiata a lui. Una fotografia come tante. Se non considerava il fatto che l'uomo era Yoshiaki. Vedendola fissare lo schermo con gli occhi sbarrati, Noriko sospirò e, con un tono mesto, disse: «Come immaginavo: non ne sapevi nulla». Takako non riuscì nemmeno ad annuire.

«Di fronte agli alloggi dell'azienda ci sono le palazzine del comune, lo sai, no? Quegli edifici tutti sgangherati, che avranno almeno quarant'anni. Sembra che si veda con una donna che abita lì. Se ne vanno in giro con un'aria così tranquilla, come se niente fosse, che la gente inizia a chiedersi quand'è che tu e lui avete divorziato.»

Sfiorò lo schermo con la mano che le tremava. Ingrandì e si trovò in primo piano il viso sorridente di Yoshiaki.

«Da… quando?»

«Tre mesi, anzi forse sei. Questa foto l'ho scattata poco tempo fa, ma la signora Endō e la signora Miura dicono che va avanti da parecchio.»

Takako non aveva mai legato né con l'una né con l'altra. Immaginava quanto se la ridessero alle sue spalle.

«È vero che vi siete trasferiti, ma il suo è un comportamento davvero incauto. Senti, ma hai mai visto questa donna? La signora Endō dice che è la maestra di danza della scuola che si trova nell'edificio della stazione.»

«La scuola di danza… Non so, non ci ho mai mandato mia figlia.»

Fece scorrere l'immagine dal marito alla donna. Era truccata in modo leggero e non dimostrava più di trentacinque anni.

Rispetto a Takako, prossima a compierne quarantatré, sembrava molto più giovane. E aveva un bellissimo fisico. Portava una t-shirt aderente e dei jeans leggeri, ma nonostante il look così semplice aveva un'aria ricercata, segno che era dotata di buon gusto. Takako, che una volta superati i quaranta non riusciva più a perdere peso, era ingrassata di ben tredici chili rispetto a quando era ragazza, e se si fosse vestita come lei sarebbe stata inguardabile. Ormai qualsiasi paio di pantaloni senza elastico in vita era fuori discussione.

«Yūhi quest'anno ha gli esami di ammissione, giusto? Se scoprisse che cosa fa il padre chissà che ripercussioni potrebbero esserci. Devi affrontare Yoshiaki e assicurarti che la lasci.»

Takako non riusciva a far funzionare la testa. Annuì più e più volte ripetendo a pappagallo le parole di Noriko. «Devo affrontare Yoshiaki e assicurarmi che la lasci. Devo affrontare Yoshiaki e assicurarmi che la lasci.»

Avevano perso la cognizione del tempo, così Noriko, che aspettava il ritorno del figlio trasferitosi lontano da lì, si mosse verso casa. «Chiamami quando vuoi, se posso rendermi utile sono a tua disposizione.» Così dicendo le strinse forte la mano, ma Takako non riuscì a ricambiare la stretta. «Devo andare anch'io» disse, e salì sull'autobus. Era affollatissimo, caldo come una sauna. Takako guardava il cellulare, la fotografia che si era fatta inoltrare da Noriko.

Lei e Yoshiaki erano sposati da vent'anni. Qualche lite c'era stata, ma erano riusciti a mettere su una bella famigliola. Avevano avuto due figli, e cinque anni prima si erano potuti permettere una casa indipendente, anche se un po' vecchiotta, in un tranquillo quartiere residenziale. Yūhi sarebbe andato all'università per laurearsi quattro anni dopo. E così la sua vita di mamma sarebbe terminata. E sarebbe iniziata la vita di coppia insieme a suo marito. O perlomeno questo è quello che aveva sempre pensato. Chi si sarebbe immaginato che proprio arrivati a quel punto si potesse trovare in una situazione del genere?

Si perse in queste riflessioni mentre l'autobus arrivava al capolinea. Utsukushigaoka. Questo era il nome del quartiere in cui Takako abitava con la sua famiglia. Una zona residenziale costruita una ventina d'anni prima che ospitava un discreto numero di famiglie. Era in un'ottima posizione, a poca distanza dai monti e dal mare, ma dal punto di vista dei trasporti era messa male. C'era solo un autobus che portava al quartiere più vicino dotato di stazione. Per Yoshiaki non era un gran problema perché lui andava al lavoro con l'auto di famiglia, ma in effetti, rispetto a quando abitavano negli alloggi dell'azienda, il tragitto richiedeva decisamente più tempo. Per Takako, che non aveva neanche la patente, era davvero scomodo. Per raggiungere la ditta di pulizie dove lavorava e per andare a fare la spesa doveva per forza prendere l'autobus. Anche i suoi figli si lagnavano in continuazione del tempo che impiegavano per arrivare a scuola e del fatto che erano costretti a prendere un autobus e poi un treno. Yoshiaki però era fermamente convinto che «Un posto a contatto con la natura è l'ideale per crescere bene i figli», inoltre c'era un doposcuola dall'ottima reputazione per l'appunto in zona, quindi decisero di trasferirsi proprio lì. La casa, costruita diciannove anni prima, dimostrava la sua età, ma in compenso aveva tante stanze e spazio a volontà. Forse per questo l'avevano acquistata a un prezzo piuttosto elevato nonostante non fosse una nuova costruzione, e il loro cruccio maggiore era che la rata mensile del mutuo superava di gran lunga il canone di affitto dell'alloggio aziendale. Se Yūhi non fosse riuscito a entrare in un'università pubblica, con ogni probabilità Takako si sarebbe dovuta trovare un secondo impiego part-time.

Camminò fino a casa con le buste della spesa che le sembravano più pesanti del solito. Vide l'auto nel posteggio, segno che Yoshiaki era già rientrato.

La casa era a due piani, il soggiorno si trovava al piano terra. Si tolse le scarpe, salì le scale e vide Yūhi sdraiato sul divano davanti alla TV. Lo trovò strano, visto che da sei mesi a quella parte se ne stava sempre chiuso in camera e usciva solo per mangiare. Per giunta, quando notò Takako le disse: «Bentornata. Hai fatto tardi».

«Ah, sì. Sono appena arrivata. Scusami, mentre prendevo l'autobus ho incontrato per caso Noriko. La nostra vecchia vicina.»

Aveva deciso di rimproverarlo per non essersi presentato al colloquio con l'insegnante, ma era così sorpresa che finì praticamente per giustificarsi. Con tono gentile, Yūhi replicò: «Ah, sì, la signora che abitava accanto a noi. Sta bene?».

Alla TV c'erano dei comici in tuta che correvano nel fango. Si sentiva la descrizione dei loro movimenti intervallata da grosse risate. Yūhi li guardava ridacchiando. «Sì, tutto normale» rispose Takako osservando il profilo del figlio. Che la fase di ribellione fosse finita? Oppure era solo uno sbalzo di umore? Di qualsiasi cosa si trattasse, era certa che se gli avesse fatto delle domande si sarebbe innervosito e sarebbe andato a chiudersi come sempre in camera sua. Decise quindi di tacere e si diresse verso la cucina. Mentre sistemava la spesa gli domandò: «Dov'è papà?».

«Sta facendo il bagno» tagliò corto Yūhi.

«Sarai affamato. Preparo subito la cena.»

«Ma no, tranquilla.»

«Che dici? Un attimo ed è pronto.»

Non capitava spesso di averli in casa a quell'ora. Yūhi tornava sempre tardi dal doposcuola, Yoshiaki da un po' di tempo a quella parte faceva parecchi straordinari e cene di lavoro, motivo per cui mangiava a casa solo di rado. Takako pensò che era da tanto che non cenavano tutti e tre insieme, poi si fermò.

E se Yoshiaki le avesse detto un mucchio di bugie per cenare insieme alla donna della fotografia? Camminava insieme a lei con un sacchetto della spesa. Evidentemente l'accompagnava persino al supermercato. Mentre lei cenava a casa da sola, quei due giocavano a fare gli sposini. Roba da matti.

Quando, con la testa tra le nuvole, aveva già preparato il *mābō dōfu* e la zuppa, Yoshiaki uscì dal bagno. Takako si voltò a guardarlo. I capelli erano leggermente brizzolati. Non aveva la pancetta ma la pelle era floscia e sulle braccia aveva già diverse macchie. Con l'asciugamano intorno al collo e i pantaloni comodi era un signore di mezza età uguale a tanti altri. Possibile che uno come lui potesse avere una relazione extraconiugale?

«Ehi, Takako. Sei tornata finalmente.»

Yoshiaki entrò in cucina, aprì il frigo e prese una lattina di birra. Senza accorgersi che Takako lo stava fissando, buttò l'occhio alla confezione di aromi per il *tōfu*.

«Di nuovo?»

«Oggi ho avuto da fare.»

«Appunto, di nuovo? Da un po' di tempo a questa parte è sempre così» disse Yoshiaki con aria indifferente prima di sparire nel soggiorno. Senza rendersene conto, Takako schiacciò la confezione con la mano. Quella mattina era andata a lavorare presto, poi era uscita prima perché doveva passare da scuola. Tornata a casa, aveva dovuto preparare la cena in fretta e furia: chiunque al suo posto avrebbe usato gli aromi preconfezionati. E gli altri giorni era andata in modo simile, piena com'era di commissioni da sbrigare.

Ti permetti di dirmi «Di nuovo» ma non mi pare che negli ultimi tempi abbiamo mangiato così spesso insieme. Avrebbe voluto gridarglielo ma si trattenne. *Quella te lo prepara in maniera completamente artigianale il* mābō dōfu? *Evidentemente è così che lo ha conquistato. Se non avessi sempre così tanto da fare, nemmeno io mi affiderei ai prodotti industriali...* Gettò la confezione schiacciata nel cestino. Vide il sacchetto degli aromi per il riso saltato del giorno prima e si incupì ulteriormente.

Alla fine cenarono tutti e tre insieme. Nonostante fosse la prima volta dopo tanto tempo, non parlarono affatto. Dalla TV che Yūhi aveva lasciato accesa in soggiorno arrivavano le voci di un programma d'intrattenimento. Forse non aveva fame, perché mandò giù un sorso di zuppa e ripose le bacchette. Yoshiaki mangiò un po' di *tōfu* giusto per darle il contentino, poi prese le seppie e il *daikon* avanzate dalla sera prima e li accompagnò con la birra. La sola a mangiare tutto fu Takako, e proprio quando stava per finire Yoshiaki ordinò a Yūhi di spegnere la TV. Il ragazzo premette in silenzio il tasto del telecomando.

«Takako, dobbiamo parlare» disse Yoshiaki con un tono grave. Takako sentì il cuore in gola. Strinse forte la tazza che teneva tra le mani e, cercando di dissimulare l'emozione, domandò: «E di cosa?». Aveva forse intenzione di confessarle il tradimento? Proprio in quel momento, davanti a Yūhi che stava attraversando un periodo di instabilità? Possibile?

Ma si sbagliava. Con un'espressione seria, Yoshiaki le fece una rivelazione: «Yūhi ha messo incinta una ragazza». Poi proseguì: «Non fa più in tempo ad abortire, quindi il bambino nascerà a novembre. Yūhi dice che vuole sposarla, che lascerà il liceo e si troverà un lavoro».

Takako sbatté lentamente le palpebre. Non riusciva ad afferrare il significato di quelle parole. Yūhi, che andava ancora al liceo e si preparava ad affrontare la battaglia degli esami di ammissione, aveva messo incinta una ragazza? Chi è che voleva lasciare gli studi e sposarsi? Non sapeva neanche che Yūhi stesse con qualcuno.

«Lei ha diciannove anni e lavora al supermercato di fronte alla stazione. Soffre ancora di nausee ma è determinata a mettere da parte il denaro per coprire le spese del parto. È una brava ragazza.»

«... Tu l'hai incontrata?»

«Ieri. Temevo che Yūhi si fosse impelagato con una poco di buono, è naturale che volessi conoscerla, no? Ma possiamo stare tranquilli, è una ragazza a modo. Uno di questi giorni dobbiamo far visita alla sua famiglia... Cioè, a sua madre, perché ha solo lei.»

Yoshiaki continuava a pontificare mentre Takako non era in grado di aprire bocca. «Ma la cosa più importante è che anche se Yūhi dice di voler lasciare gli studi per trovarsi un lavoro, secondo me sarebbe meglio che si laureasse, anche per il bambino, capisci? E quindi ho deciso che andrà all'università come previsto. E fino a quando non sarà in grado di mantenersi da solo, lo ospiteremo qui con la sua famiglia e ci occuperemo di loro, sei d'accordo? Si dice che i matrimoni così precoci non funzionino mai, ma se noi genitori li accompagniamo sono certo che se la caveranno. In fondo a te piacciono i bambini, giusto Takako? E anche se è un po' presto sarai felice di prendere in braccio il tuo nipotino. Cerca di andare d'accordo con lei e aiutala con il bambino.»

Takako distolse lo sguardo dal marito che continuava a parlare e lo diresse verso Yūhi. Lo stesso figlio che non sorrideva da mesi arrossì come un pivello e, con voce tremante, disse: «Non pensavo che papà fosse una persona così comprensiva. Ero pronto ad affrontarvi. Pensavo che me la sarei cavata lasciando gli studi e mettendomi a lavorare. Anche Julia ha detto che si sarebbe data da fare. Invece la reazione di papà mi ha toccato. Se posso essere sincero, io all'università ci voglio andare».

Yūhi chinò il capo in segno di gratitudine. «Grazie, papà» aggiunse, e Yoshiaki, con il volto leggermente arrossato per via della birra, annuì compiaciuto: «Preparare i figli alla vita è il dovere di ogni genitore. Dovrai fare lo stesso quando nascerà il tuo bambino».

Takako guardava padre e figlio che ridevano come si fa con i personaggi di fantasia alla televisione. Che storia era quella? Perché quei due l'avevano messa davanti al fatto compiuto nonostante si trattasse di una questione così importante? La vita di Yūhi sarebbe cambiata drasticamente e così pure la sua: non era accettabile che gliene parlassero a cose avvenute. Notando il suo mutismo, Yūhi fece un cenno al padre. Yoshiaki guardò la moglie e, con la solita aria saccente, disse: «Devi capirla, è sorpresa. Non dobbiamo forzarla. Takako, lo so che hai bisogno di tempo per fartene una ragione».

«Ma che dici? Stiamo scherzando?»

La voce le uscì dalla gola intorpidita come un grido.

«In una famiglia si discute tutti insieme sul da farsi. Il vostro modo di fare è inaccettabile. Avevo bisogno di ragionare sulla situazione insieme a voi, non di essere messa di fronte all'evidenza. Avreste dovuto consultarmi, non vi pare?»

Aveva la gola tremendamente secca. Cercò di afferrare la tazza ma le mani le tremavano e la rovesciò. Mentre tentava di asciugare il tavolo con uno strofinaccio sentì Yoshiaki sospirare e alzò di scatto la testa. Notò che la guardava con aria indifferente.

«Che significa che dovevamo consultarti? Con Koharu te la sei vista tu e il risultato è che è scomparsa. Parlartene sarebbe stato del tutto inutile.»

Takako si fermò. Guardò il marito con espressione incredula.

«Aspetta un momento. Me la sono vista io? Vuoi dire che se Koharu è scomparsa è solo colpa mia? Se se n'è andata è perché tu non le hai mai voluto dare ascolto.»

«È naturale. Sarebbe stato più crudele assecondare un sogno che non sarebbe mai riuscita a realizzare. Ti ho detto di convincerla a rinunciare ma tu non ci sei riuscita, quindi è colpa tua. Sei stata tu a rovinare la vita di Koharu.»

«Non sono stata io, ma tu, a fare di tutto per rovinargliela.»

«Ma non dire sciocchezze. Io le ho indicato una direzione rispettabile.»

Nella concitazione del momento, a Takako sembrò di rivivere la stessa situazione di due anni prima. La figlia in lacrime diceva di non voler rinunciare ai propri sogni, ma il marito fu irremovibile. A Takako disse: «Devi fare in modo che ci rinunci. Andrà in una buona università e poi troverà un impiego in un'azienda come si deve. È la cosa migliore». Era il periodo in cui Yoshie non perdeva occasione per decantare le lodi dell'università femminile dove lei stessa aveva studiato. Erano Yoshie e Yoshiaki a desiderare che Koharu ci andasse, non lei.

«Fai tutte queste storie perché non sei sicura di superare gli esami di ammissione. Dimostrami che non è così e ne riparleremo.»

Koharu gli credette e si impegnò per superare gli esami. Ma nonostante il risultato, Yoshiaki non volle sentir parlare di percorsi alternativi a quello universitario. «Ti stiamo mandando all'università a nostre spese, senza nemmeno una borsa di studio. Invece di cianciare di sogni irrealizzabili dovresti ringraziarci.» Sentendo queste parole, Koharu pianse, ma a rigarle il volto, più che le lacrime, era la speranza stessa.

La sera che precedeva la cerimonia di ammissione, a notte fonda, Koharu scappò di casa dopo aver raccolto le buste ricevute dai nonni e dagli altri parenti e tutti i suoi risparmi. Lasciò un biglietto in soggiorno che diceva "Non ho intenzione di rinunciare al mio sogno" e poi una miriade di scuse. "Scusate se ho tradito le vostre aspettative", "Scusate per ciò che ho fatto", "Scusate se non vi ho dato ascolto". Koharu se ne andò lasciando loro tante parole in cui si scusava.

«Senti, ma quando la smetterai? Sono due anni ormai che se n'è andata. Non ci ha mai contattati, nemmeno una volta. Si starà dando da fare. Non credi che sia giunto il momento di fare la nostra parte, sapendo che nostra figlia è chissà dove, che lavora fino allo stremo senza poter contare nemmeno sui propri genitori? Perché sei così convinto che abbia fatto una brutta fine?»

Yoshiaki schiacciò con la mano la lattina di birra e rise sbuffando con il naso.

«Come fai a dire che si sta dando da fare? È possibile anche che abbia rinunciato al suo sogno e si sia messa con qualche signor Nessuno. Anzi, chissà che non abbia già figli anche lei. Se mi avesse dato retta, a quest'ora si starebbe godendo la vita da studentessa, invece si è rovinata con le sue mani.»

Ma la fuga di Koharu non era stata un capriccio. Come poteva non capire? Era evidente che in quel momento Takako fosse preda di una rabbia viscerale, bruciante, vorticosa. Ciò nonostante si sforzò di restare calma, respirò a fondo e rispose soppesando ogni parola: «Non credo. Ma poniamo il caso... Poniamo il caso che abbia un compagno e dei figli. Se così fosse, non cambierei idea riguardo a Koharu. Resta il fatto che si stia dando da fare senza procurarci alcun fastidio. Non ti sembra lodevole? Non è affatto una buona a nulla. La situazione di Koharu e quella di Yūhi sono completamente diverse. Yūhi va ancora al liceo o mi sbaglio? Non è ancora responsabile nemmeno di sé stesso, e se ne va in giro a ingravidare delle sconosciute. Ti sembra normale che un ragazzino sotto la tutela di adulti si ficchi in un guaio...».

Non fece in tempo a finire la frase. Il tavolo traballò con un forte rumore e i piatti di *mābō dōfu* si rovesciarono. Yūhi, che fino a poco prima era rimasto calmo, aveva sferrato un calcio. Si alzò e rivolse a Takako un'occhiata furiosa.

«Ecco che mi dai contro, come sempre. Ma piantala. È perché sei così che ne ho voluto parlare solo con papà. Non cambi mai, è da quando eravamo piccoli che per te esiste solo mia sorella. L'ho capito, sai, che volevi dire che il buono a nulla sono io!»

«Yūhi, calmati, io non volevo...»

«È sempre così, sempre così, non mi accontenti mai, qualsiasi cosa ti chieda. Mi dai sui nervi» gridò battendo i piedi per terra. Lo faceva anche da bambino. Quando le cose non andavano come voleva lui perdeva le staffe e si metteva a gridare. Il motivo principale era che i nonni paterni, come pure Yoshiaki, lo avevano sempre viziato con la scusa che era il primo figlio maschio. Per la famiglia di suo marito, i primogeniti erano quasi oggetto di venerazione, e tra primi e secondi figli facevano una grande differenza. Yoshiaki, a sua volta primogenito, le aveva raccontato che rispetto a suo fratello lui riceveva molti più dolci e persino porzioni più ricche durante i pasti. Takako era cresciuta in una famiglia che trattava tutti i figli allo stesso modo e dal suo punto di vista non avrebbe potuto essere altrimenti. Aveva sempre detto che per lei i suoi figli erano uguali. Ciò nonostante, Yūhi si era arrabbiato e le aveva rinfacciato di trattarlo in modo diverso rispetto alla sorella. Non era più un bambino, com'era possibile che non avesse ancora capito?

Yoshiaki la fissava con aria attonita. Takako era sconvolta da quello sguardo freddo e dalla voce rabbiosa di Yūhi.

Se solo si fosse accorta di qualcosa, se avesse *osservato* meglio, ora forse non si troverebbe in questa situazione. La "radice" cui faceva riferimento alla suocera, ormai, era una pianta fin troppo cresciuta...

Finito di rassettare, Takako andò in camera da letto, dove trovò Yoshiaki già sotto le coperte. A giudicare dall'assenza di movimenti e di respiro pesante, probabilmente non si era ancora addormentato. Ma non aveva nemmeno voglia di parlarle. Takako, a sua volta, in silenzio, si infilò nel letto accanto al suo, gli annunciò che avrebbe spento la luce e in un istante nella loro camera scese il buio.

Non riusciva ad allontanare dalla mente il pensiero di Yūhi. Lui avrebbe voluto che accettasse tutta quella situazione, ma non era così semplice. Proprio mentre si chiedeva cosa fosse giusto fare, Yoshiaki si girò nel letto e la chiamò.

«Takako, riguardo a prima...»

Si irrigidì all'istante. «Sì?» disse, al che Yoshiaki, come leggendole nel pensiero, riprese: «Con Yūhi facciamo come abbiamo deciso, andrà tutto bene».

«Facciamo come abbiamo deciso, dici...»

«Sta' in silenzio e fatti da parte. So di non aver commesso alcun errore. Capisco i nostri figli molto meglio di te.»

Yoshiaki aveva usato un tono che non ammetteva repliche. A un certo punto aggiunse, senza darci troppo peso: «In fondo è un bene anche per te. Avresti bisogno anche tu di sogni e gioia nella vita. Poter partecipare all'educazione di un bambino è proprio questo: una gioia. Ti farà sentire realizzata».

«Realizzata...» ripeté Takako con l'aria di chi avrebbe voluto chiedergli che cosa diavolo andasse blaterando.

Pensi davvero che la mia vita sia priva di sogni e di gioia?

Ce li ho anch'io dei sogni. E conosco la gioia. Sogno che Koharu si realizzi e abbia successo, che Yūhi cresca e diventi una persona rispettabile. E dopo che avranno lasciato il nido ci sono tante cose che voglio fare. Tra queste ce n'erano alcune che speravo di fare insieme a te.

Tu non sai niente di me. E per mia sfortuna anch'io credevo di conoscerti e invece mi sono dovuta ricredere. Non mi sono resa conto che per tre mesi, se non di più, accanto a te c'è stata un'altra donna. Non avevo idea dello stato d'animo con cui rincasavi ogni sera e ti avvicinavi a me. Ero così sopraffatta dalle cose da fare, così impegnata a risolvere un problema dopo l'altro da non fermarmi mai a pensare a te. Una volta non c'era tutta questa distanza tra noi.

Yoshiaki, forse appagato dal suo monologo, si era già messo a ronfare. Quel respiro che sentiva ininterrottamente da oltre vent'anni adesso le sembrava lontanissimo. Takako trascorse la notte con gli occhi fissi nel vuoto, covando un sentimento che non sapeva se fosse irritazione o rancore.

Il mattino successivo Yoshiaki e Yūhi uscirono senza dirle una parola. Mentre raccoglieva i piatti ancora pieni per metà, Takako si sentì mancare le forze all'improvviso. Piano piano si mise a sedere e cadde in un sonno profondo. Forse perché la sera prima non aveva chiuso occhio, sentiva un dolore pulsante alle tempie, come se qualcuno l'avesse presa ripetutamente a pugni. Avrebbe voluto prendere qualcosa per il mal di testa ma non riuscì ad alzarsi, quindi appoggiò la fronte al pavimento freddo e aspettò che le passasse.

Con la coda dell'occhio vide che l'orologio a muro segnava quasi l'ora di andare al lavoro. Solo che lei non riusciva a muovere un dito. Pensò di non avere altra scelta che darsi malata, ma se pensava a quanto si era impegnata per cercare di aggiudicarsi i trentamila yen di bonus destinati al dipendente modello si sentiva come svuotata.

«Che cosa posso fare...?»

Avrebbe voluto confidarsi con qualcuno. Ma con chi poteva parlarne? Non voleva impensierire la sua anziana madre, lontana e ansiosa, né poteva importunare i suoi fratelli, che avevano già parecchi pensieri per conto loro. Le venne in mente Noriko, ma preferiva non dirle nulla di Yūhi.

Non poteva parlarne con nessuno. Quando se ne rese conto le venne da piangere. *Nessuno conosce la mia sofferenza. Se pure mi schiacciasse fino ad annientarmi, nessuno ne saprebbe nulla.*

Forse un giorno sarebbe sparita così, senza che si muovesse una foglia. Takako si alzò di scatto, in preda all'irritazione. *Lì potrei dormire senza pensare a niente.* Corse al primo piano, dove c'erano le tre stanze da letto: la sua e quelle dei figli. Takako entrò in quella di Koharu.

Dalla fuga della figlia non era cambiato niente. Faceva arieggiare la camera tutti i giorni e nel fine settimana la puliva regolarmente, quindi era in perfetto ordine. Sentì odore di chiuso e andò ad aprire la finestra. L'aria frizzante del mattino si riversò all'interno muovendo leggermente le tendine color crema.

Aprì anche le ante dell'armadio per favorire il ricambio d'aria. Appesi al suo interno c'erano l'uniforme del liceo e il completo che aveva preparato per la cerimonia di ammissione all'università. Il completo era stato indossato solo una volta, quando l'aveva provato nel negozio. Con ogni probabilità non l'avrebbe messo mai più. *Ieri Yoshiaki ha detto tutte quelle cose, ma chissà come sta davvero Koharu. È in salute, questo lo so.* Iniziò a immaginare situazioni deprimenti e si affrettò a scacciarle dalla mente.

Aprì il mobile accanto all'armadio, il cui ripiano più basso era completamente vuoto. Takako si infilò in quello spazio minuscolo e si rannicchiò. La luce filtrava solo da un lato, lasciandola in penombra. Accanto a lei c'era la parete, e nella parte bassa qualcuno aveva disegnato una specie di scatola quadrata con un pennarello nero. Intorno ai quattro lati c'erano delle figure umane, ciascuna con dei fiori tra le mani. Dentro al quadrato, qualcuno aveva scritto con una grafia incerta "La tomba della donna". O, per la precisione, "La tomba della donna → Inferno".

Si era accorta che lì c'erano quelle scritte solo sei mesi dopo il trasferimento nella casa. Nell'armadio della camera da letto matrimoniale c'era una specie di ruota con la scritta "Parco dei divertimenti", nel soggiorno al primo piano, sotto alla finestra, "Il balcone del castello", in un angolo delle scale tra primo e secondo piano era disegnata una zucca con scritto "La scala di Cenerentola". Era una grafia per lo più infantile, ma alcune scritte sembravano opera di una donna adulta, forse la mamma. Quelle scritte la facevano sorridere, forse prima di loro ci aveva abitato una famiglia con bambini piccoli, ma quando trovò "La tomba della donna" le venne un colpo.

A giudicare dai tratti sgraziati, doveva averlo scritto un bambino ai primi anni di scuola, se non in età prescolare. Perché un bambino così piccolo avrebbe dovuto scrivere delle cose così inquietanti? Rispetto alle altre scritte, del tutto innocenti, quella "Tomba della donna" spiccava decisamente. Pensò di cancellarla, ma era curiosa di conoscerne le ragioni. Da quando Koharu se n'era andata, Takako aveva preso l'abitudine di infilarsi nella minuscola "Tomba della donna" ogni qual volta si sentiva in difficoltà o in agitazione. Si sdraiava in quello spazio buio e angusto e pensava: *Sto dormendo in una tomba.* E così, misteriosamente, le passava tutto. I morti non conoscono le prigioni dei vivi. In quei momenti nulla poteva condizionarla...

Anche quella volta, osservando il disegno di quella specie di blocco di pietra, riuscì piano piano a ritrovare la calma. Non era cambiato niente, ma lei era tornata lucida, e questo era l'importante. Appena si fu un po' tranquillizzata, si accorse di non riuscire a tenere gli occhi aperti. La stanchezza della notte insonne iniziava a farsi sentire. Takako chiuse le palpebre pesanti, respirò profondamente e decise di addormentarsi proprio lì. Scivolò nel sonno senza opporre resistenza, come quando ci si immerge nell'acqua del mare.

Ma dopo soli dieci minuti il suo sonno si interruppe. Qualcuno la stava scuotendo con forza.

«Mamma! Mamma, che succede!?»

La voce era così concitata da spaventare Takako, che balzò a sedere e batté la testa contro il ripiano del mobile. «Ahi!» esclamò, quindi si guardò intorno e vide il volto, contratto in una smorfia, di Koharu. Aveva i capelli molto più lunghi di quanto ricordasse ed era truccata con cura. «Di tutti i posti perché te ne vieni a dormire qui? Mi hai fatto prendere uno spavento!» le gridò. «Ti ho cercata in ogni angolo della casa e non c'eri, sono venuta in camera mia giusto per scrupolo, pensando di non trovarti, e invece sei qui, addormentata nel mobile. Per un attimo mi si è fermato il cuore.»

«Eh? Ah, Koharu. Che ci fai qui?»

«Dovrei chiederlo io a te! Che stai facendo?»

«Ecco, vedi, questa è "La tomba della donna" e quindi... Ma dimmi, sto sognando per caso?»

Il dolore alla testa diceva a Takako che non si trattava di un sogno, ciò nonostante non credeva ai propri occhi. Perché Koharu, dopo un silenzio così lungo, si trovava lì con lei?

«Non stai sognando, sono venuta a trovarti» disse Koharu prendendole la mano, come per convincerla della propria presenza, poi scoppiò a ridere.

Raggiunsero il soggiorno al piano inferiore e si misero a sedere una di fronte all'altra. Koharu guardò gli avanzi della colazione del padre e del fratello e le disse: «Passami il riso». Poi mise la ciotola davanti a Takako, che ancora cercava di capire il motivo della sua visita, e le chiese il bis. Mentre glielo passava, Koharu le domandò: «Che storia è quella della "Tomba della donna"?».

«Lo sapevo, non te n'eri accorta neanche tu. In vari punti di questa casa ci sono scritte lasciate da bambini, ricordi? Ce n'è una anche su quella parete. Dice "La tomba della donna".»

L'idea di trovare conforto in ciò che restava di un gioco di bambini le procurava un certo imbarazzo. Ne parlò a Koharu sapendo che probabilmente l'avrebbe presa in giro. Quando era lì si sentiva un po' come se fosse morta, il che aveva su di lei un effetto calmante. Koharu ascoltò la spiegazione della madre ma non la derise. Borbottò qualcosa e tornò alla sua seconda ciotola di riso.

«Era così tanto che non assaggiavo qualcosa preparato da te. Ora sì che sono sazia.»

«Bene. Ma ascolta, Koharu, vuoi dirmi perché sei tornata qui all'improvviso?» le domandò versandole del tè. Lei aggrottò la fronte e rispose: «Ecco, appunto. Ho saputo che Yūhi ha messo incinta una ragazza, è vero?».

«Come fai a saperlo?»

Per poco non lasciò cadere la tazza. Perché Koharu era a conoscenza di una storia che lei aveva scoperto solo la sera prima? Forse i suoi figli comunicavano ancora tra loro in qualche modo? Ma Koharu rispose che l'aveva saputo da un'amica.

«Ti ricordi Miwa, quella che veniva alle medie con me? L'anno scorso si è sposata e adesso aspetta un bambino. È stata lei a contattarmi. Pare che la ragazza di Koharu vada dalla sua stessa ginecologa.»

«Ma pensa un po'...»

Così come la scappatella di Yoshiaki, probabilmente anche la gravidanza di Yūhi era già di dominio pubblico. Forse lei era stata l'ultima a saperlo. Mise da parte l'irritazione e la delusione e fece a Koharu la domanda che le stava a cuore.

«Dove abiti adesso? Ero convinta che te ne fossi andata a Tokyo.»

«E perché mai avrei dovuto?»

Le indicò un posto raggiungibile in meno di un'ora con autobus e treno. Takako fu sorpresa di sapere che per tutto quel tempo erano state così vicine. Koharu vide l'espressione sbalordita della madre e fece un sorriso che tradiva un filo di soddisfazione.

«Non ho mai avuto intenzione di andare a Tokyo. La persona di cui volevo diventare allieva è qui. Ma sapevo che, se vi avessi chiesto di lasciarmi stare qui così che potessi frequentare la sua scuola da casa, il papà non avrebbe mai acconsentito.»

Certo, annuì Takako. Il marito aveva deciso che Koharu sarebbe andata all'università. Non avrebbe accettato nessun'altra opzione.

«Ma non pensiamo a questo. È vera la storia di Yūhi? Che avete intenzione di fare? Miwa mi ha detto che la pancia è già piuttosto grande, quindi immagino che un aborto sia fuori discussione.»

«Finché Yūhi non si laureerà ospiteremo noi la ragazza e il bambino. Questo è il piano che mi è stato illustrato giusto ieri sera.»

«Che significa?»

«All'inizio Yūhi aveva intenzione di lasciare gli studi e trovarsi un lavoro, ma vostro padre ha deciso di fare come ti dicevo.»

Le raccontò cos'era successo la sera prima. Si attenne ai fatti per evitare di cedere alle emozioni, poi le domandò cosa ne pensasse. Koharu scosse la testa, incredula.

«Papà ha un debole per Yūhi, quindi la sua posizione non mi stupisce. Ma mi sembra assurdo che non si sia confrontato con te. Prima ti diceva qualsiasi cosa. Ha sempre voluto fare di testa sua e alla fine decideva lui, ma almeno ti metteva al corrente delle situazioni. Che è successo?»

Takako ammirava lo spirito di osservazione della figlia. Yoshiaki era il tipo a cui piaceva parlare di ciò che gli succedeva al lavoro ed esprimere il proprio punto di vista sulle notizie del telegiornale. Con il tempo però aveva iniziato a farlo più raramente, e negli ultimi tempi non capitava più. Takako si diceva che forse aveva molte cose per la testa.

«Pare che tuo padre abbia un'altra donna» mormorò Takako. Per qualche motivo si sentì tremendamente in colpa e chiese scusa a Koharu. «Non me ne sono proprio accorta. Me l'ha detto Noriko, la nostra vecchia vicina di casa. Dice che forse va avanti già da sei mesi. È diventato oggetto di pettegolezzo tra le nostre ex vicine.»

Mentre parlava, si sentì l'unica responsabile di tutto. Avrebbe dovuto prendere sul serio gli avvertimenti di chi aveva più esperienza di lei. In cuor suo si scusò di nuovo con la suocera e tirò un sospiro. Koharu la fissava con gli occhi spalancati.

«Ma che dici? Che disastro è diventata la nostra famiglia?» Sentire che le tremava la voce le strinse il cuore. *Un disastro, esatto*. Avrebbe preferito che si mettesse a gridare rinfacciandole le sue responsabilità. Takako chinò il capo. Koharu ammutolì, incapace di dire altro. Tra loro calò il silenzio.

«Sai, penso che non avremmo dovuto comprare questa casa» disse con tono pensoso Koharu dopo qualche minuto. Takako non capì che volesse dire e alzò la testa di scatto, al che Koharu ripeté con voce più chiara: «Il problema è questa casa. Saremmo dovuti rimanere negli alloggi aziendali».

Perché se la prendeva con la casa? Takako la guardava interdetta, Koharu le spiegò che nella vecchia abitazione stavano sempre insieme. C'era poco spazio, ma ognuno sapeva sempre cosa stavano facendo gli altri, e si parlava di qualunque argomento. Una volta trasferitisi, la distanza tra loro era aumentata. Stavano sempre meno a casa e anche le occasioni di mettersi tutti quanti a tavola si erano ridotte drasticamente. Era bello che ognuno avesse la propria stanza, ma questo li aveva portati a trascorrere molto più tempo da soli. Non comunicavano più e lei si sentiva tremendamente isolata.

Koharu parlò lentamente ma senza fermarsi, poi mandò giù il tè tutto d'un sorso. Alzò le spalle e fece un respiro profondo. Guardò la madre che aveva il volto contratto e stava quasi per piangere, tanto l'avevano colpita le sue parole.

«Questa è una casa poco adatta a noi. Non c'entra niente con la nostra famiglia. Ho la sensazione che in quella vecchia sarei riuscita a parlare di più con papà. Senza un posto in cui andarmi a rifugiare, avrei potuto affrontare di petto le nostre discussioni. Non mi sarei mai dovuta sottrarre al confronto.

Ma ormai non ha più senso discuterne. Ora che me ne sono andata posso dire tutto quello che mi passa per la testa. Di una cosa però sono certa: all'epoca non andavi a nasconderti nella "Tomba della donna".»

La casa era inadatta. Non voleva crederci, ma non riusciva neanche a negarlo. Non voleva pensare che quell'obiettivo raggiunto con tanti sacrifici non c'entrasse niente con loro. A giudicare da come si erano messe le cose, però, forse Koharu aveva ragione.

«Perdonami. Hai cominciato a rannicchiarti là dentro dopo che me ne sono andata, non è vero? Se fossi rimasta, forse non sarebbe andata a finire così.»

Si accorse che Koharu aveva gli occhi arrossati. Le labbra le tremavano come ogni volta che stava per piangere. Takako si sforzò di sorridere e, con voce calma, la tranquillizzò: «Ma che dici? Probabilmente era solo un gioco e data l'età non sapevano neanche cosa scrivevano. Sai che vicino a quella finestra hanno scritto "Il balcone del castello"!? Quando sono di buonumore mi siedo al davanzale con caffè e biscotti. Certo, a parte il nespolo c'è ben poco da vedere».

«Anche vicino alla finestra? Io sapevo solo del salotto e dello spogliatoio.»

«Davvero? Devi vederli allora.»

Koharu si alzò e andò alla finestra. Osservò la parete tutt'intorno e quando individuò la scritta gridò: «Eccola! Ma allora c'era davvero. Guarda dove sono andati a scarabocchiare!».

«Gli occupanti che ci hanno preceduto evidentemente avevano dei bambini piccoli, ti ricordi che te ne avevo già parlato? Dei loro vicini dell'epoca credo sia rimasta solo la signora Araki, ma non si presenta mai l'occasione di chiederle che tipo di famiglia fosse.»

Vide che il volto di Koharu adesso era disteso e si tranquillizzò anche lei. Si stava divertendo a seguire quei tratti con il dito, poi si voltò all'improvviso e disse: «Andiamole a trovare».

«A trovare chi?»

«La ragazza di Yūhi e l'amante di papà. Se loro non si prendono la briga di parlarti faccia a faccia, vorrà dire che saranno le loro donne a dirti la verità. Noi siamo la loro famiglia e abbiamo tutto il diritto di incontrarle. Anzi, è un nostro dovere. Su, forza» fece Koharu alzandosi in piedi. «Dài, mamma, va' a prepararti. La ragazza di Yūhi lavora in un supermercato vicino alla stazione, giusto? Non ci saranno tante altre ragazze così giovani con il pancione: la troveremo subito. Quanto all'amante di papà, sarà sufficiente chiedere alla signora Noriko. Lei sa sempre tutto.»

«Sì, certo... Ma davvero ci vuoi andare?»

«Ovvio. O hai intenzione di stare qui a obbedire ciecamente ai capricci di quei due? Io posso andarci anche da sola.»

Koharu prese Takako per un braccio. «Devi venire anche tu, mamma. Non ci si può nascondere dai problemi familiari.»

Dopo qualche istante di esitazione, Takako si alzò in piedi. Le chiese di sparecchiare e andò in bagno. Si lavò vigorosamente il viso e poi si guardò allo specchio. Intorno agli occhi era piena di macchie e rughe. Le guance erano flosce e vicino alle tempie iniziavano a spuntare i capelli grigi. Guardò meglio e notò con stupore che era davvero invecchiata e, per un attimo, il suo cervello crudele sovrappose il giovane volto della maestra di danza al suo. Distolse subito lo sguardo dallo spettacolo penoso del suo viso. Poi cominciò a ripetersi che doveva andare, doveva sapere, era per la sua famiglia.

«... Pronti» mormorò tornando a specchiarsi. Stavolta senza distogliere lo sguardo.

La stazione dei treni che portavano in città si trovava a mezz'ora di autobus da Utsukushigaoka. Era una stazione con un traffico intenso, davanti alla quale sorgevano diversi palazzoni. Più avanti c'era una strada con negozi e un'altra piena di bar e ristoranti, entrambe sempre affollate. Già da diverso tempo attiravano visitatori anche da altre zone, e di molti locali si era parlato in vari programmi televisivi. Per un posto mal collegato come Utsukushigaoka, che la gente chiamava "isola sperduta sulla terraferma", la vicinanza a quella cittadina era una benedizione. Le provviste quotidiane degli abitanti del quartiere dipendevano quasi esclusivamente da quei negozi (in realtà, le famiglie che avevano un'auto a disposizione potevano contare anche sui grandi discount di periferia). Takako, che non aveva la patente, si serviva solo dalle botteghe intorno alla stazione.

I supermercati erano due. Uno più di lusso, che vendeva generi alimentari d'importazione tra cui vini e formaggi e cibi biologici, e un altro che puntava sulla convenienza ed esponeva cartelli con i prezzi talmente vistosi da risultare quasi invadenti. Quest'ultimo era quello dove andava sempre Takako, mentre la fidanzata di Yūhi lavorava nell'altro.

Appena entrate, Takako notò una ragazza con il pancione che sistemava dei prodotti dietetici sugli scaffali. Portava i lunghi capelli castani raccolti dietro la testa e un trucco abbastanza pesante. Aveva un'aria adulta, ma l'espressione e i movimenti conservavano qualcosa di infantile.

«Che sia lei? Mi sembra che si chiami Julia...»

Portava un abito ampio e il grembiule, ma la pancia era comunque visibile. Nonostante il peso, disponeva la merce sugli scaffali e metteva via gli scatoloni. Era sempre sorridente, e quando i clienti si rivolgevano a lei, si girava immediatamente verso di loro per aiutarli. Quando rideva si intravedevano gli incisivi davanti.

«Penso proprio di sì. Sembra una brava ragazza, no?»

Mamma e figlia la osservarono attentamente. Poi, approfittando di un momento in cui era da sola, Takako le si avvicinò.

«Ci scusi...» Quando le rivolsero la parola sorrise immediatamente e disse: «Benvenute». Koharu aveva ragione, sembrava una persona a modo. Quando Takako si presentò come «La mamma di Suetsugu Yūhi» la sua espressione cambiò di colpo. I suoi occhi, i cui contorni erano sottolineati da uno spesso strato di eye-liner, la guardavano fisso.

«Non posso crederci. Quanto devi essere viziato per mandarmi qui tua madre?»

«Eh?»

«Tutt'al più dovrebbe essere lui a venire. Da uno che dice di essere pronto a fare il padre non mi aspettavo un atteggiamento così irresponsabile.»

Aveva cominciato a piangere, le lacrime le rigavano le guance. Takako e Koharu, che era rimasta qualche passo indietro, si agitarono. Koharu si avvicinò.

«Mamma, non l'avrai redarguita?»

«Ma figurati! Oh, ascolta, forse hai frainteso le mie intenzioni. Yūhi non sa che siamo venute. Volevamo parlarti senza che fosse presente.»

Yūhi era all'oscuro di tutto. Ora la ragazza le guardava con sospetto. Ma non pensò che mentissero, perché si asciugò gli occhi e rispose: «Aspettate, chiedo il permesso di uscire per qualche minuto. Potreste aspettarmi nel *family restaurant* dall'altro lato della strada?».

Al suo arrivo, Julia disse chiaro e tondo a Takako e Koharu che la sera prima aveva annunciato a Yūhi di volerlo lasciare.

«Gliel'ho detto quando mi ha telefonato. Posso crescere questo bambino da sola, quindi di te… di Yūhi non ho alcun bisogno. E ho riagganciato.»

«E perché vuoi crescerlo da sola? Non ti avrà mica detto qualcosa di scortese, spero. Se invece è stata una semplice lite, mi sembra un po' esagerato lasciarsi» chiese Koharu con un tono di voce acuto, certamente per via della sorpresa. Julia si portò le mani sul ventre e, cercando di controllare la voce, disse: «Non si rende conto».

«Non si rende conto? In che senso?» domandò Takako.

Julia sorseggiò il succo d'arancia che aveva davanti. Fece una smorfia, dovuta forse alle nausee che, come già sapevano Takako e Koharu, non accennavano ancora a placarsi. A ben guardare, aveva le guance scavate e un colorito pallido. Con il trucco cercava di ravvivare zigomi e labbra. Posò il bicchiere sul tavolo e, muovendo appena la bocca, rispose: «Ha detto che i genitori gli pagheranno l'università. E nel frattempo si occuperanno di me e del bambino. Mentre me lo diceva, tutto contento, ho capito che non si rende minimamente conto di cosa significhi fare il padre».

A Takako tornò in mente il sorriso di Yūhi mentre le diceva che sarebbe voluto andare all'università. Con lo stesso umore aveva comunicato la sua decisione a Julia. "Mio padre ha detto che si occuperà di noi, meno male, eh?" Non faticava a immaginarselo mentre le parlava con quel tono spensierato.

«All'inizio mi aveva detto "Vado ancora al liceo, ma farò di tutto per crescere questo bambino insieme a te" e io ci avevo creduto, invece poi…»

Le lacrime le riempirono gli occhi. Takako prese un fazzoletto e glielo porse, ma lei scosse la testa in segno di rifiuto. Si strofinò gli occhi con i tovaglioli di carta che erano sul tavolo.

«Scema io che ci speravo. Quando ho saputo di essere incinta ho avuto paura, sapevo che a Yūhi avrebbe cambiato la vita. Io sono più grande di lui, avrei dovuto fare maggiore attenzione. All'inizio ne ero consapevole. Poi con il tempo me ne sono dimenticata. Gli ho persino rinfacciato di voler andare a tutti i costi all'università.»

Koharu annuì per mostrarle solidarietà. Anche Takako capiva cosa provasse Julia. Le nausee, il corpo che cambia giorno dopo giorno. La donna diventa madre da subito, l'uomo si rende conto di essere padre solo dopo che il bambino è nato, e c'è chi non lo capisce neanche allora. Avrebbe preferito che Yūhi non fosse quel tipo d'uomo, ma al momento purtroppo era così. Non poteva certo biasimarla se lo accusava di non rendersene conto.

«Ha sbagliato anche a non dirvelo finché non è stato obbligato dalle dimensioni della mia pancia. Vi sarete preoccupati. Quando finalmente ve l'ha detto, mi ha spiegato che sareste stati voi a mantenerci: c'è qualcosa di peggio? Immagino quanto siate rimasti sorpresi.»

Koharu batté nervosamente le dita sul tavolo, Julia abbassò gli occhi e si soffiò il naso.

«Anche se è mio fratello, lo trovo pessimo. Tu lo lasci per telefono e lui non viene neanche a parlarti. Dove diamine è andato Yūhi?» le domandò Koharu, e Takako rispose: «A scuola, o almeno credo». Poi aggiunse: «È uscito con l'uniforme. Magari contava di venire dopo la fine delle lezioni... In ogni caso, sono d'accordo. Conoscendo lo stato d'animo di Julia, sarebbe dovuto venire qui da lei anche a costo di saltare la scuola».

«Penso che in fondo non abbia alcuna intenzione di lasciare gli studi. Ma non posso farci niente. È ancora un liceale. Darò alla luce questo bambino da sola. Anche mia madre mi ha cresciuto senza alcun aiuto, quindi so che ce la caveremo. Mi prenderò cura di questo bambino qualsiasi cosa accada.»

Julia doveva avere l'età di Koharu, forse un anno in meno. Il pensiero che una ragazza così giovane fosse già determinata a fare la madre, mentre suo figlio chissà che andava combinando, irritò profondamente Takako. Provò vergogna. In cuor suo aveva sempre disapprovato l'educazione che Yoshiaki impartiva a Yūhi, ma alla fine non si era mai davvero imposta. La sera prima, mentre lo ascoltava, per un attimo aveva pensato perfino che il suo discorso avesse una logica. Una laurea sarebbe stata meglio di un diploma anche per la moglie e il figlio. Con l'aiuto dei genitori ce l'avrebbero fatta nonostante fossero ancora molto giovani.

Ma ragionava così solo perché le faceva comodo. Diventare genitori, avere un bambino, significa camminare con le proprie gambe facendosi carico in prima persona delle proprie responsabilità. Sostituirsi ai propri figli non è gentilezza: è una forma di autocompiacimento tipica dei genitori che non sanno resistere alla tentazione di mettersi in mezzo.

«Avrei voluto che affrontassimo questa situazione noi due da soli. Che fossimo una vera coppia» mormorò Julia parlando fra sé. Ma per Takako fu come un pugno nello stomaco. A un certo punto la ragazza controllò l'orologio ed esclamò: «Accidenti! Devo andare. Mi avevano concesso solo mezz'ora di pausa. Vi chiedo scusa se sono stata maleducata. Da questo momento in poi vorrei che non vi preoccupaste per me. Ormai Yūhi e io ci siamo lasciati».

«Ma non puoi chiederci una cosa del genere. Questo è anche un problema di quell'idiota di Yūhi, e non possiamo certo accontentarci e chiuderla qui» la incalzò Koharu quando si era già alzata in piedi. «Diglielo anche tu, mamma!» fece a Takako, ancora frastornata, che chinò il capo e disse: «Sì, dacci ancora un po' di tempo. È un buono a nulla, un ragazzino, lo so anch'io. E capisco perfettamente la tua esasperazione. Siamo stati noi genitori a viziarlo, quindi in tutta questa storia abbiamo anche noi la nostra buona parte di responsabilità. Lascia quindi che parli con Yūhi ancora una volta. Forse penserai che sono iperprotettiva, ma non posso lasciare che Yūhi si comporti da ragazzino immaturo. Ti chiedo solo di lasciargli un po' di tempo perché possa riflettere su ciò che ha fatto».

Julia si morse il labbro e non rispose.

Poi tirò fuori dalla tasca una banconota da mille yen completamente spiegazzata, la lasciò sul tavolo e, prima di uscire a passo svelto dal caffè rispose a mezza bocca: «Se viene a trovarmi da solo, starò a sentire cos'ha da dirmi».

«Non correre, cerca di non fare sforzi!» le disse Takako, ma lei non si voltò.

«È già una donna adulta» disse con ammirazione Koharu, prendendo il posto di Julia di fronte a sua madre. «Sono d'accordo con ogni sua parola. Per Yūhi è tutto un gioco.»

«Crescere un bambino è molto più difficile di quanto si possa immaginare, e servono tanti soldi. Non si può ragionare in astratto. Ciò detto, non è giusto che noi genitori ci assumiamo responsabilità che non ci appartengono.»

Sospirarono all'unisono. Koharu propose di pranzare insieme, già che c'erano, e aprì il menu, ma nello stesso momento esclamò: «Ehi, quello è Yūhi!».

Indicò fuori dalla finestra, dove il fratello, di spalle, faceva avanti e indietro nei pressi dell'entrata del supermercato di Julia. Di tanto in tanto sbirciava all'interno, evidentemente senza trovare il coraggio di entrare.

«Che spettacolo penoso. Lo prendo e lo porto qui» decise

Koharu, e un attimo dopo era già fuori dal caffè. Yūhi, vestito con l'uniforme della scuola, si prese un calcio, e quando si voltò Koharu gli afferrò i polsi. Si infuriò, ma quando riconobbe la sorella la sua fu un'espressione incredula. Fece per dirgliene quattro, ma il calcio agli stinchi lo costrinse ad accovacciarsi. Avvenne tutto velocemente, e Takako che li guardava da lontano sentì un moto di nostalgia di fronte a quella lite tra fratello e sorella – la prima dopo tanto tempo – e come sempre Koharu aveva avuto la meglio.

«... Ma che diavolo...? Che ci fa anche la mamma qui?» Borbottò Yūhi non appena vide Takako, mentre la sorella lo trascinava al loro tavolo vicino alla finestra.

«Siamo venute a trovare Julia.»

«Che cosa!? Ma che diamine ti viene in mente, stronz... Ahio!»

Koharu gli diede una botta in testa. «Stai zitto, ti guardano tutti» lo rimbrottò, e non gli restò che sedersi di fronte alla madre. Koharu prese posto accanto a lui.

«Ma che succede? E che ci fai tu qui? Non te n'eri andata di casa?»

«E non mi sarei mai sognata di tornare, se non avessi sentito in giro che mio fratello ha messo incinta una ragazza. Un liceale che combina un guaio del genere dovrebbe badare un po' di più a come parla.»

«Sarò anche un liceale, ma mi assumerò le mie responsabilità. Mi prenderò cura del bambino costi quel che costi. Sei contenta?»

Yūhi guardò fuori dalla finestra, imbronciato. Lo sguardo indispettito che rivolgeva alla porta automatica ogni volta che qualcuno entrava o usciva era lo stesso del bambino viziato che Koharu e Takako conoscevano da sempre.

«Non ti ha scaricato? E poi vorrei proprio sapere come fa un completo sfigato, che viene qui a parlarle e non riesce nemmeno a entrare nel negozio, ad assumersi le proprie responsabilità» lo schernì Koharu, al che Yūhi si girò di scatto, rosso in viso, e ribatté: «Chi te l'ha detto?».

Koharu si voltò dall'altra parte, lasciando che fosse Takako a rispondere al posto suo: «Abbiamo già incontrato Julia, ci abbiamo appena parlato. Ha detto di averti lasciato e che non dobbiamo più preoccuparci di lei. Che si occuperà da sola del bambino».

«Cretinate...»

Yūhi si coprì il viso con le mani. Continuava a mormorare a bassa voce «Ma perché?», facendo sorgere nella madre e nella sorella il dubbio che ancora non avesse chiara la situazione.

«Ci ha detto di aver sperato che tu e lei diventaste una vera coppia.»

«Per me è uguale, che credi? Volevo sposarla e fare da padre al nostro bambino. Per questo avevo deciso di andare all'università e studiare seriamente.»

«Ma scherzi? Questo significa che comincerai a fare davvero il padre solo dopo che avrai trovato un lavoro, te ne rendi conto?»

Quando Koharu gli disse che era inutile parlare con lui, Yūhi alzò la testa.

«Non ho detto questo! Voglio solo prendere la decisione migliore in quanto padre!»

«Uno che studia e vive a spese dei genitori è un "figlio". Un marito, un padre, non lo fa.» Il tono calmo di Takako stupì Yūhi. «Io stessa me ne sono resa conto solo quando me l'ha detto Julia. E credo che abbia ragione, sai? Quando un ragazzo della tua età decide di avere un bambino e di crescerlo deve fare delle rinunce, è naturale. A un genitore può dispiacere per lui, ma non è giusto che raccolga i cocci al suo posto.»

Yūhi teneva le labbra serrate e guardava altrove. Ma era chiaro che stava ascoltando. Takako proseguì.

«La strada che hai scelto, Yūhi, non è né semplice né divertente. Dovrai affrontare mille difficoltà, mille ostacoli imprevisti. Ma siccome sarà stata una tua scelta, te ne assumerai la responsabilità e li supererai tutti.»

Notò che lo sguardo di Yūhi si era posato su qualcosa. Guardò nella stessa direzione e vide un gruppetto di ragazzi seduti a un tavolo che mangiavano e scherzavano. Dovevano essere liceali anche loro, avevano all'incirca la stessa età di Yūhi. Ridevano spensierati mentre cercavano di mettersi d'accordo su cosa fare una volta usciti da lì. Karaoke, cinema, piscina, sala giochi e chi più ne ha più ne metta.

«Provi invidia per loro?»

La domanda di Takako colse di sorpresa Yūhi, che si voltò verso di lei.

«Se pensi che quel tipo di quotidianità ti mancherà, allora è meglio se scegli una vita "da figlio". Se invece decidi di vivere "da padre", a tutte quelle cose dovrai rinunciare.»

Yūhi la scrutava in silenzio. Il suo era uno sguardo furente ma misurato, una reazione diversa dai suoi soliti mutismi e dagli scatti d'ira incontrollati. Takako incassò il colpo con la stessa intensità.

La cameriera camminava avanti e indietro lanciando occhiate furtive a quel tavolo dall'atmosfera così tesa. La terza volta che passò, Yūhi saltò in piedi all'improvviso.

«Vado un attimo da Julia.»

«Sei sicuro? Guarda che se le dici la cosa sbagliata questa volta hai proprio chiuso» disse Koharu, che fino a quel momento era rimasta ad ascoltarli in silenzio.

Yūhi annuì e disse: «Lo so. Credi che sia uno stupido? Avevo perso di vista le mie priorità ma adesso finalmente ho capito».

Spinse via la sorella e uscì dal caffè. Mamma e figlia corsero alla finestra. Questa volta Yūhi sparì nel supermercato senza alcuna esitazione.

«Pensi che riuscirà a spiegarsi?»

«Chissà. Certo che se fallisce in una situazione come questa non ha speranze di diventare un bravo papà.»

Rimasero con gli occhi incollati all'entrata del negozio. Dopo un po', Koharu cominciò a ridacchiare.

«Se Julia ci vedesse direbbe che siamo iperprotettive. Su, lasciamolo fare e intanto mangiamo qualcosa.»

«Be', sì, hai ragione.»

Si guardarono e scoppiarono a ridere. Ordinarono e si misero a mangiare.

«Certo però che faccio fatica a immaginare Yūhi che diventa padre.»

«Ma sì, anch'io. Pensavo di dovermi occupare di lui ancora per qualche anno e invece mi ritrovo con un nipotino, ci credi? Gli ho detto di rendersi indipendente, ma in tutta onestà non so se me la sento di lasciarlo andare alla sua età.»

Takako addentò il gambero fritto del menu del giorno e sospirò. Il bambino sarebbe nato a novembre, il che voleva dire che mancavano appena tre mesi. Avevano una montagna di cose a cui pensare.

«Devo anche parlare con vostro padre. Questa sera convocherò una bella riunione di famiglia, come non ne facciamo da anni.»

«Sì, giusto. Una volta uscite dobbiamo andare dalla sua amichetta. I guai di Yūhi sono più che sufficienti, quindi la storia del papà è bene che si chiuda qui.»

«No. Non andrò da lei.»

Koharu sgranò gli occhi. «Ma che dici? Vuoi far finta di niente?»

«Nient'affatto. È un problema di coppia e lo risolveremo tra di noi» rispose Takako soppesando ogni parola. Era stata Julia ad aprirle gli occhi. Anche Takako, una volta, desiderava che lei e Yoshiaki diventassero una coppia. Voleva essere sua moglie e vivere tutta la vita insieme a lui. All'inizio del loro matrimonio pluridecennale, la pensava così.

«Sarebbe un errore ripartire senza aver messo le cose in chiaro con vostro padre. Voglio sentire cos'ha da dire.»

Koharu si schiarì la voce. Aveva dei residui di salsa tartara agli angoli della bocca. Le chiese con una voce strozzata se fosse sicura, Takako annuì.

Rincasando, Yoshiaki si accorse che seduta a tavola c'era anche la figlia e, con voce soffocata, le domandò: «Che succede? Che sei venuta a fare, Koharu?».

«Papà, rientri sempre così tardi? Ti ho aspettato per mangiare insieme, sto morendo di fame.»

Koharu gli indicò il tavolo. Per l'occasione, Takako aveva preparato i piatti preferiti dell'intera famiglia. Peccato che ormai fosse tutto freddo. La panatura delle *yamaimo* fritte, che piacevano tanto a Yoshiaki, era diventata molliccia e appiccicosa.

«Colpa del lavoro, non posso farci niente. Certo, se mi aveste avvisato...» disse Yoshiaki con tono accusatorio allentandosi il nodo della cravatta, ma Koharu ribatté all'istante: «Veramente la mamma ti ha mandato un messaggio». Yoshiaki ammutolì, poi alzò la voce.

«Piantala con questa storia, dimmi perché sei venuta!»

«Ho sentito quello che è capitato a Yūhi e mi sono rifatta viva. I problemi familiari si affrontano tutti insieme, no?»

Koharu addentò finalmente un pezzo di pollo fritto. Borbottò che caldo sarebbe stato ancora meglio, e nel farlo lanciò un'occhiata a Yoshiaki.

«Insieme, dici. Ma se sei tu che te ne sei andata senza dirci niente. Si può sapere dove diavolo è finito Yūhi? Dovrebbe già essere a casa.»

Yoshiaki era furente. Da quando lo avevano visto entrare nel supermercato, di Yūhi non avevano più avuto notizie.

«Calmati, caro. Yūhi non è ancora tornato. Iniziamo a parlare noi tre. Mangi qualcosa?»

«... Ho già cenato» rispose con un tono più spento. La sua espressione colpevole non lasciava dubbi riguardo a dove fosse stato fino ad allora. Takako sentì una stretta al cuore ma cercò di mascherare il dispiacere e disse soltanto: «Allora vai a cambiarti, ti aspettiamo».

«Non serve. La mia birra.»

Si aprì il primo bottone della camicia e sprofondò nella sedia. Takako gli servì la birra in silenzio. Mentre scaldava la cena, sentì un rumore all'ingresso. Era Yūhi che rientrava.

Doveva essersene accorta anche Koharu, perché gli andò incontro per le scale. Tornò dopo qualche istante seguita da Yūhi e da Julia. Avevano entrambi gli occhi rossi e gonfi.

«Che ci fate qui tutti e due?»

«Papà, e anche tu, mamma. Venite un attimo qui. Dobbiamo parlarvi. Per favore, stateci a sentire.»

Yūhi chinò profondamente il capo davanti a Takako, che era appena arrivata dalla cucina, e a Yoshiaki.

«Vi chiedo solo di consentirmi di finire il liceo.»

Yoshiaki posò il bicchiere che aveva in mano. Yūhi proseguì a capo chino. Disse di aver capito che la cosa migliore era terminare il liceo. Nei mesi che gli restavano fino al diploma avrebbe cercato un lavoro. Si sarebbe dato da fare per diventare un bravo padre. Quindi li pregava di occuparsi di lui fino alla fine degli studi.

«Ma… Ma che storia è questa, Yūhi? Non avevi detto che saresti andato all'università? Lo facevi anche per Julia.»

Allarmato, Yoshiaki spostò lo sguardo da Yūhi a Julia, che era dietro di lui. La ragazza abbassò la testa a propria volta.

«La ringrazio per la sua premura. Ma se ci appoggiassimo così tanto a voi, rischieremmo di non diventare mai dei veri genitori. Questo bambino è nostro e lo cresceremo noi. Naturalmente vi chiederemo aiuto di tanto in tanto. Ma per quanto ci è possibile vorremmo farcela con le nostre forze.»

Yoshiaki li fissava, aprendo e richiudendo la bocca, poi mandò giù con una sola sorsata la birra che aveva in mano. Lanciò un'occhiata a Takako. Non colse alcun segno di sorpresa nella sua espressione e, a bassa voce, le domandò: «Sei stata tu a dirgli qualcosa?».

Prima ancora che potesse rispondergli, Yūhi disse: «La mamma non c'entra niente. È una decisione che Julia e io abbiamo preso dopo averne parlato a lungo. Stavo sbagliando ad appoggiarmi a voi».

«Ne avete parlato? Julia, sei stata tu a dirgli qualcosa?»

«Ecco, io…» esordì la ragazza, alzando la testa di scatto, ma Yoshiaki le fece cenno di tacere.

«Tranquilla, è tutto chiaro. Statemi bene a sentire. Quando una persona più anziana di voi vi dà un ordine dovete obbedire. Stiamo solo cercando di aiutarvi perché siete due ragazzini immaturi» disse Yoshiaki sforzandosi di mantenere un tono calmo, ma la sua voce era percorsa da un fremito d'ira. Julia, ormai quasi in lacrime, tirò Yūhi per una manica.

«Papà, ascolta...»

«Adesso basta, ho detto! Siete voi stessi dei bambini, non capite un accidente! Dovete stare zitti e fare ciò che vi diciamo!»

Yoshiaki si alzò, ormai era su tutte le furie. La sedia cadde facendo un gran fracasso, la giovane coppia si strinse impaurita. Koharu, che fino a quel momento era rimasta in disparte, andò a mettersi tra lui e loro.

«Piantala, adesso.»

«Ma che vuoi, Koharu? Spostati subito!»

«Sai, papà, sembra proprio che per Yūhi sia arrivato il momento di abbandonare il nido. Vedi di fartene una ragione.» Koharu parlò a raffica, guardando il padre negli occhi. «Nessun genitore può tenere eternamente per mano i propri figli con la pretesa di indicare loro la strada da seguire. Arrivati a un certo punto li si deve lasciare liberi.»

«Ma cosa diavolo dici, cosa ne sai tu?»

«Noi figli sappiamo che lo fate per noi. Qualche volta ci viene voglia di lasciarvi fare, di adagiarci. Ma non va bene. Quando il momento arriva, lo dobbiamo accettare, sia noi che voi.»

Koharu rispose con un sorriso allo sguardo di rabbia e riprovazione che il padre le stava rivolgendo. Takako, che li osservava, trattenne il respiro. La stessa figlia che solo due anni prima non era riuscita a fare altro che piangere di fronte alle imposizioni di suo padre, adesso riusciva a tenergli testa in quel modo. Si disse che Koharu era cresciuta molto più di lei. Ritrovarla adulta le suscitava gioia e malinconia al tempo stesso.

«Che... Che diamine ne sai tu...?»

Yoshiaki, che come lei fissava incredulo la figlia, tornò in sé e la redarguì con rabbia, ma Koharu non si fece intimidire. Non riuscendo a sostenere oltre quello sguardo, Yoshiaki ammutolì e dopo qualche istante sbottò: «... Fate quello che vi pare!» e si precipitò fuori dalla stanza. In un frastuono di passi scese le scale, poi la porta si aprì e si richiuse facendo un gran baccano. Era uscito.

Yūhi disse allarmato: «E ora? Mamma, il papà…». Takako si slacciò lentamente il grembiule e con tono calmo gli rispose: «Non preoccuparti. È solo che fatica a restare al passo con voi che state diventando adulti. Penserò io a riportarlo a casa, voi intanto mangiate tutto quello che volete. Anche tu, Julia: se c'è qualcosa che puoi mangiare serviti pure. Yūhi, nel frigorifero ci sono le nespole che ho raccolto in giardino, se vi vanno tirale fuori».

«Oh, ecco… Sì, grazie.» Julia chinò il capo quasi in lacrime. Takako sorrise, avvicinò una sedia e la fece accomodare: «Su, su, vieni qua. Non sentirti a disagio. Non devi preoccuparti di nulla».

Le accarezzò dolcemente la schiena, poi passò il grembiule a Yūhi.

«Mamma, mi dispiace.»

«E anche tu, non fare quella faccia. Esco un attimo, allora. Koharu, pensaci tu.»

«Lascia fare a me» disse Koharu scimmiottando un saluto militare seguito da una risata, dopodiché Takako uscì a passo svelto.

Forse perché abitavano su una collinetta, la brezza serale le rinfrescava le guance dopo il caldo del giorno. In lontananza si sentiva il frinire delle cicale. Takako si accertò che l'auto di Yoshiaki fosse ancora davanti casa e cominciò a guardarsi intorno. Si avviò di corsa verso il terminal degli autobus dove di certo c'era ancora parecchia gente.

Yoshiaki era proprio lì di fronte, davanti a un *konbini*. Era seduto a un guardrail con una lattina di birra in mano e osservava i passanti.

«Ehi» lo chiamò Takako, con il fiatone per la gran corsa. Yoshiaki si voltò lentamente, la riconobbe e con una smorfia le domandò: «Ah, sei tu. Che sei venuta a fare?».

«Sei uscito in quel modo, mi sono preoccupata.»

«Sì, certo, preoccupata.»

Senza cambiare espressione, tirò fuori dal sacchetto di plastica un'altra lattina di birra e gliela porse.

«Tieni, bevi.»

«Oh, grazie!»

La lattina si aprì con il suo bel *clack* metallico. Fermò con le labbra la schiuma che stava per fuoriuscire e poi cominciò a bere. Takako sospirò sentendo quel liquido fresco e frizzante che le attraversava la gola.

«È così tanto che non bevo.»

«Una volta ti piaceva.»

«Sì, ma ormai non ho più tempo per bere.»

Yoshiaki sbuffò. Poi, come se lo realizzasse solo allora, aggiunse che in effetti era passato tanto tempo anche dall'ultima volta che erano usciti a cena.

«Da quando abbiamo comprato casa facciamo economia. Da quant'è che dopo cena ti faccio bere *happōshu* al posto della birra?»

«Hai ragione.»

Per un po' rimasero a guardare il viavai davanti a loro. Un ragazzino con un grosso borsone scese dall'autobus, forse rientrava a casa dal doposcuola. Individuò la donna che era venuta a prenderlo – doveva essere sua madre – e le corse incontro.

«E quindi i nostri figli ci lasciano» disse Yoshiaki seguendo con lo sguardo il ragazzino e la madre che si allontanavano mano nella mano. «Credevo che li avrei tenuti per mano ancora per un po', sai?»

«Eh, sì. Avevano tutti e due le mani piccole.»

Takako sollevò una mano e la guardò con tenerezza, Yoshiaki la imitò. Sorrise e disse che gli sembrava ieri.

Nel palmo di Takako persisteva il calore di quelle piccole mani. Una felicità che era una calda carezza, che non si sarebbe mai perduta. Rivide per un istante le loro mani nelle sue. Poi lo sguardo che Koharu le aveva rivolto poco prima.

«Sono cresciuti, hanno lasciato la presa.»

«Già.»

Per qualche istante restarono a guardarsi le mani. Poi Yoshiaki si raddrizzò e si stiracchiò. Guardò il cielo e disse: «Domani tornerà il sereno».

«Starcene qui a guardare la gente non serve a nulla. Facciamo due passi?»

«Come vuoi.»

Si incamminarono con le loro lattine di birra in mano.

La parte migliore del paesaggio circostante erano i parchi pieni di verde a ogni angolo di strada che costituivano il vanto di Utsukushigaoka. Pochi passi e ne raggiunsero uno da cui si vedeva il mare. Il parco si era popolato di famiglie e coppie venute a godersi l'aria fresca.

«Nonostante l'ora c'è in giro tanta gente, hai visto?»

«L'ultima volta che siamo venuti qui eravamo ancora alla ricerca di una casa.»

Aveva insistito tanto per andare ad abitare in un quartiere a contatto con la natura ma poi non aveva più messo piede in un parco. Si scambiarono un sorriso amaro e procedettero verso il belvedere.

Il mare di sera era nero. Ma la zona costiera era punteggiata da una meravigliosa distesa di luci.

«Che bello.»

«Non è niente di che. Lo preferisco di giorno.»

Uno accanto all'altra guardavano nella stessa direzione. Dove andavano a finire quelle luci? Tutti si affrettavano verso casa, dai propri cari che li aspettavano. Sì, in ognuno di quei puntini luminosi dimorava dell'affetto sincero. E per questo erano così adorabili. Takako continuava a guardarli, e chissà perché le veniva un po' da piangere.

«Ho sbagliato a non confrontarmi con te. Mi dispiace» disse d'un tratto Yoshiaki continuando a guardare dritto davanti a sé. «La storia di Koharu mi ha indispettito. Mi ha fatto dubitare della mia capacità di rendere felici i miei figli.»

La birra era finita. Yoshiaki schiacciò la lattina e la rimise nel sacchetto, poi mormorò: «Sei più brava di me a capire i nostri ragazzi. Sai, quella mattina ti ho vista accompagnare Koharu».

Takako guardò incredula il marito. *Quella mattina era già in piedi, quindi?*

«Un rumore mi ha svegliato e ho visto che non eri a letto. Ho sentito delle voci e sono sceso a vedere che stesse succedendo. In quel preciso momento, Koharu era vicino alla porta e si stava infilando le scarpe.»

Takako si era accorta la sera prima che Koharu si preparava a scappare di casa. All'alba intuì che stava per uscire e la chiamò un attimo prima che aprisse la porta. Koharu, che non si aspettava di essere scoperta, scoppiò a piangere e la implorò di lasciarla andare. Le disse che non voleva avere rimpianti.

«Non te lo impedirò. Vai, e cerca di badare a te stessa.»

Le mise in mano una busta con i soldi che era riuscita a racimolare in casa e sorrise. «Mi spiace non poterti aiutare di più. Metticela tutta. Sono certa che ce la farai, Koharu, realizzerai i tuoi sogni. Non preoccuparti di noi, vattene e pensa solo a te stessa. Su, sbrigati, prima che tuo padre ci scopra.»

«Ce la metterò tutta, mamma. Te lo prometto.»

Takako stava piangendo, ma le diede una spintarella per non farglielo capire e poi richiuse la porta. Quando sentì che era ormai lontana, crollò a terra. Aveva fatto bene? O era stato un errore? Doveva correrle dietro, convincerla a riparlarne? Afferrò il pomello della porta ma non riuscì a muovere un muscolo.

«Pensai che fosse una sciocchezza. Ero certo che nell'arco di sei mesi sarebbe tornata con la coda fra le gambe. Me la sarei trovata di fronte, in lacrime, e a quel punto avrei strigliato a dovere te e lei. Che neanche immaginavate che vi avessi visto.»

Ma Koharu non tornò. Né dopo un anno né dopo due.

«Ero preoccupato, temevo che fosse successo qualcosa di irreparabile. Ogni volta che il telegiornale parlava di un incidente mi sembrava di vedere Koharu, e ce l'avevo sempre di più con te. Non mi capacitavo che quella notte l'avessi spinta fuori.»

Takako pensò che le tensioni tra loro erano cominciate proprio in quel periodo. Il loro rapporto già traballante cominciò a colare a picco quella mattina stessa.

«E invece avevi ragione tu.»

L'aria salmastra solleticò le narici di Takako. Era un odore antico e dolce. Le tornò in mente una gita al mare di tanto tempo prima, loro quattro insieme.

«Non so se stia bene, come viva, mi ha guardato dritto negli occhi senza un minimo di tentennamento. Ce la sta mettendo tutta. Non sta facendo nulla di cui vergognarsi davanti ai propri genitori. L'ho capito. E mi basta.»

«Di lei non sapevo niente.» Yoshiaki si strinse nelle spalle con un gesto enfatico. «Con Yūhi pensavo di aver fatto centro e guarda com'è andata a finire. Un fallimento su tutta la linea.»

«Con Yūhi ho sbagliato anch'io.»

Erano state le parole di Julia a farle capire quanto lo stesse viziando.

«Se hanno deciso che studierà fino al diploma dobbiamo assecondarli. Saranno loro a decidere cosa fare dopo. Il nostro compito finisce qui.»

Dal mare arrivava una brezza leggera. Takako si ravviò i capelli spettinati dal vento e sorrise a Yoshiaki.

«Hai capito? Ancora un po' e avremo finito. Penso che un tantino mi dispiacerà, sai?»

Yoshiaki strinse gli occhi e sorrise insieme a lei. Poi fece sì con la testa.

«Sì, anche a me. Diamoci da fare per il poco tempo che ci rimane, Takako.»

In lontananza si udì la sirena di una nave. Un suono lungo, che lentamente si affievolì. Rimasero lì in piedi, uno accanto all'altra, finché riuscirono a sentire quell'eco gentile.

* * *

Koharu corse sul palcoscenico illuminato. Agile come mai avrebbero immaginato, correva, saltava, faceva giravolte. Il suo viso sempre acqua e sapone ora era coperto da uno spesso strato di trucco che la faceva sembrare una vera fata.

«Straordinario!»

Yoshiaki continuava a ripeterlo, stringendo tra le mani la brochure che gli avevano dato all'ingresso, da quando si era alzato il sipario.

«Possiamo aspettarci grandi cose da lei. Compare in ogni scena, hai visto?»

«Sì. Pensi che sia l'ultima e invece ricompare. E ha un sacco di battute.»

Gli occhi di Takako e Yoshiaki erano tutti per Koharu. Le sue espressioni enfatiche, il volto quasi in lacrime, i gesti rabbiosi erano di Koharu e di un'altra persona al tempo stesso.

«Per tutto questo tempo si è data da fare...» mormorò Takako con un sospiro. Yoshiaki fece un cenno di assenso.

Voleva diventare un'attrice di teatro. Lo diceva dai tempi delle medie, ma loro l'avevano sempre liquidato come il sogno di una bambina. E quando, parlando di ciò che avrebbe fatto dopo il diploma, affermò di voler entrare in una compagnia teatrale, si fecero una risata e non ci pensarono più. E invece Koharu era sempre stata seria.

Erano passati due anni da quando se n'era andata. Non sapevano neanche quantificare gli sforzi che aveva fatto fino a quel momento. Non aveva mai desistito, aveva continuato a tenere stretto il proprio sogno. Takako si strofinò più volte gli occhi lucidi perché non voleva perdersi nemmeno un istante dell'esibizione di Koharu. Lanciò un'occhiata a Yoshiaki e vide che guardava con altrettanta attenzione, sporgendosi in avanti per seguire i movimenti della figlia. Nel momento in cui uscì di scena, Takako guardò i pezzetti di carta che aveva in mano. Due biglietti strappati. Gli inviti ricevuti da Koharu.

«Mi vergogno un po', ma vorrei che veniste a vedermi. È la prima volta che mi danno una parte vera.»

Erano seduti in prima fila, nel punto da cui il palcoscenico era più visibile. All'inizio Yoshiaki si sentiva un po' a disagio, si chiedeva se meritasse un posto del genere proprio lui che di fatto l'aveva messa alla porta, ma adesso sembrava che si stesse divertendo.

Fu lui a fermare Takako che, alla fine dello spettacolo, si avviò verso i camerini.

«È un posto che si è guadagnata con le sue sole forze. Come

possiamo presentarci da lei dopo averla abbandonata per ben due anni? Non voglio raggiungerla, affacciarmi e metterla in imbarazzo.»

Propose di rimandare i festeggiamenti a quando l'avrebbero avuta a casa. Takako trovò buffe tutte quelle premure.

«In effetti ha detto che dopo lo spettacolo hanno sempre riunioni organizzative o incontri in cui si scambiano opinioni a caldo, quindi se ci presentassimo lì potremmo metterla in difficoltà. Per stavolta andiamocene, va bene?»

«Sì. Anche perché Yūhi e famiglia ci aspettano. Ceniamo con loro stasera.»

A novembre Julia aveva dato alla luce una bella bambina. Per il momento, e fino al diploma di Yūhi, abitavano ancora insieme a loro. Successivamente si sarebbero trasferiti in uno degli alloggi messi a disposizione dalla ditta che lo avrebbe assunto. Yoshiaki stava già male al pensiero di doversi separare da Yūka, la nipotina di cui era innamorato perso, e cercava di accudirla il più possibile nel poco tempo che avevano a disposizione.

Comprarono gli ingredienti per la cena al supermercato e li riposero nelle buste. Mentre infilava nel sacchetto i contorni surgelati, Takako guardò di sfuggita il volto di Yoshiaki. In piedi accanto a lei, aggrottò per un istante le sopracciglia ma non disse niente. E quando lei fece per afferrare la busta, gliela tolse velocemente dalle mani. La guardò con l'espressione di chi sa di aver fatto semplicemente ciò che doveva e disse: «Su, andiamo».

Takako guardò la sua figura, di schiena, pochi passi davanti a lei.

Dalla sera in cui avevano guardato il mare insieme, Yoshiaki aveva cominciato a rincasare prima. Ora la norma era che dopo il lavoro le mandasse un messaggio e tornasse dritto a casa. Parlavano anche più di prima. Takako era quasi sicura che avesse lasciato l'altra donna. Una volta lui si era persino scusato con lei. Accadde la sera in cui nacque Yūka, quando per festeggiare Yoshiaki bevve più del solito. A un certo punto cominciò a straparlare, quindi Takako lo invitò ad andarsene a dormire, e lui per tutta risposta si inginocchiò davanti a lei. «Ti chiedo scusa» disse, parole che giunsero forti e chiare all'orecchio della moglie.

«Se ti senti in colpa perché l'ubriachezza ti rende molesto, faresti bene ad andare subito a letto.»

Le parole di Takako si posarono sulla sua testa china come una carezza gentile. Sollevò lentamente il capo rivelando un'espressione contrita. A Takako ricordò quella di Yūhi e si mise a ridere.

«Forza, non vorrai prenderti un raffreddore, vai. Immagina che succederebbe se ti ammalassi e Yūka non potesse venire a casa.»

Yoshiaki socchiuse gli occhi disegnando due archi dalle linee morbide. Annuì. «Grazie, grazie.»

Takako si sentiva soddisfatta. Koharu riteneva che lui le dovesse delle scuse, ma non era questo che voleva. Aveva anche cancellato la fotografia ricevuta da Noriko, e da un bel pezzo ormai. Non era successo niente, andava tutto nel migliore dei modi. Era finita prima che potesse metterci bocca, e andava bene così.

Non c'erano parcheggi nelle vicinanze del teatro, così avevano deciso di andarci prendendo prima un autobus e poi un treno. Dopo circa un'ora arrivarono alla stazione degli autobus di Utsukushigaoka. Yoshiaki scese e, sbuffando, disse: «È veramente scomodo. E l'autobus era strapieno. Non immaginavo che questo posto avesse così tanti abitanti».

«Non lo immaginavi perché ti sposti in auto.»

Yoshiaki ammise che era così, poi lanciò un'occhiata al sacchetto che teneva in mano. Il palmo, nel punto in cui stringeva i manici, era diventato rosso.

«È questo che fai tutti i giorni, Takako?»

Il suo tono era così serio che a Takako venne da ridere. «Ormai mi ci sono abituata, sai?»

Ma Yoshiaki era ancora corrucciato. Teneva le labbra serrate, come se si stesse concentrando.

Da qualche tempo capitava spesso che Yoshiaki ammutolisse di punto in bianco. Era impossibile capire a che pensasse, qualche volta fissava il vuoto. Le prime volte Takako aveva pensato che fosse sul punto di confessarle la sua scappatella, ma non lo fece mai. Tuttavia non sembrava neanche di umore particolarmente cattivo, e così Takako smise di arrovellarsi. Lo spinse leggermente con la mano, gli disse che dovevano sbrigarsi e si incamminarono.

Sentirono un buon profumo, si guardarono intorno e notarono una casa nel cui giardino c'era un susino che iniziava a fiorire. Takako indicò a Yoshiaki quei piccoli fiori bianchi.

«Ehi, guarda. I susini sono già in fiore. Presto arriverà la primavera.»

«Già... E in primavera resteremo soli.»

«Eh sì. Manca davvero poco.»

Si fermarono per ammirare i fiori.

Si capiva che in quella casa abitavano dei bambini piccoli. Si sentivano risa spensierate e le grida della mamma: «Fate i bravi!». Takako socchiuse gli occhi e si ricordò che anche casa loro una volta era così. E tese l'orecchio per ascoltare ancora un po' quel frammento di quotidianità serena e tenera.

Quando giunsero davanti a casa loro, Yoshiaki alzò gli occhi per guardare l'edificio nella sua interezza. Per guardare casa sua.

Si fermò così a lungo che Takako, stanca di aspettare, dovette chiamarlo. «Che ti prende? Io entro.»

«Senti, Takako, non ti sembra che questa casa sia poco adatta a noi?» disse soppesando ogni parola. Takako, che aveva già in mano il pomello della porta, si voltò verso di lui. Yoshiaki sembrò smarrito per qualche istante, poi riprese a parlare: «L'avevamo scelta per i ragazzi. E invece alla fine ci ha allontanati gli uni dagli altri. E a te ha causato tanta inutile sofferenza».

Takako si ricordò le parole di Koharu. "Una casa che non c'entra niente con la nostra famiglia".

«È già da un po' che ci penso. Una casa che non ti consente di vivere a modo tuo è una casa inadatta. Noi pensavamo ai ragazzi e loro se ne sono andati non appena hanno potuto. Dovremo vivere in due in questa casa enorme. Secondo te questo non ci allontanerà ulteriormente?»

Gli si avvicinò e annuì. Era un pensiero che aveva sfiorato anche lei. Volevano dare una cameretta a ciascuno dei figli, avere uno spazio più ampio dove riunirsi, ma alla fine non avevano ottenuto grandi risultati.

«Ci siamo sobbarcati un mutuo folle e per questo anche tu ti sei dovuta mettere a lavorare. Liberiamoci di questa casa e cerchiamone una più alla nostra portata. Va bene anche un appartamento in un condominio. Basta che ci sia una stanza in più per figli e nipoti, quando vorranno venirci a trovare.»

Yoshiaki rivolse a Takako un sorriso imbarazzato.

«Ricominciamo daccapo in un posto nuovo. Non potrò cancellare le sofferenze che ti ho procurato qui, Takako, ma voglio credere di poterti aiutare a dimenticarle.»

Takako sentì un groppo caldo in gola. Si trattenne, pensò che non c'era proprio alcun motivo di piangere, quindi gli restituì il sorriso.

«Cerchiamo un posto economico e confortevole. E magari anche più facilmente raggiungibile con i mezzi pubblici.»

«Certo.»

Dalla casa si sentì un pianto acuto.

«Accidenti, Yūka sta piangendo. Su, sbrighiamoci.»

Takako seguì con lo sguardo il marito che si precipitava in casa e ne approfittò per asciugarsi gli occhi.

* * *

«Ma no, che è successo? Ormai sono inutilizzabili!» gridò Koharu mentre riordinava la sua camera dopo oltre due anni. Takako, che stava chiudendo alcune scatole nella stanza accanto, si affacciò e vide Koharu, furiosa, che teneva qualcosa di nero in mano e diceva: «Sei stata tu, confessa! Sei stata tu a usare i miei attrezzi da ginnastica. L'elastico è completamente sdrucito e persino il chiodo è schiacciato!».

In mano aveva degli elastici che servivano a rinforzare i muscoli di polsi e caviglie. Takako sussultò.

«Ah sì, quelli si sono rotti circa sei mesi fa...»

Ci si lega l'elastico alle caviglie e si fissa l'altra estremità alla parete con il chiodo. Poi ci si sdraia e si sollevano le gambe con la sola forza delle braccia. Quegli attrezzi promettevano di eliminare il grasso da braccia e cosce. Li aveva trovati mettendo in ordine la stanza di Koharu e le era venuta voglia di provarli, ma a dispetto della loro presunta iper-resistenza, gli elastici si erano allentati in men che non si dica. E anche il grosso chiodo che aveva piantato nel muro si era piegato in malo modo. Nascose tutto in fondo alla "Tomba della donna", ma alla fine era stata scoperta lo stesso.

«Non ci posso credere, volevo portarli con me!»

«Ma guarda che non è che funzionassero poi chissà quanto. Io non ho perso nemmeno un centimetro.»

«E io sì invece!»

Koharu era così arrabbiata che Takako si limitò a scusarsi per poi darsela a gambe, ma la figlia la fermò un attimo prima che uscisse dalla stanza.

«Ma che c'è? Se vuoi che te li ripaghi, sì, va bene, qualcosina...»

«Ma no, non si tratta di quello. Su, vieni qui un attimo.»

Le indicò un punto nella parte bassa del mobile e lei si accovacciò per guardare. La scritta "Tomba della donna → Inferno" era stata coperta con della vernice. Al suo posto, un'altra con la grafia di Koharu diceva "La casa della felicità".

«Che significa?»

«Ho cancellato quella scritta così tetra. Il disegno della lapide può sembrare anche una casa, quindi l'ho trasformata in questa» rispose ridacchiando. Non era una casa adatta a loro, ma magari per qualcun altro sarebbe stata perfetta.

Takako guardò la nuova immagine, poi la figlia, e si mise a ridere dicendole che era tutta matta. «Era solo uno scarabocchio.»

«Lo dici proprio tu che eri la prima a prenderlo sul serio? Ti fingevi morta, raggomitolata lì sotto come un gambero.»

«Uff. Pensa a riordinare, piuttosto. Domani i traslocatori verranno molto presto.»

Yūhi e la sua famiglia erano andati via la settimana precedente, Takako e gli altri si sarebbero trasferiti l'indomani. La nuova casa che avevano trovato era una piccola abitazione indipendente poco lontana dalla ditta di Yoshiaki. Era stata un'occasione perché apparteneva a un'anziana coppia che l'aveva lasciata per trasferirsi in una casa di riposo. L'avevano pagata poco ma in compenso era molto vecchia, il che non sembrava costituire un problema per Yoshiaki, che giurava che l'avrebbe rimessa a nuovo. Takako, invece, aveva deciso di darsi al giardinaggio approfittando del fatto che nel giardino c'era un roseto molto curato. Tra i loro bagagli c'erano diversi manuali di fai da te e giardinaggio.

«C'è una stanza per me, vero?»

«Una stanza in più c'è. Ma tanto tu non hai alcuna intenzione di tornare a stare con noi.»

«Di tanto in tanto verrò.»

«Ah, siete qui?»

Si voltarono e videro Yoshiaki. Teneva un vassoio tra le mani.

«Fuori ho incontrato la signora Araki, la nostra vicina, e le ho detto che ci saremmo trasferiti, così lei mi ha dato questa. Una *poundcake* che ha fatto lei.»

«Evviva» gridò Koharu «le torte della nostra vicina sono squisite. Mi piacciono da morire.» Koharu sbirciava nel vassoio incuriosendo Takako, che andò a guardare a sua volta. Era una torta piena di grandi castagne bollite, la sua preferita.

«Le sole due cose per cui mi dispiace lasciare questa casa sono le torte della signora Araki e le foglie del nespolo.»

Subito dopo il trasferimento a Utsukushigaoka, impararono proprio da lei a usare, di quel nespolo, non solo i frutti ma anche le foglie e tutto il resto. Lo *shōchū*, per esempio, era un rimedio a svariati problemi, perciò era opportuno averne sempre un po' in casa, e Takako si fece insegnare a prepararlo.

«Dall'anno scorso finalmente aveva cominciato a dare frutti, sarebbe bello se ce lo potessimo portare dietro! Ehi, Koharu, ma che modi sono!?» Takako sgridò la figlia, colpevole di essersi tagliata una fetta di torta solo per sé. Koharu tirò fuori la lingua scherzosamente e ripose la fetta, quindi disse, come se le fosse venuto in mente solo allora: «Oh, dovrei andare a salutarla, forse. Poco fa, al *konbini*, ho incontrato anch'io una delle nostre vicine. Sapeva già che stavamo per traslocare, quindi l'ho salutata e l'ho ringraziata per la sua amicizia. Al che lei mi ha detto che le dispiaceva che la nostra famiglia si fosse divisa e che ci dovessimo liberare della casa. Mi ha detto: "Cerca di non abbatterti, mi raccomando, in gamba!". A quanto pare c'è parecchia gente che ci compatisce».

Koharu scoppiò a ridere. Takako si domandò quale delle loro vicine potesse aver avuto un'uscita così infelice, ma non le venne in mente nessuno con cui fossero in tanta confidenza. Poi non ci pensò più, in fondo il giorno successivo se ne sarebbero andati per sempre.

«Oh, basta, non resisto più, devo mangiare questa torta. Preparo del tè, mangiamola insieme!»

«Ma sì, concediamoci una pausa.»

Yoshiaki e Koharu scesero insieme le scale. Takako era dietro di loro, ma improvvisamente si fermò e tornò vicino al mobile. Seguì con il dito la scritta che da "tomba" era diventata "casa della felicità". Le sembrò di veder sorridere tutti quelli che nel corso degli anni erano passati davanti a quella tomba. Socchiuse gli occhi e pensò che Koharu aveva avuto proprio una bella idea.

«Che per qualcuno diventi davvero la casa della felicità. Che un giorno qualcuno trovi questa scritta e la guardi sorridendo.»

Takako terminò la sua preghiera e uscì dalla stanza.

3

La casa di chi aspetta la primavera

Dov'è che ho sbagliato nella vita?

Kanae guardava la scatola di legno piena di *sōmen* che aveva appena finito di incartare, persa nei suoi pensieri.

Era tempo di staccare, ne aveva fatta solo una e ce n'erano in tutto trenta. Quando si accorse che mancava solo un'ora si mise sotto per cercare di finire, ma a metà, mentre si apprestava ad applicare il bollino, si rese conto che aveva commesso un errore: si era dimenticata di verificare il punto in cui doveva attaccarlo.

Il bollino dorato del negozio, "Appareya – Articoli da regalo", andava applicato in un punto ben preciso. Nella parte posteriore, al centro, nel verso della scatola. Si poteva sbagliare al massimo di un centimetro. Il bollino che aveva davanti era leggermente più inclinato. E probabilmente gli altri erano nella stessa condizione. Si disse che doveva controllare e ricominciare ma aveva le mani bloccate. Il bollino non era perfettamente centrato, chi mai poteva sporgere reclamo per una cosa del genere? Kanae accarezzò l'idea di lasciare tutto com'era, poi pensò che la sua tutor, Nakahata, avrebbe sicuramente controllato. E le avrebbe fatto un'altra lavata di testa. "Finora te le abbiamo fatte passare tutte lisce, Takahara, ma non è così che funziona qui", le avrebbe detto. "Un errore è un errore, non si può sempre chiudere un occhio."

Alzò lo sguardo verso l'orologio e vide che mancavano dieci minuti. C'erano ancora dodici scatole da incartare. Un'impresa impossibile. Proprio mentre tirava un sospiro di rassegnazione comparve Nakahata. Guardò la montagna di scatole, fece una smorfia e poi si mise a ridere.

«Ma non hai combinato niente, Takahara. Che cosa hai fatto finora? Come facciamo se non riesci a portare a termine per tempo neanche un compito così semplice? E poi guarda, qui il bollino è applicato nel posto sbagliato.»

Kanae chinò il capo per scusarsi, e intanto si chiedeva, di nuovo, dove avesse sbagliato nella vita.

* * *

«Quando sono nata, secondo me» disse Kanae mandando giù in un solo sorso metà della lattina di birra che aveva in mano «nel momento in cui sono nata ero già sconfitta. Non ci sono altre spiegazioni.»

«Ma non dire sciocchezze. Sono questo lavoro e la tipa che ti fa da tutor che non vanno bene» rispose Yukari ridendo e aggrottando le sopracciglia, seduta di fronte a lei e impegnata con un piatto di carne e patate stufate. Yukari lanciò un'occhiata alla figlia Kyōko che, accanto a lei, mangiava la sua zuppa di *miso* e le disse: «Kana-*chan* fa sempre un dramma di tutto». Kyōko, che frequentava la seconda elementare, guardò prima la madre, poi Kanae, e inclinò la testa con un'espressione dubbiosa.

«Ma scusa, ho cominciato a lavorarci pensando di dare una svolta alla mia vita, e invece mi trattano da schifo. A furia di stare sola comincio anche a sragionare.»

Kanae si infilò in bocca un grosso pezzo di patata e lo mandò giù con una sorsata di birra. Il solo posto di lavoro che fosse riuscita a trovare dopo essere tornata nel luogo in cui era cresciuta era quel negozio di articoli da regalo che, nel quartiere, era un'attività storica. La giornata lavorativa era dalle nove alle diciotto e non erano previsti straordinari. Accordavano la precedenza a chi aveva esperienza di vendita e contatto con la clientela. Attirata da queste condizioni, aveva fatto il colloquio ed era stata assunta senza difficoltà, ciò nonostante le era andata male. Forse perché era un'attività storica, c'erano un mucchio di regole rigide da rispettare – dovevano truccarsi poco ed evitare i rossi troppo accesi. I capelli potevano essere al massimo castani, e se superavano le spalle bisognava legarli. In tal caso, l'elastico doveva essere nero o marrone, e gli accessori erano severamente proibiti. Il soprabito con cui ci si presentava sul posto di lavoro non doveva essere troppo vistoso, poi altre cose del genere, e se quelle in fin dei conti riusciva a digerirle, l'atteggiamento dei colleghi più anziani era davvero insopportabile.

L'anziana proprietaria della tavola calda vicina le aveva rivelato che tutti i nuovi assunti da Appareya prima o dopo rinunciavano. «È un postaccio quello lì, odiano i nuovi dipendenti. Resistono solo le signore che ci lavorano da decenni. E una donna appariscente come te è sconfitta in partenza.»

In effetti Nakahata, che faceva da tutor a Kanae, aveva una decina di anni più di lei e si avvicinava ai quaranta, ma fino a quel momento era stata la più giovane delle dipendenti. Le dissero che non era ancora pronta a stare a contatto con i clienti, quindi la rinchiusero in una specie di cella che chiamavano laboratorio dove trascorreva l'intera giornata a incartare pacchi. Si avvicinava il Giorno dei Morti e per questo c'era più lavoro, e al suo arrivo trovava pile di qualsiasi cosa, dal sapone al caffè ai piumoni. Li incartava da sola e tra un pacchetto e l'altro si prendeva lavate di testa da parte di Nakahata, che qualche volta la obbligava anche a ricominciare daccapo. Questo mentre le altre dipendenti se ne stavano dietro al bancone, belle sorridenti, a chiacchierare tra loro. Kanae ripensò alle proprie giornate lavorative e mormorò tra sé che era diventata praticamente una schiava.

«Cosa vuol dire *schiava*?» domandò sottovoce Kyōko, che non parlava quasi mai, a Yukari.

Prima ancora che questa potesse aprire bocca, Kanae fece spallucce e rispose: «È quando al lavoro ti dai un sacco da fare ma gli altri si arrabbiano con te e ti dicono di lavorare di più e meglio». Kyōko sgranò gli occhi distanti, identici a quelli della mamma, e, timorosa, fece vibrare nella piccola bocca una domanda: «Anche mia madre è una schiava?».

Yukari spalancò la bocca e si sforzò di sorridere. «Ma no. Ti sbagli. Il posto dove lavora la mamma è strepitoso, sai? Ci sono tante persone gentili» rispose con dolcezza per poi lanciare un'occhiataccia a Kanae. «Ehi, tu! Evita di dire cose che potrebbero influenzarla negativamente: è solo una bambina!»

«Uh, scusa, scusa. Kyō-*chan*, il lavoro della mamma non è come il mio. Qui l'unica schiava è la zia Kanae.»

«Ancora! Kanae!»

Per tutta risposta, Kanae tirò fuori la lingua. Si girò verso Kyōko che, però, continuava a guardare impassibile la mamma.

Dopo cena, Yukari mise a letto Kyōko e tornò nel soggiorno, dove trovò Kanae che beveva una birra vicino al davanzale della finestra.

«Si è addormentata, finalmente» annunciò prendendo una lattina di *chūhai* dal frigorifero. Tirò la linguetta e bevve un sorso. Aggrottò le sopracciglia e fece una smorfia – Yukari aveva cominciato a bere alcolici solo da poco.

«Non c'è verso di farla addormentare da sola, dipende ancora da me, che guaio. Kanae, quando non ci sono capita mai che Kyōko faccia i capricci?»

«No, mai. Quando non ci sei tu si comporta in modo irreprensibile. È possibile che nei miei confronti provi ancora un po' di soggezione.»

«Ma no, è legata a te. Quando ci mettiamo a letto parla sempre di te. La zia Kanae di qua, la zia Kanae di là...»

«Davvero? Se è così ne sono contenta. Ehi, in quel cesto c'è un sacchettino di frutta secca, lo vedi? Portamelo qui, per favore.»

«Sì, sì, eccolo.»

Yukari andò a sedersi vicino a Kanae con il sacchettino e la lattina di *chūhai*. Prese una sedia, le passò la frutta secca e si appoggiò allo schienale sospirando.

«Che fatica lavorare, non è vero? Quando arriva quest'ora il corpo mi diventa pesante come se fossi una statua di terracotta, si rifiuta di obbedirmi.»

«Le attività di cura e accudimento sono tremende, eh? Devono essere davvero logoranti.»

«Mi fa male ogni muscolo. Non è che mi dispiaccia però. È gratificante sapere che riesco a tirare avanti con le mie sole forze. Senza dimenticare l'obiettivo che mi sono posta: rendermi indipendente entro un anno.»

«Idem. Non possiamo abusare della gentilezza di Chiyoko *senpai*.»

Kanae scelse tutte le noccioline al burro e se le mise in bocca.

Lei e Yukari erano state compagne di liceo e quasi tre anni prima si erano ritrovate, per motivi diversi ma ugualmente gravi, a vivere insieme in quella casa.

Kanae era stata truffata dall'uomo con cui stava a Tokyo,

aveva perso lavoro e risparmi e se n'era dovuta tornare nel posto dove era cresciuta. Yukari aveva divorziato dal marito, che aveva cacciato di casa lei e la figlia senza neanche darle il denaro sufficiente per il mantenimento. Non aveva casa né soldi. Né tantomeno una famiglia su cui contare.

Sia l'una che l'altra non sapevano dove andare a sbattere la testa e probabilmente sarebbero arrivate a contemplare l'ipotesi di farla finita se a un certo punto non fosse accorsa in loro aiuto Chiyoko, una compagna di scuola di pochi anni più grande. Frequentavano tutte il club di teatro e lei si era sempre mostrata molto premurosa nei loro confronti, tant'è vero che la consideravano quasi al pari di una mamma. Il tempo non aveva modificato questo lato del suo carattere e infatti, in occasione di una rimpatriata, era stata ad ascoltare pazientemente le loro disavventure. Poi aveva annuito dicendo loro: «È tutto chiaro». Aveva una casa e gliel'avrebbe prestata. Per un anno avrebbero potuto disporne a piacimento, doveva essere una base da cui partire per rendersi indipendenti.

Fino all'aprile dell'anno dopo, quindi. Fu così che si trovarono un lavoro e si diedero da fare.

«Penso proprio di aver sbagliato lavoro, ma mi tocca tenermelo perché dubito che riuscirei a trovarne un altro» disse Kanae sorridendo amaramente e continuando a sorseggiare la birra. A Tokyo aveva sempre lavorato nel mondo dell'intrattenimento. Sognava di fare la modella, perciò si era affidata a un'agenzia che, però, non era mai riuscita a procurarle ingaggi. Aveva tenuto duro per otto anni, ma non le era capitato niente di meglio che una pubblicità di biancheria intima per il volantino delle offerte di una catena della grande distribuzione. E aveva perso il conto dei provini andati male e delle ragazze che le erano passate avanti. Tutto ciò che aveva imparato era sorridere e servire da bere nei locali. Conosceva gli alcolici e sapeva bere, insomma. A parte quello, nel suo curriculum non c'era altro, ragion per cui era improbabile che trovasse un'azienda seria disposta ad assumerla. Tant'è che, nonostante i numerosi colloqui, la sola che le avesse offerto un impiego era la Appareya.

«Ormai non avrebbe senso tornare alla vita di prima, ma anche senza particolari aspettative è veramente difficile tirare avanti.»

«Me ne sono resa conto anch'io. Sono arrivata a quest'età senza aver mai lavorato e mi sembra continuamente di essere fuori posto, è come se mi sfuggisse sempre qualcosa.»

Yukari era rimasta incinta e si era sposata subito dopo il diploma con il ragazzo che frequentava al liceo. Per una che non aveva mai avuto nemmeno un lavoretto part-time, ritrovarsi di punto in bianco nel mondo degli adulti doveva essere stato ancora più faticoso e traumatico che per Kanae. La quale, pur non avendolo mai detto, aveva accolto con una certa apprensione la notizia che Yukari si fosse scelta una professione così faticosa dal punto di vista sia fisico che mentale. Cambiare il pannolino alla propria bambina era una cosa, cambiarlo a un anziano estraneo invece era tutt'altro impegno. Sapeva quanto fosse schizzinosa al liceo, e si aspettava di vederla crollare da un giorno all'altro. Ma Yukari non si lamentava mai del lavoro. Qualche volta tornava con le braccia piene di graffi ma si limitava a sorridere spiegando: «La demenza senile in alcuni casi può causare comportamenti violenti».

D'un tratto Yukari, giocherellando con la lattina ancora mezza piena, disse: «Ai tempi del liceo non mi sarei mai immaginata che il nostro futuro sarebbe stato così». All'epoca l'idea di diventare grandi la elettrizzava. Sognava di uscire a bere con i colleghi dopo il lavoro. Di andare nei locali per spettegolare dei superiori o per parlare d'amore.

Quel sogno così banale strappò un sorriso a Kanae. Era capitato anche a lei di fantasticare. Di trovare un lavoro eccitante in una grande città, di essere ammirata. E poi di incontrare un uomo che avesse occhi solo per lei, di sposarlo. Erano questi i suoi sogni. Peccato però che non fosse riuscita a realizzarne nemmeno uno. Se n'era dovuta tornare al paese, dove l'aspettavano giornate di lavoro tutte uguali dentro una stanzetta con una sola finestra. Il futuro che aveva giurato di cogliere al volo le era sfuggito di mano e lei non se n'era neanche accorta.

«Non sono pentita di aver messo al mondo Kyōko. Ogni volta che la vedo sorridere mi sento fortunata ad averla con me. Ad averla fatta conoscere ai miei genitori prima che morissero entrambi. Qualche volta però mi capita di pensare che non era questa la vita che desideravo. Se la me ragazzina vedesse la fine che ho fatto proverebbe sicuramente una gran pena.»

Con la coda dell'occhio, Kanae guardava Yukari parlare con aria triste. Era da quasi due mesi che vivevano insieme, ma non le aveva ancora raccontato tutti i dettagli della sua storia. Sapeva solo che lei e Kyōko erano state buttate fuori di casa con poco più dei vestiti che avevano indosso.

Dopo il liceo avevano preso strade diverse. Kanae era andata a Tokyo per tentare la carriera da modella, Yukari invece si era trasferita dai genitori del marito. Per risparmiare, Kanae non tornava mai a casa – non l'aveva fatto neanche il giorno in cui raggiungeva la maggiore età – e la loro frequentazione si era limitata allo scambio di biglietti d'auguri a Capodanno. Si erano incontrate di nuovo quando, più o meno nello stesso periodo, avevano cercato entrambe Chiyoko, ma si era trattato di una coincidenza puramente casuale. Erano passati otto anni dalla promessa di rivedersi che si erano scambiate, tra le lacrime, dopo la cerimonia di consegna dei diplomi, e durante quel lungo tempo Kanae non aveva saputo che vita facesse Yukari, e Yukari a sua volta non aveva idea di come se la passasse Kanae a Tokyo.

Al liceo si comportavano da amiche del cuore. Sapevano tutto l'una dell'altra, dalla data della prima mestruazione a quella del primo bacio. Si raccontavano ogni cosa senza alcun imbarazzo, anche ciò che non dicevano ai rispettivi genitori. Nonostante questo, era bastato qualche anno di lontananza perché non riuscissero più a parlare nemmeno delle cose importanti.

Kanae se ne sentiva responsabile, pensava di essere la più restia delle due a parlare di sé. Anche se Yukari le faceva domande, lei faticava a lasciarsi andare. Non ce la faceva a raccontarle di aver subito umiliazioni che avrebbero fatto inorridire chiunque, di essere arrivata persino a piangere in ginocchio.

Forse Yukari aveva intuito qualcosa. Ecco perché non le domandava più niente, né tantomeno le raccontava di sé. Tra loro c'era una sottile cortina invisibile.

«Non avrebbe motivo di provare pena per te, Yukari. Non ne aveva allora e non ne avrebbe adesso. Io vivo con te e posso testimoniarlo. Sei un'ottima madre per Kyō-*chan*.»

Si pentì all'istante di averle detto una frase così banale. Di sé non voleva parlare, ma di Yukari le importava, era preoccupata per lei. In classe, così come nelle attività pomeridiane, Yukari era sempre premurosa, gentile, la più tranquilla di tutti. Non era particolarmente sicura di sé, però aveva un carattere ottimista e solare, e sapeva trasmettere calore: qualcosa nei suoi modi faceva pensare alla fioritura di un giglio. Cosa poteva esserle mai capitato per trasformarla in una persona dal sorriso triste, che si scherniva in continuazione? Che diamine le aveva fatto Hidehito?

Anche lui, cioè l'ex marito di Yukari, era un loro compagno di liceo. Era a capo del club di *kendō* e ostentava atteggiamenti un po' all'antica, da maschio tutto d'un pezzo. Capitava che si facesse beffe di Kanae solo perché per pranzo andava a comprarsi le merendine al *konbini* anziché prepararsi qualcosa a casa. E se lei protestava che nemmeno lui si preparava da mangiare, lui le rispondeva che era naturale. Perché era Yukari a pensarci al posto suo. Era pur sempre un compito femminile, no? A Kanae non piaceva molto Hidehito.

Yukari invece era pazza di lui e anche lui, a modo suo, teneva a Yukari. Sapeva anche essere gentile, non si dimenticava mai un compleanno o un Natale e la riaccompagnava a casa ogni giorno. E poi aveva delle uscite francamente imbarazzanti del tipo "Mi prenderò cura di te, non temere".

Che cosa mai poteva essere successo tra Hidehito e Yukari? Era impensabile che si fosse macchiata di una colpa tanto grave da meritarsi di essere cacciata di casa. Quindi la responsabilità non poteva essere d'altri che di Hidehito. Ma Kanae non sapeva come chiederglielo.

«Non me ne intendo granché di bambini, ma penso che in seconda elementare non siano tutti così educati. Sei una mamma straordinaria, Yukari.»

Kyōko era veramente una bambina a modo. Non l'aveva mai vista fare i capricci, al contrario, era sempre pronta a dar loro una mano. In cucina facevano i turni, ma anche quando toccava a Kanae la piccola arrivava e aiutava a lavare i piatti o pulire le verdure. La prima volta che la vide pelare le patate con un coltello decisamente troppo grande per le sue manine, Kanae le fece un sacco di complimenti. «Ma guarda guarda» le aveva detto «io alla tua età sapevo usare a malapena il pelaverdure! Sei un fenomeno, piccolina!» Kanae era così entusiasta che Kyōko, dopo un attimo di esitazione, si lasciò andare a un accenno di sorriso. La sua espressione era dolce, ricordava molto la madre.

«A casa forse sì. Con la scuola però non ci siamo. Ha una grafia pessima.»

«Ah, sì? Be', io ho una grafia così brutta che non posso proprio permettermi di giudicare gli altri. Lo sai, no?»

Scriveva così male che una volta un professore le aveva restituito il compito dicendole che non ci capiva niente. Yukari se lo ricordava e ridendo rispose: «Sì che lo so». Poi riprese: «È che lei ha vari problemi. A quanto pare non è ancora riuscita a fare amicizia con nessuno, mentre io vorrei vederla scorrazzare dappertutto, come fanno gli altri bambini, il prima possibile».

«Eh, sì, gli amici. Potrebbe anche invitarli qui.»

Il posto in cui abitavano era un quartiere residenziale di recente costruzione chiamato Utsukushigaoka. Compensava la distanza dal centro della città con la presenza di scuole elementari e medie e la profusione di doposcuola e giardini pubblici. Il pomeriggio l'atmosfera era resa vivace dagli schiamazzi dei bambini. Eppure non ce n'era uno che venisse a trovare Kyōko né che la invitasse a casa sua. Forse doveva ancora ambientarsi nella nuova scuola.

«Per il bene di Kyōko preferirei evitare un nuovo trasferimento, perciò penso di rimanere ad abitare qui. Le ho detto di stare tranquilla e di cercare di fare nuove amicizie.»

Yukari corrugò la fronte con aria preoccupata, Kanae annuì. Utsukushigaoka era ricca di verde e di strutture educative. Ecco perché ci vivevano molte giovani coppie con bambini, come aveva spiegato loro Chiyoko. «Sarebbe piaciuto anche a me, un giorno, crescerci un figlio. Solo che a quanto pare non potremo averne, inoltre proprio quando ci eravamo trasferiti temporaneamente dai genitori di mio marito mia suocera si è ammalata, quindi non so quando e se potremo tornare a Utsukushigaoka» aveva detto con un sorrisetto di circostanza. Chiyoko in quel periodo doveva occuparsi della suocera. Non lo dava a vedere, ma Kanae aveva intuito che si trattava di una situazione che le pesava molto. Le era profondamente grata per la sua generosità. La casa era di certo vecchiotta, ma per avere due piani e un giardino non doveva essere costata poco. D'accordo, non poteva abitarci, ma gliel'aveva prestata semplicemente perché si erano frequentate per un paio d'anni al liceo, e Yukari e Kanae non sapevano più come esprimere la gratitudine che provavano verso di lei.

«All'inizio mi chiedevo come avrei fatto a vivere in un posto così fuori mano, ma adesso mi piace tantissimo. Ti capisco perfettamente quando dici che vuoi rimanerci.»

A Utsukushigaoka non arrivavano né metropolitana né treni. Chi non aveva un'auto dipendeva dagli autobus. Nel quartiere c'erano solo piccoli negozi, mentre per andare in quelli più grandi ci voleva almeno mezz'ora. Così come per raggiungere Appareya, dove lavorava Kanae.

Le corse però erano frequenti e nelle vicinanze c'erano diversi *konbini*. Una volta che ci si faceva l'abitudine, la vita in quel quartiere tranquillo risultava perfino piacevole. Per Yukari si trattava di una distanza di dieci minuti in bicicletta da casa alla residenza dove lavorava. Anche la scuola era a portata di mano, caso mai la chiamassero perché magari Kyōko si era sentita poco bene. Ma era contenta soprattutto del fatto che i suoi superiori, sapendo della bambina, avessero un occhio di riguardo per lei e che quindi potesse chiedere giorni di riposo con relativa facilità. «Crescere un figlio da sola dev'essere difficilissimo, ma ti garantiamo che se ti dai da fare qui da noi non avrai problemi a sfamarlo e tirarlo su.» Questo le avevano detto il primo giorno, e Yukari l'aveva ripetuto tutta felice a Kanae.

«Dalle parti della stazione degli autobus ci sono parecchi appartamenti, hai visto? Sto pensando di cercarne uno lì e trasferirmi. Ne ho parlato con la mia responsabile e pare che sia previsto un piccolo bonus per questo tipo di spesa.»

«Mi sembra che le cose si stiano mettendo bene per te, meno male.»

La sfiorò il pensiero che forse anche lei, se avesse tenuto duro da Appareya... Ma per il momento non se ne parlava neanche. Kanae sospirò, chiedendosi perché a lei fosse andata tanto male. La sua era una vita all'insegna dell'invidia.

«Mah, non saprei. Su, andiamo a dormire. Domattina ci tocca un'altra levataccia.»

Kanae si alzò e portò in cucina la lattina di *chūhai* ancora piena per oltre la metà. Ascoltò il liquido scorrere nel lavandino mentre finiva la sua birra. Al lavoro era in difficoltà. Ma non se la sentiva di cambiarlo. Ce l'avrebbe fatta a rendersi indipendente nei dieci mesi che la separavano dalla primavera successiva? A lasciare quella casa con il sorriso sulle labbra? Non avrebbe sopportato di dover assistere impotente alla scena di Yukari che se ne va tenendo per mano Kyōko. La lattina le scricchiolò tra le mani.

Non era nella posizione di rimuginare su cosa potesse aver passato l'amica. Doveva trovare il modo di rimettersi in carreggiata. Di riprendere in mano la propria vita. In caso contrario, sua madre l'avrebbe derisa.

«Kanae è irrecuperabile. È sempre un passo dietro agli altri, poverina.»

D'un tratto le risuonò nelle orecchie la voce roca di sua madre Kiyoko. La considerava una causa persa. E non lo diceva per umiliarla, lo pensava davvero. Kiyoko trattava sua figlia Kanae come un prodotto difettoso.

Che brutti pensieri mi vengono.

Era da tempo che non si metteva in contatto con lei. L'ultima volta era stata forse quattro anni prima, quando Kiyoko le aveva telefonato chiedendole di mandare dei soldi per il matrimonio di Kanako. «Sei la sorella maggiore, glielo devi. Ma non sentirti obbligata a partecipare alla cerimonia. Sarà sufficiente che ti congratuli con lei.» Fece come le era stato detto, inviò loro cinquantamila yen, ma né lei né Kanako si disturbarono a ringraziarla.

Scosse la testa come a voler cacciare i cattivi pensieri. Finì di accartocciare la lattina e si ritirò anche lei nella propria stanza per prepararsi all'indomani.

* * *

Dopo la scuola, Kyōko frequentava la ludoteca. Era Yukari ad andarla a prendere, ma se doveva fare gli straordinari allora ci pensava Kanae, e capitava piuttosto spesso. Come quel pomeriggio, quando Yukari l'aveva avvisata che sarebbe rientrata più tardi del solito perché un paziente si era sentito male all'improvviso ed era dovuta andare con lui in ospedale.

«Dice anche di cenare insieme a me senza aspettarla» la avvisò mostrandole il messaggio, al che Kyōko, con la sua pesante cartella in spalla, annuì educatamente. Poi mormorò: «Scusa per il disturbo».

«Non devi scusarti di niente. Stasera vorrei preparare una carbonara e poi dell'insalata con pomodori e cetrioli. Ti occuperesti tu dell'insalata, Kyō-*chan*?»

Kyōko annuì un'altra volta, poi le tese la manina. Lo faceva sempre con la mamma, e da qualche tempo aveva cominciato a camminare mano nella mano anche con Kanae. Ogni volta che stringeva quella piccola mano nella sua, Kanae si sentiva un po' felice. Aveva giurato a sé stessa di non avere figli, ma in quei momenti pensava che in fondo in fondo le sarebbe piaciuto.

«Bene, maestro. Grazie di tutto.»

«Si figuri. Allora a domani, Kyō-*chan*. Torna a giocare, hai capito? Arrivederci anche a lei, signorina Kanae!»

Fu Uraya, l'educatore, a salutarle. La mattina accudiva i bambini dell'asilo annesso alla ludoteca. Aveva l'aria di uno sportivo, con la pelle abbronzata, il fisico muscoloso e un bel sorriso a trentadue denti. Era un tipo alla mano, che si prendeva subito confidenza, e questo il più delle volte metteva a disagio Kanae. Si sforzava però di non darlo a vedere, dal momento che Kyōko, di solito diffidente, al suo "maestro Ura-*chan*" sembrava particolarmente affezionata. Sorrisero e si salutarono.

«Kyō-*chan*, hai fatto qualcosa di bello a scuola oggi?» domandò Kanae, al che Kyōko, che stava ancora sventolando la mano verso Uraya, si girò e fece no con la testa. «E tu, Kana-*chan*?» ribatté, e anche Kanae scosse il capo.

«Niente di niente. Mi avevano detto che oggi avrei potuto finalmente servire i clienti, ma poi si sono arrabbiati con me. Hanno detto che sono superficiale.»

Dal suo punto di vista era riuscita a interagire con il cliente in maniera soddisfacente, solo che nel bel mezzo della vendita Nakahata l'aveva chiamata e le aveva detto di farsi da parte. «Takahara, hai osservato come si rapportano ai clienti le colleghe con più esperienza? Un'attività storica come la nostra non è un localino notturno, non so se ti è chiaro. Qualcuno potrebbe iniziare a farsi beffe di noi, a dire in giro che i nostri standard si sono abbassati.»

Cosa poteva mai avere osservato se per tutto quel tempo era stata chiusa in una stanzetta da sola? Come se non bastasse, Kanae le aveva risposto che le sue intenzioni erano tutt'altre e Nakahata, paonazza dalla rabbia, era corsa dalla direttrice. Quindi le era toccata anche una predica infinita – chissà che cosa mai aveva potuto raccontarle per metterla contro Kanae. Le disse che finché non avesse capito quali fossero i propri compiti non l'avrebbero messa mai più dietro al bancone. E così era ritornata al laboratorio e per il resto della giornata aveva continuato a incartare pacchi.

«Il cliente era di buon umore e quando mi hanno sostituita ha anche detto che si trovava meglio con me, quindi non penso proprio di avergli fatto una cattiva impressione.»

«La signora Nakahata ti fa i dispetti perché sei bella.»

Kanae si sorprese per quelle parole quasi balbettate eppure così decise. Kyōko gonfiò le guance come non le capitava mai e ripeté: «Ti fa i dispetti».

«Dici che la signora Nakahata è invidiosa della mia bellezza?» le domandò emozionata, e la piccola annuì. Kanae sentì che il labbro inferiore le tremolava. Le carezzò il berretto giallo della scuola e disse: «Grazie». L'amarezza che aveva sentito fino a poco prima era svanita di colpo.

«Sei proprio una brava bambina, Kyō-*chan*. Mi fa piacere che tu mi prenda così a cuore.»

Kyōko la guardò dritto negli occhi.

«Io sono una brava bambina?»

«Certamente. Sono davvero fortunata a poter vivere insieme a te e Yukari. Voglio tanto bene a tutte e due.»

Quando abitava a Tokyo era sempre sola. Aveva frequentato vari ragazzi, ma non era arrivata a convivere con nessuno di loro. Ogni volta che tornava nel suo vecchio appartamento al limitare del quartiere dei locali, ad accoglierla trovava solo il rumore della strada. Qualsiasi guaio le capitasse, non aveva alcuna spalla su cui piangere. Adesso invece aveva qualcuno che le diceva «Bentornata» e che l'ascoltava quando aveva qualcosa di cui lamentarsi. Le dava così tanta forza, così tanta gioia.

«Anche io ti voglio bene, Kana-*chan*. E te ne vogliono anche la mamma e il maestro Ura-*chan*.»

«Come dici?»

Kanae fu sorpresa di sentirle pronunciare il nome dell'uomo che avevano salutato solo pochi minuti prima. Noncurante della sua reazione, Kyōko aggiunse: «Il maestro Ura-*chan* ti vuole bene. Quando vieni a prendermi tu è sempre tutto emozionato».

«Oh, oh, ma che frottole vai dicendo...?»

«Io non dico frottole!»

Aveva ragione. Lo ammise anche Kanae, che però sentì le guance in fiamme. Non le era sfuggita una certa simpatia negli occhi di quel ragazzo che, ogni volta che la vedeva arrivare, usciva apposta per andarle incontro. Ma l'aveva liquidata come una semplice impressione.

«Uscirete insieme, Kana-*chan*?»

«Ma no, che dici. Io non voglio più uscire insieme a nessuno, hai capito?» rispose parlando a raffica. Troppi uomini l'avevano ingannata, non voleva più cacciarsi nei guai. L'ultimo, se possibile, avrebbe voluto dimenticarlo per sempre.

«Ti amo così tanto, Kanae, ti sposerei anche domani. Vorrei che fossi soltanto mia.» Elargiva dichiarazioni d'amore da far girare la testa a chiunque. E si prendeva cura di Kanae, la faceva sentire una principessa splendente. Anche se l'aveva avvicinata lui per primo, quella innamorata persa era proprio lei. Avrebbe fatto qualsiasi cosa per lui.

Iniziò con un paio di scarpe prodotte in serie limitata. Poi un giubbotto di marca, e ancora borse e orologi. Lei gli regalava tutto ciò che chiedeva e lui ricambiava con sguardi languidi e parole dolci. A Kanae non bastavano mai, e finì con il dar fondo prima ai risparmi, poi allo stipendio.

Proprio quando cominciava a sospettare che l'uomo fosse ciò che volgarmente viene definito un "mantenuto", lui le propose di sposarlo. «Torniamo insieme al paese. Solo che i soldi non mi bastano per il trasloco, dovresti metterceli tu.» Ancora frastornata per la proposta di matrimonio, fece come le aveva detto e gli affidò tutti i suoi risparmi. Lasciò il lavoro, preparò i bagagli e aspettò nell'appartamento ormai vuoto che lui tornasse a prenderla, ma al suo posto arrivò un messaggio. "Chi sposerebbe una come te? Ce la siamo spassata e perciò ti ringrazio."

Il padrone di casa, venuto a dirle che l'orario in cui avrebbe dovuto lasciare l'appartamento era passato da un pezzo, la trovò totalmente fuori di sé, capì che era stata vittima di una truffa sentimentale e l'accompagnò alla polizia, ma di lui ormai si erano perse le tracce.

Impietosito dalla situazione di Kanae, i cui averi si riducevano ai pochi spiccioli che teneva nel portafoglio, le permise di restare più a lungo nell'appartamento, ma a parte quello, la ragazza era finita letteralmente in mezzo alla strada. Chiedere aiuto a Chiyoko era stata una mossa disperata che per sua fortuna era andata a buon fine, altrimenti chissà cosa le sarebbe capitato.

«Gli uomini non mi servono. Le ragazze come me hanno due opzioni: farsi prendere in giro o farsi usare. Nessuno si prende cura di noi.»

«Anche quelle belle come te?»

«Mah, per gli standard di Tokyo non sono poi così bella.»

Nel locale dove lavorava il suo compito era quello di ravvivare l'atmosfera. Stretta fra ragazze che brillavano di luce propria, talmente belle da far girare la testa agli uomini, e altre abbastanza scaltre da manipolare i sentimenti di chiunque, il valore di Kanae era pari a zero. Faceva confusione, suscitava l'ilarità dei clienti, versava da bere a quelli più molesti e accettava che la deridessero perché non era attraente. «Di donne così ce ne sono a bizzeffe, perché mai a uno dovrebbe fregare qualcosa di te?» Incassava quelle battute affilate come pezzi di vetro e ricambiava con sorrisi forzati.

«Ma anche se una non è bella, potrebbe esserci comunque qualcuno che tiene a lei, no? Per me è una questione di profumo. Le persone che hanno qualcuno che tiene a loro emanano un buon profumo, come di rose appena sbocciate. Invece il mio odore ricorda quello del deodorante per i bagni. E non va bene.»

Era qualcosa di radicalmente diverso.

«Non so se ho capito.»

«I fiori finti possono anche attirare le farfalle, ma solo per poco, poi volano via.»

Chi è amato è sempre vero. Accennò un sorriso amaro, poi si accorse di essere osservata. Kyōko non le toglieva gli occhi di dosso.

«Che ti prende, Kyō-*chan*?»

«Allora sono finta anch'io?»

«Ma che stai dicendo?» ribatté di scatto. Senza badare alla reazione sorpresa di Kanae, Kyōko proseguì: «Il mio papà ha detto che non mi vuole bene. Che sono brutta e una buona a nulla».

Kanae sbiancò. Parole come quelle non dovrebbero uscire dalla bocca di una bambina così piccola. Kyōko parlava toccandosi gli occhi e il naso con la mano libera. «Ha detto che i miei occhi sono inespressivi, che ho il naso come quello di un maiale e che la mia bocca è tutta storta. Che si deprimeva ogni volta che mi vedeva.»

Kanae le strinse forte la mano.

Quella sera Yukari tornò quando Kyōko si era già addormentata. Il paziente si era aggravato all'improvviso, lei aveva dovuto chiamare la famiglia e occuparsi di tutto il resto, tardando anche più del previsto. Mangiò con aria stanca i piatti preparati da Kanae e Kyōko. Guardandola, Kanae le riferì il contenuto della conversazione avuta con Kyōko quel pomeriggio.

«Ma che storia è? Non si può sentire una bambina così piccola dire certe cose.»

Yukari fermò la mano a mezz'aria. «Ah sì?» disse sospirando, poi posò la forchetta e si coprì il viso con entrambe le mani.

«È una lunga storia. Ah, non ne posso più!»

«Su, parliamone.»

Yukari sollevò il viso e sorrise con rassegnazione.

«È colpa mia. Non sono riuscita a rimanere incinta.»

Erano passati otto anni dal matrimonio riparatore. Hidehito voleva assolutamente un secondo figlio, e lo voleva maschio. Ma anche mettendoci tutto l'impegno, Yukari non rimaneva incinta.

«Pare che sia frequente: fai il primo figlio e poi non ne arrivano più. Quando Kyōko aveva tre anni gli proposi di consultare un medico, ma lui era assolutamente contrario. "Ho fatto Kyōko, vuol dire che il mio sistema riproduttivo funziona!" Lo ripeteva in continuazione.»

Da quel momento in poi, ogni volta che a Yukari venivano le mestruazioni lui le dava addosso. «Saltano quando non devono e vengono quando non le vuoi. Che problemi hai lì sotto? Se almeno Kyōko fosse stata un maschio.»

«Hai visto come mi somiglia Kyōko? Tutti ci dicono che è la mia copia esatta. Neanche questo gli andava bene. All'inizio diceva solo che se gli fosse somigliata un po' di più avrebbe avuto occhi più profondi e un naso più regolare, poi con il tempo è degenerato.»

Si sentì un leggero ticchettio. Erano le mani di Yukari che, incrociate sul tavolo, si erano messe a tremare. Anche il viso era contratto in una smorfia che preludeva al pianto. La stessa espressione che nel pomeriggio aveva letto sul volto di Kyōko.

Ma Yukari continuò a parlare. Il disprezzo di Hidehito a un certo punto si estese alla piccola Kyōko. Gli bastava vederla sorridere per andare su tutte le furie, con la scusa di doverle insegnare le buone maniere era sempre esageratamente severo con lei. Kyōko andava ancora all'asilo quando imparò a usare il coltello, e ogni giorno doveva lucidare con uno straccio i pavimenti dell'intera casa.

«Sei brutta e inutile come tua madre, ti conviene imparare almeno le faccende di casa. Altrimenti non ti vorrà mai nessuno.»

Mentre ascoltava il racconto di Yukari, Kanae si sforzava di tenere a bada gli istinti che quella storia suscitava in lei. Rivide la faccia di Hidehito ai tempi del liceo e le venne voglia di ucciderlo. Come poteva aver trattato in quel modo ignobile Yukari e una bambina così piccola?

Solo qualche ora prima, sforzandosi di restare calma, aveva detto a Kyōko: «Ma tu non sei affatto brutta, Kyō-*chan*. Sei graziosissima invece. Sei uguale identica a tua madre, hai lo stesso viso carino e delicato».

Ma Kyōko non sembrava affatto contenta, anzi serrò le labbra. Era la prova che non stava ascoltando una parola di ciò che le diceva Kanae. La maledizione che il padre aveva gettato su di lei si preannunciava difficile da estirpare.

«È per questo che vi ha cacciato di casa?»
«Più o meno. La vera ragione è che la sua amante è rimasta incinta. Ha detto che ormai non sapeva che farsene di me e mi ha messo alla porta.»
«Che cosa? Guarda che è il tipo di situazione che prevede un risarcimento, lo sai? Se aveva un'amante, e l'ha messa incinta, la responsabilità è tutta sua.»
«Ho scelto di prendermi Kyōko. Ho rinunciato a ogni diritto in cambio dell'affidamento esclusivo di Kyōko.»
Oltre alla bambina, le erano toccati pochi spiccioli e qualche vestito. Dopo averle mandate via, Hidehito si portò in casa la sua ragazza già con il pancione e cominciarono a vivere insieme. Yukari sentì dire in giro che si erano sposati quasi subito. Kanae le gridò che si era solo servito della bambina per i suoi scopi. Che era certa che non avesse pensato di tenerla con sé neanche per un attimo.
«Certo, lo so. Ma non ne potevo più.»
«Che cosa? Non ti capisco. In quel momento avresti dovuto lottare, invece.»
Presa dalla foga, Kanae batté il pugno sul tavolo. Il contraccolpo fece cadere e rotolare giù una lattina vuota. «Sei o no la madre di Kyōko? Perché non l'hai difesa fino in fondo? Se ti fossi fatta valere, lei non avrebbe dovuto subire tutto ciò che ha subìto e forse avrebbe avuto un'infanzia più spensierata. E invece mi sembra di vederti, ad abbassare la testa ogni volta che Hidehito parlava. Ti sei sempre mostrata debole con i maschi. Dai tempi del liceo…»
Kanae ammutolì di colpo. Yukari la stava fissando con gli occhi rossi. Le mani strette davanti a sé, con uno sguardo duro che non le aveva mai visto, disse a bassa voce: «Non permetterti di parlare di cose che nemmeno sai. Perché tu, Kanae, non sai

proprio niente. Non sai quanto ho sofferto. Ho fatto quello che potevo. È andata così perché non poteva andare altrimenti».

«Aspetta un attimo. Non dire che *non poteva andare altrimenti*. Se una mamma si arrende, per il figlio non c'è più speranza. Sarà destinato a soffrire. Ti sta bene che Kyōko si porti dietro questo dolore per tutta la vita?»

Sapeva di aver oltrepassato il limite. Ma non si fermò. Continuava a vedere l'espressione triste di Kyōko e non riusciva a togliersela dalla testa.

«Infatti me ne sono andata da quella casa!»

«Sei stata cacciata, non te ne sei andata. Kyōko se lo ricorderà ogni volta che la vita la ferirà. Si ricorderà che sua madre non l'ha protetta. E a te questo sta bene, Yukari? Cerca di pensare a tua figlia!»

Yukari gettò a terra le stoviglie che si trovavano sul tavolo. Un piatto scivolò rumorosamente sul pavimento e andò in mille pezzi.

«Ma piantala! Io sarei debole con i maschi? Proprio tu che per compiacere un uomo ci hai rimesso fino all'ultimo centesimo. Vedi di abbassare la cresta!»

Le parole di Yukari furono come una stilettata al cuore per Kanae.

«Non è la stessa... Io...»

«È la stessa identica cosa. La cura che dedichi al tuo aspetto è la prova che cerchi di compiacere gli uomini. Pensi che dall'alto della tua posizione tu possa permetterti di venire a sentenziare sulla mia vita?»

Un silenzio di ghiaccio si frappose tra Kanae, ormai impietrita, e Yukari, che continuava a fissarla con evidente risentimento.

«Mamma... Che succede?»

Il silenzio fu interrotto dalla voce di Kyōko, quasi in lacrime.

Si voltarono all'unisono verso le scale e la videro lì in piedi, in pigiama, che stringeva forte i bordi delle maniche.

«Oh, scusaci. Ti abbiamo svegliato? Ho fatto cadere un piatto inavvertitamente e la mamma si è un po' arrabbiata con me.»

«Non ti avvicinare, Kyōko. Puoi tagliarti con i cocci del piatto.»

Si affrettarono entrambe a simulare un sorriso. Vedendole raccogliere i cocci come se niente fosse, Kyōko sembrò tranquillizzarsi.

«Mi sono spaventata perché sembrava che litigaste. Meglio così allora.»

«Ma no che non litighiamo. Su, torna a letto adesso.»

«Sì... Mamma, mi faresti compagnia solo per un pochino?»

Yukari esitò per una manciata di secondi, ma Kanae le si avvicinò da dietro e le disse: «Vai, continuo io qui». Aggiunse che poi se ne sarebbe andata a letto anche lei e le augurò la buonanotte.

«Scusami» disse Yukari senza girarsi, poi salì al secondo piano. Kanae riprese a raccogliere i cocci ascoltando i passi sulle scale.

Aveva esagerato. Ma non era riuscita a trattenersi.

«Che ci posso fare? Guarda che ce la sto mettendo tutta.»

Le parole che sua madre le aveva ripetuto fino allo sfinimento si sovrapposero a quelle di Yukari.

Quando Kanae frequentava la terza elementare, Kiyoko si era risposata con un uomo che aveva anch'egli una figlia. Si chiamava Kanako ed era un anno più piccola di Kanae. La prima moglie doveva essere molto bella, perché Kanako aveva un visino davvero grazioso. Kiyoko si affezionò enormemente a lei. Le comprava sempre vestiti nuovi, la iscriveva a corsi di ogni tipo e se la portava dietro ovunque andasse. In compenso, iniziò a trattare malissimo Kanae. Non le permetteva di uscire dopo la scuola, costringendola a occuparsi delle faccende di casa. Le passava gli abiti smessi di Kanako, che era più alta di lei. Non le fece intraprendere alcuna attività extra-scolastica. Quando lei, il marito e Kanako uscivano fuori a cena, capitava sovente che lasciasse Kanae a casa con qualche piatto pronto comprato al supermercato. Le prime volte Kanae piangeva, provava a chiederle perché la escludessero così. La supplicava di prendersi cura di lei come faceva con Kanako. In fondo era la sua vera figlia. Ma Kiyoko le rispondeva ogni volta che non poteva farci niente. Che cercava di tirarla su nel miglior modo possibile. Che doveva provare ad andare d'accordo il più possibile con il nuovo papà e con Kanako. Per questo la coccolava di più. Non poteva farci niente.

Stretta in quel "Che ci posso fare?", Kanae a un certo punto gettò la spugna. La mattina di Natale per lei non c'erano regali, il suo compleanno non si festeggiava mai. La madre non si faceva vedere ai colloqui con i professori né le posava la mano sulla fronte quando aveva la febbre, ma che ci poteva fare?

E invece era chiaro. Kiyoko si era accorta che Kanako, crescendo, era diventata più carina di Kanae. Quella ragazzina deliziosa, di cui tutti si innamoravano alla prima occhiata, le piaceva molto più della sua vera figlia, identica al marito da cui si era separata. Il "Che ci posso fare?" di sua madre in realtà voleva dire "Che ci posso fare se non riesco a volerti bene?".

Ripensò alle parole di Yukari e le scappò un sorriso. «Ti amano se sei carina». Voleva crederci, eppure gliene erano capitate di tutti i colori, e sapeva che l'aspetto esteriore in realtà non serve a un bel niente. Ecco perché si preoccupava per Kyōko. Avrebbe voluto risparmiarle, finché era ancora così piccola, i dispiaceri e le sofferenze che aveva patito lei.

Sapeva che Yukari e Kiyoko non si somigliavano affatto. Erano due situazioni diverse, perciò non era detto che la storia si ripetesse. Ma l'animo di una bambina che rinuncia a sé stessa perché "Non possiamo farci niente" era identico.

Passò lo straccio sul pavimento, lo ripulì per bene e si avviò verso la propria stanza, quando sentì una fitta lungo la pianta del piede. Si accovacciò e vide che una scheggia minuscola si era conficcata lasciando un segno rosso. La estrasse piano e la gettò nel cestino dei rifiuti.

* * *

Dopo circa un mese senza che Yukari e Kanae si scambiassero una parola, salvo in presenza di Kyōko, la bambina prese la parotite.

«Che guaio. Mi ero già presa quei giorni di ferie...»

Di ritorno dall'ambulatorio, Yukari guardò Kyōko sprofondata nel divano e sospirò. Siccome era raffreddata da un paio di giorni, aveva già chiesto dei permessi al lavoro. Per quanto fossero comprensivi, a tutto c'era un limite.

«Kyō-*chan*, stai bene?»

Kyōko annuì senza dire niente, con l'orecchio sinistro bello gonfio, alla domanda di Kanae. Sembrava frastornata, forse per via della febbre.

«Non sono andata neanche oggi, non c'è più nessuno a cui possa chiedere di sostituirmi. Ascolta, Kyōko. Tornerò per pranzo, mi prometti di startene buona a letto fino ad allora?» le domandò Yukari con aria colpevole lanciando un'occhiata al calendario dei turni che era attaccato allo sportello del frigorifero. Kyōko guardò la madre di spalle e rispose solo: «Tranquilla».

«Scusami, davvero. La mamma non può più saltare il lavoro.»

«Lo so, hai tanto da fare. Non preoccuparti.»

Anche se Kyōko si sforzava di usare il solito tono di voce, dal punto in cui si trovava, Kanae riusciva a vedere chiaramente che stava per piangere.

«Ci sono io a casa, stai tranquilla» disse mentre la bambina si mordeva il labbro.

«Come?» ribatté voltandosi Yukari.

Kanae chiuse la rivista che stava sfogliando e ripeté: «A casa ci sono io. Posso stare io con Kyō-*chan*».

«Ma anche tu devi andare a lavorare.»

«Mi sono licenziata. Sono alla ricerca di un nuovo impiego e non ho niente da fare.»

Yukari socchiuse le labbra per chiederle quando, ma si zittì subito e guardò altrove, evidentemente a disagio. Kanae aveva provato ripetutamente a parlarle, ma lei si era sempre mostrata fredda e distaccata, scoraggiandola tutte le volte. Si sforzò di trovare le parole, poi disse solo a mezza bocca: «Scusa il disturbo».

«Tanto sono comunque a casa. Se succede qualcosa ti telefono al lavoro. Con la parotite è sufficiente starsene tranquilli a riposo.»

«Sì, però...»

«Capito, Kyō-*chan*? Restiamo insieme io e te.»

L'espressione triste che aveva avuto fino a quel momento lasciò il posto a un bel sorriso. Kanae la seguì a ruota. E Yukari le guardò e sospirò di nuovo.

«Sarò sincera, mi faresti un grosso favore. Posso contare su di te allora?»

«Ma certo» la rassicurò Kanae.

Il giorno seguente, dalla finestra del primo piano, Kanae e Kyōko seguirono Yukari che se ne andava al lavoro voltandosi in continuazione. Kyōko, forse eccitata al pensiero che per una volta i ruoli si erano rovesciati (in genere era lei quella che usciva e Yukari quella che restava a casa), continuò a salutarla con la mano finché non la vide più.

Le vecchie ferite avevano spinto Kanae a dire cose terribili alla sua amica. Considerando il carattere ottimista di Yukari, per parlare in quel modo doveva esserle successo qualcosa di veramente tremendo. Le aveva dato addosso proprio quando avrebbe dovuto semplicemente ascoltarla.

«La mamma si dà un gran daffare al lavoro, non è vero, Kyō-*chan*?»

«Sì. La mamma è brava» le rispose Kyōko, distogliendo finalmente lo sguardo dalla finestra. Vedendola così fiera di sua madre, Kanae pensò che doveva tenerci davvero tanto, segno che Yukari la stava crescendo nel modo giusto. Che era una madre diversa dalla sua. E che la bambina che aveva davanti sarebbe diventata una persona come si deve.

«E tu perché hai lasciato il lavoro, Kana-*chan*?»

«Sai, non era il mio» rispose facendole la linguaccia. In realtà era stata costretta a farlo. Nakahata aveva fatto pressione sulla direttrice perché la facesse scegliere tra rassegnare le dimissioni ed essere licenziata. Non sapevano che farsene di una sciacquetta incapace come lei. Se proprio si fosse voluta tenere Takahara, allora avrebbe dovuto licenziare lei.

«Perché ce l'ha con me, signora Nakahata? Cos'è che non le piace di me?»

Probabilmente il suo errore era stato porle questa domanda. Ma per lei era davvero difficile continuare a lavorare sotto i suoi continui attacchi verbali. Aveva pensato solo che, sapendo cosa proprio non le andava giù, magari si sarebbe potuta regolare di conseguenza. Peccato che Nakahata aveva cominciato a strepitare e Kanae si era messa sulla difensiva, scoppiando perfino in lacrime. La direttrice sospirando le aveva domandato: «Signorina Takahara, si può sapere cosa le ha detto?» e a quel punto lei era sbottata.

«Ma per favore, sono io che non ne posso più di lavorare con questa rompiscatole sempre attaccata a me!»

Tornò in sé un attimo dopo quando era già troppo tardi: ormai l'aveva detto.

«Vedi, Kyō-*chan*, io ce l'ho messa tutta per cercare di andarle a genio. Ma è stato inutile. Sai che c'è, però? Mi sono già messa alla ricerca di un altro lavoro, quindi non me ne importa niente. Posso benissimo lavorare in una panetteria o qualcosa del genere. Così magari la sera ti porto le merendine che ti piacciono tanto.»

Si sforzò di parlare con un tono allegro per risollevare il morale di Kyōko, che sembrava abbattuta. «Stai tranquilla, ché un altro lavoro lo trovo in quattro e quattr'otto.» Dirlo faceva bene anche a lei.

La parotite di Kyōko durò cinque giorni. Più o meno al terzo la febbre scese e l'orecchio si sgonfiò, segno che a breve sarebbe potuta tornare a scuola. Furono giorni tranquilli, ma Kanae scoprì qualcosa di preoccupante. Capì che Kyōko cercava continuamente di interpretare le espressioni altrui. Se ne accorse una mattina, mentre guardavano insieme un film d'animazione. Inizialmente voleva solo tenerle compagnia, poi si appassionò anche lei alla storia. Si ricordava di averle detto qualcosa come «È uno spasso, eh?». In quel momento Kyōko lanciò un urlo. Sorpresa, Kanae le chiese che cosa fosse successo, al che la vide arrossire di colpo e notò che si era fatta la pipì addosso. La macchia sul pavimento si allargava sempre di più.

«Che… Che succede?»

Alla sua età episodi del genere non sarebbero dovuti capitare più da un pezzo. Kanae sbiancò al pensiero che dovesse stare male, ma quando si avvicinò Kyōko scoppiò a piangere e le chiese scusa. Le spiegò che aveva cercato di trattenere la pipì perché non riusciva a dirle che doveva andare in bagno. E poi continuò a chiederle scusa, ancora e ancora.

Kanae stava per dirle che non era necessario che l'avvisasse prima di andare in bagno, poi si bloccò. Si rese conto che Kyōko annunciava sempre ogni sua iniziativa. Chiedeva il permesso per qualsiasi cosa.

«Non me l'hai detto perché ero presa dal film?»

Non era riuscita a trovare il momento giusto per dirglielo? Le sembrava assurdo, eppure Kyōko annuì timidamente. Non poteva crederci.

«Ma non c'è alcun problema, puoi andare al bagno ogni volta che ne hai bisogno.»

«E tu non ti arrabbi?»

Il cuore di Kanae cominciò a battere più velocemente. Qualcuno in passato si era arrabbiato con quella bambina. Lei aveva preso una qualche iniziativa e un adulto non aveva gradito.

Proprio come era capitato a lei.

Kanae ci era passata in prima persona. Qualsiasi cosa facesse, Kiyoko la rimproverava. E né il patrigno né Kanako intervenivano mai in sua difesa. Demoralizzata e incapace di sostenere oltre quegli sguardi carichi di riprovazione, aveva cominciato a chiederle il permesso ogni volta che doveva fare qualcosa.

Cercò di trattenere le lacrime, si disse che non era il momento di farsi prendere dalla rabbia e abbracciò Kyōko che ancora tremava. Nel momento in cui la strinse a sé sentì che si irrigidiva e le venne quasi da piangere. Le ripeté più e più volte che era tutto a posto. Che poteva fare tutto ciò che voleva, perché nessuno si sarebbe più arrabbiato con lei.

A poco a poco il suo corpicino si rilassò. Kanae capì che la sua reticenza a giocare con gli altri bambini, l'obbedienza, la disponibilità ad aiutare nelle faccende domestiche erano il risultato dello sforzo continuo di non far arrabbiare nessuno. Quella bambina le ricordava sé stessa. La strinse forte e non capiva più se quel corpo appartenesse a Kyōko o alla Kanae del passato.

«Ascolta, visto che da domani torni a scuola, che ne dici se giochiamo un po' a mamma e figlia?» chiese tutta sorridente a Kyōko dopo aver rassettato la cucina dove avevano fatto colazione.

«Mamma e figlia?»

«Esatto. Possiamo usare *tuuutta* la casa!» rispose allargando le braccia. Kyōko la guardò con gli occhi che le brillavano dall'eccitazione. Quando le chiese in cosa consistesse quel gioco, Kanae percepì nella sua voce un tono volutamente infantile che le fece piacere.

Essendo la madre, Yukari era certamente a conoscenza dei problemi di Kyōko. Avrebbe voluto chiederle cosa ne pensasse, ma era ancora agitata. Temeva che, come era stato per il loro confronto precedente, i brutti ricordi si sarebbero sovrapposti alla situazione della bambina, e che la sua emotività potesse indurla di nuovo ad accusare Yukari.

Poteva solo ridere, e sperare con ciò di alleviare almeno in parte il terrore che quella bambina nutriva nei confronti degli adulti.

«Quando gioco a mamma e figlia io faccio sul serio, capito? Oggi questa casa è un castello. Si chiama "Castello Kana-Kyō", va bene? Ed ecco il vestito della principessa Kyōko. *Ta-dan*!»

Tirò fuori un abitino risalente a quando lavorava nei locali, rosa e con la gonna corta, e quando Kyōko lo vide esclamò «Che carino!» non riuscendo più a smettere di guardarlo.

«È da adulta, ma a te starà come un abito lungo, credo. Puoi usare questo scialle come cintura per regolare la lunghezza.»

Le tolse il pigiama con i pupazzetti e le mise l'abito. Le fissò la frangetta con dei fermagli a forma di farfalla e quando la mise davanti allo specchio le guance di Kyōko arrossirono leggermente. Cominciò a ridere e a girarsi ovunque. Ogni volta che vedeva luccicare le *paillettes* brillavano anche i suoi occhi.

«Posso metterlo davvero?»

«Ma certo. Vado a prepararmi anch'io, aspettami qui.»

Kanae indossò in fretta e furia il suo vestito. Legò e sollevò i capelli, si mise le ciglia finte e si truccò con cura. Quando Kyōko la vide così agghindata rimase per qualche istante senza parole, poi le domandò: «Kana-*chan*, ma tu sei davvero una principessa?».

«Ehm... Grazie. Sei tu la principessa, piccolina. Bene, a questo punto dobbiamo decidere dove giocare.»

Passò a Kyōko il pennarello che aveva preparato. La bambina la guardò con aria interrogativa, lei le disse: «Come prima cosa questa finestra. Dunque... Sarà il balcone del castello. Alla principessa piace starsene a guardare la luna quando è particolarmente bella, no? Sai cos'è un balcone?».

«Sì!» annuì entusiasta Kyōko, che aveva capito dove voleva arrivare.

«E allora scriviamocelo: "Il balcone del castello". Ma non in un punto troppo visibile, eh! La mamma non deve saperlo, è il nostro segreto.»

«Ho capito!»

Poi andarono su e giù per la casa a cambiare nome ai vari ambienti. Dopo un poco la bambina correva a destra e a sinistra sollevandosi l'orlo del vestito, gridava cose come «E questa è la scalinata di Cenerentola!», qualche volta faceva dei disegni accanto alle scritte. Kanae trovava divertente quel suo comportamento così spensierato. A un certo punto si rese conto con orrore che il pennarello, che credeva cancellabile, in realtà era indelebile, poi si disse che in qualche modo sarebbe riuscita a pulire, e in ogni caso ci avrebbe pensato dopo.

Ma nel bel mezzo di quel gioco così divertente, capitò qualcosa che lasciò Kanae senza parole. Si trovavano al secondo piano, in una stanza inutilizzata sia da lei che da Yukari e Kyōko. La bambina si era infilata in un mobile e aveva scritto "La tomba della donna".

«Questo rettangolo è la tomba. E tutti ci piangono intorno.» Ci aveva disegnato delle persone con dei fiori tra le mani, forse quelli che si offrono ai morti. Dopo aver finito il disegno, Kyōko si fermò, rifletté per qualche istante, poi aggiunse la scritta: "→ Inferno".

Kanae incrociò le braccia e se le strofinò senza volerlo. Come le era venuta in mente una cosa tanto lugubre?

«Kyō-*chan*, perché hai disegnato la tomba di una donna?»

«Me l'ha detto la mamma quando eravamo al funerale della nonna. La tomba in cui si infila una donna quando si sposa porta dritta all'inferno.»

«E che vuol dire?»

«Non lo so. Però la mamma piangeva e diceva che le dispiaceva per la nonna. Che le sarebbe toccato lavorare anche da morta.»

Kanae si chiese che volesse dire. La nonna di cui parlava doveva essere la mamma di Hidehito. I genitori di Yukari erano morti in un incidente stradale quando Kyōko aveva appena un anno, quindi non poteva ricordarsi il funerale.

«La nonna e la mamma sono schiave. Me l'hai spiegato tu cos'è uno schiavo, ricordi, Kana-*chan*?»

«Schia… Schiave, dici?»

«Quelle che si impegnano tanto ma vengono sgridate lo stesso, e a cui dicono che devono impegnarsi ancora di più.»

Kanae, con gli occhi lucidi, guardava quelli limpidi di Kyōko e le sembrò di scorgere un tremolio.

«Ascolta, Kyō-*chan*…»

Doveva chiederglielo. Nel momento in cui trovò il coraggio e stava per aprire la bocca, il campanello annunciò che avevano visite. L'orologio a parete segnava mezzogiorno. Le era del tutto passato di mente che aveva ordinato la pizza per il lussuoso party delle principesse.

«Credo che sia arrivata la pizza. Kyō-*chan*, potresti scendere giù e preparare la tavola? Io vado alla porta.»

C'era ancora tempo. Kanae si diresse verso l'ingresso con il portafoglio in mano, pensando che avrebbe potuto parlarle più tardi. «Arrivo» disse, ma la persona che si trovò di fronte quando aprì la porta non era il fattorino della pizzeria.

«Eh…? Scusi, pensavo che qui abitasse Imazato Yukari.»

Davanti a lei c'era Hidehito. Portava una confezione di dolci di una famosa pasticceria e la guardava con aria interrogativa.

«Ho chiesto informazioni alla scuola e mi hanno detto che Kyōko era assente per malattia… Mi perdoni se glielo chiedo, ma chi è lei?»

«Sono… La coinquilina.»

«Eh?»

Il suo viso si irrigidì. La squadrò da capo a piedi, poi mormorò: «La coinquilina di Yukari?».

«In cosa posso esserle utile?»

«Voglio vedere mia figlia e mia moglie. Può farle uscire, per favore?»

Nel tono della sua voce vibrava una nota violenta. Kanae si

mise di traverso e rispose: «Non se ne parla. Kyō-*chan* sta male e deve restare a letto».

Pregò di non vederla scendere le scale. Poi lui le chiese: «E Yukari?».

«È al lavoro. Oggi la bambina è sotto la mia responsabilità.»

«Come le viene in mente di affidare la bambina, che per di più sta male, a una come lei? Che assurdità.»

Aggrottò le sopracciglia.

«È la verità. Le chiederei gentilmente di togliere il disturbo.»

«Ma cos'ha in testa quella stupida di Yukari? Ehi, Kyōko! Kyōko!»

Hidehito cercò di spingere via Kanae, che però puntò i piedi e non si spostò. Quando si rese conto che non si sarebbe fatta da parte, cominciò a gridare in direzione delle scale.

«Kyōko! Sono il papà! Vieni giù. Ti riporto a casa.»

«Smettila! Hai chiesto il divorzio e l'hai sbattuta fuori, te ne sei dimenticato forse?»

«Non mettere becco in cose che non ti riguardano. Kyōko, Kyōko! Vieni subito qui!»

Quando la discussione divampò, Hidehito scandì meglio le parole. Sentendo tutto quel baccano, la bambina si affacciò per le scale. Kanae si voltò e vide che era impallidita.

«Kyō-*chan*, torna al piano di sopra. Ci penso io. In qualche modo me la caverò, stai tranquilla.»

«Ma non farmi ridere. Kyōko, vieni qui. Il papà ti riporta a casa.»

Kyōko si fermò in mezzo alle scale, ormai sul punto di piangere. Vedendola lì, immobile, stringere forte i bordi del vestito, Hidehito agitò il pugno in aria e gridò: «Non fare storie!». La bambina cominciò a tremare.

«E così sarebbe malata? Ed è normale conciare una bambina

malata come una sgualdrina? Come si fa a farle saltare la scuola per tenerla in casa a giocare?»

Ormai era una furia. Buttò a terra la confezione di pasticcini e spinse via Kanae. La spinse così forte da farla sbattere contro lo stipite della porta. Il forte rumore spaventò Kyōko, che si lasciò scappare un urlo.

«Lo sapevo che senza di me siete due buone a nulla! Su, vieni!»

Vedendo il padre entrare in casa senza nemmeno togliersi le scarpe, la bambina istintivamente indietreggiò, poi si rannicchiò su uno scalino. Le colpì la testa con forza, poi l'afferrò e la costrinse ad alzarsi. Uscì senza neanche guardare Kanae che, per la botta ricevuta, non riusciva a muoversi.

«Di' a Yukari che mi farò sentire io. Come si fa ad affidare la bambina a una donnaccia del genere?»

«As... Aspetta un momento!»

Hidehito si incamminò verso la stazione degli autobus con Kyōko in braccio. Kanae si rimise in piedi con difficoltà, poi li seguì.

Lei barcollava e Hidehito procedeva a grandi falcate, tanto che riuscì a raggiungerli quando erano ormai davanti al parcheggio a gettoni accanto al terminale degli autobus. Lo prese per una manica e gridò: «Ridammi la bambina! È la figlia di Yukari, devi ridarmela!».

«È *mia* figlia! Lasciami!»

Davanti allo stazionamento dei bus c'erano diverse persone in attesa della loro corsa. Si vedeva gente anche nel parcheggio del *konbini* dall'altro lato della strada. Tutti osservavano incuriositi quel piccolo tafferuglio ma nessuno intervenne per dare una mano a Kanae.

«Lasciala! Qualcuno gli tolga la bambina!»

Con che faccia avrebbe detto a Yukari che Kyōko le era stata portata via quando invece avrebbe dovuto badare a lei? Ma soprattutto non voleva cederla per nessuna ragione a quell'uomo. Mentre cercava di farsi sentire, una voce profonda li raggiunse «Kyō-*chan*!». Delle braccia possenti afferrarono il braccio di Hidehito.

«Ho chiamato la polizia. Cerchi di darsi un contegno.»

La voce apparteneva a Uraya, che era lì di fronte a loro con il telefono cellulare in mano.

«Eh? Perché si intromette in questioni che non la riguardano? Io sono il padre di questa bambina.»

«Il padre che se n'è sbarazzato parecchio tempo fa, lasciando la custodia a Yukari. Non hai alcun diritto di prelevare la bambina contro il suo volere. Dovresti vergognarti, Hidehito» disse Kanae con disprezzo, al che lui inarcò le sopracciglia e la fissò. Uraya tolse Kyōko dalle braccia del padre. Le accarezzò la schiena per rassicurarla, visto che ancora tremava come una foglia, poi le disse di stare tranquilla. Dagli occhi della bambina, che fino a quel momento si era sforzata di soffocare ogni emozione, cominciarono ad affiorare le lacrime. Vedendola, Kanae sentì venir meno la forza nelle gambe e si accovacciò.

«Lasceremo che sia il tribunale a deciderlo. Yukari deve essere matta se lascia nostra figlia con una donna del genere. Una pessima madre. Chiama pure la polizia, chiama chi ti pare. Combatterò fino all'ultimo» disse furioso Hidehito, indicando Kanae. Che razza di avvenire aveva in mente per la figlia se la faceva crescere fianco a fianco con una prostituta da quattro soldi? Non avrebbe dovuto cedere Kyōko a Yukari.

Kanae si morse le labbra. La sua presenza rischiava di danneggiare Yukari.

«Non dire cattiverie su Kana-*chan*!» disse una voce flebile ma chiara. «Non devi dire cattiverie né su Kana-*chan* né sulla mamma!»

Sollevò la testa incredula e vide che, tra le braccia di Uraya, Kyōko stava gridando contro il padre, tutta rossa in viso. Hidehito la gelò con lo sguardo, poi cambiò espressione.

«Kana... *chan*? Non sarai per caso Takahara?»

«E se anche fosse?»

Era basito, la fissò per qualche istante. Poi sbuffò, sprezzante.

«Quella buona a nulla di Takahara Kanae? Hai la faccia completamente diversa, chi ti aveva riconosciuta? Ti sei fatta una plastica per caso?»

Continuava a ridere. Ogni risata, per Kanae, era come una staffilata.

«Non ti è rimasto niente del tuo vecchio aspetto, sei una specie di cyborg. Mi fai pena, sei sempre stata una nullità. Quanto ti è costata quella faccia?»

«Non credo che ti riguardi» disse con rabbia, poi si voltò verso Kyōko e vide che aveva smesso di piangere e la stava guardando. I suoi occhi erano tristi, Kanae si sentì in colpa.

«Devi scusarmi, Kyō-*chan*. Te l'avevo detto che sono finta» esclamò con tono scherzoso, ma dagli occhi della bambina ricominciarono a scendere le lacrime.

In lontananza si udirono le sirene della polizia. Uraya, sempre con Kyōko in braccio, andò a mettersi davanti a Kanae e le domandò se stesse bene. Disse che non era certo di aver chiara tutta la situazione, ma che sarebbe rimasto insieme a loro, quindi poteva stare tranquilla. Vedendolo sorridere, finalmente anche Kanae si calmò.

Quando tornarono a casa erano ormai passate le dieci di sera.

«Scusami, Kanae, per tutto questo fastidio» disse Yukari

esausta, sprofondata sul divano, dopo aver messo a dormire Kyōko nella sua stanza. Kanae sollevò il busto e trovò Yukari a capo chino. Era così curva da sembrare rimpicciolita.

«Ti chiedo scusa. E ti ringrazio per non aver sporto denuncia.»

«Nonostante tutto è pur sempre il padre di Kyōko, quello lì. Così almeno ci siamo fatte promettere che starà alla larga da noi.»

Kanae aveva un grosso cerotto dietro alla testa. Sbattendo contro lo stipite della porta era finita con la nuca sulla parte sporgente della serratura e si era tagliata. Mentre andavano al commissariato, Uraya si era accorto che il sangue le stava colando lungo il collo.

«Dicevo: "Se per questo dovessi essere costretta a rasarmi la testa, lo porto in tribunale!", ma per fortuna alla fine non è andata così.»

«Ti fanno male anche i piedi, non è vero?»

«Tranquilla, davvero. È solo qualche graffio.»

Si era precipitata fuori in fretta e furia senza riuscire a infilarsi le scarpe. Aveva le calze strappate e le piante dei piedi tutte graffiate – anche di questo si era accorto per primo Uraya.

«Sai che non mi ricordavo che fosse una tale carogna? Da ragazzo mi sembrava un po' più gentile, un po' più a posto.»

Ricordò i suoi banalissimi ragionamenti e pensò che a un certo punto doveva essere sconfinato nella pateticità più assoluta.

Quando, avvisata dalla polizia, Yukari li aveva raggiunti, lui aveva sputato veleno anche su di lei come aveva fatto con Kanae. E, come prima, le aveva intimato di restituirgli Kyōko.

«Non se ne parla. Hai rinunciato a ogni forma di responsabilità nei suoi confronti» rispose secca Yukari, seppur tremante. Poi iniziò a tirar fuori oggetti da una borsa che aveva portato con sé. Un registratore, un telefono cellulare, delle cartelline porta-documenti. Accese il registratore e si sentì Hidehito che sbraitava.

«Per una figlia così inutile non voglio spendere neanche un soldo! Se la vuoi tanto, prenditela pure e andatevene da qui! In cambio non dovete più farvi vedere. Non venite a chiedermi soldi. È chiaro?»

Seguì un rumore sordo e un grido di Yukari. «Mi fai male, mi fai male, basta calci. Ce ne andiamo. Ti chiedo solo di non alzare le mani sulla bambina. Te lo chiedo per favore.» E poi ancora quei rumori soffocati, e ancora e ancora, tanto che la poliziotta davanti a loro scosse la testa con aria disgustata.

«Spegni subito quell'affare!» esclamò Hidehito lanciandosi su di lei per afferrarlo, ma un poliziotto glielo impedì.

«E ne ho ancora. Sul telefono ho dei video, in queste cartelline ci sono i referti dell'ospedale e le prove che avevi una relazione con la tua attuale moglie quando eri ancora sposato con me. Prova a togliermi Kyōko e ti schiaccerò come un verme, puoi starne certo!» Yukari parlò a raffica, senza togliergli gli occhi di dosso neanche per un istante. Lui era ormai ammutolito.

«Certo che è stata una sorpresa vedere quante prove hai accumulato contro di lui. Con tutto quello che avevi in mano ti saresti potuta opporre alla sua richiesta di andare via da casa.»

Yukari le versò del tè freddo in una tazza e glielo passò. Kanae si mise a sedere e lo mandò giù d'un sorso. In una serata come quella avrebbe preferito bere una birra, ma il dottore purtroppo gliel'aveva vietato. Yukari si accomodò su una sedia vicino a lei, inarcò le sopracciglia e fece un sorriso amaro.

«Ho seguito il consiglio della buonanima di mia suocera. "Devi farti furba, o quando non ci sarò più io per te saranno guai".»

«In che senso?»

Kanae chinò il capo con aria interrogativa, Yukari rifletté per qualche istante, poi rispose: «Il padre di Hidehito era semiparalizzato in seguito a un'ischemia avuta molti anni prima. Era lucido, ma il corpo non rispondeva ai comandi del cervello. Poiché era un uomo molto orgoglioso, non ha mai voluto che degli estranei si prendessero cura di lui, motivo per cui tutto il lavoro ricadeva su mia suocera e me».

Si occupavano di lui da sole, e con una bimba ancora piccola. Fu allora che vennero a conoscenza della malattia della suocera. Le dissero che il tumore era ormai a uno stadio avanzato e che avrebbe dovuto sottoporsi immediatamente a un intervento seguito da un ciclo di cure mirate.

«I medici facevano perfino stime su quanto tempo le restasse da vivere, ciò nonostante mio suocero si preoccupava solo di chi si sarebbe preso cura di lui, e si arrabbiava. Tremavamo dalla paura, devi credermi. Pensava solo a sé stesso, la donna che per tutti quegli anni si era occupata di lui non contava niente. Dissi a mia suocera di lasciare che mi occupassi io della casa, così che potesse affrontare al meglio le cure.»

Yukari aveva ricordi confusi della vita in casa dopo il ricovero della suocera in ospedale. Badava al suocero e andava anche a farle visita in reparto. Hidehito non si preoccupò mai di aiutare la moglie, rimasta sola a sobbarcarsi un lavoro che prima facevano in due, né le rivolse mai una parola di incoraggiamento. Al contrario, la accusava di trascurare le faccende domestiche e l'aspetto fisico.

«Chi aveva tempo di pensare al trucco e all'acconciatura? E invece lui me lo faceva pesare, diceva che gli passava la voglia di andare a letto con una donna così poco attraente...»

Il suocero, che aveva bisogno di aiuto anche solo per sollevare il busto, naturalmente dipendeva da lei anche per i bisogni fisiologici. Lui le gridava di far presto, il marito li guardava e si lamentava del cattivo odore. Alla fine le disse che non la considerava nemmeno più una donna e cominciò a rincasare tardi ogni sera. Nelle tasche della giacca trovava fiammiferi dei *love hotel* e preservativi. Tracce di profumo, messaggi di donne che non cercava neanche di nascondere. Era arrivata al limite.

La suocera, ormai emaciata, piangeva ogni volta che vedeva arrivare Yukari in ospedale. Le chiedeva scusa per la situazione terribile in cui l'aveva lasciata. Si sentiva in colpa nei confronti dei suoi defunti genitori. Se fossero stati ancora vivi, le diceva, vedendo la figlia in quelle condizioni le avrebbero chiesto di tornare a casa da loro.

Chiese ostinatamente di essere dimessa e alla fine tornò a casa. Disse a Yukari che finché fosse stata in vita l'avrebbe protetta. Ma che nel frattempo lei avrebbe dovuto raccogliere più prove possibili da usare contro Hidehito nell'eventualità di un divorzio. Che avrebbe dovuto cercare di farsi dare denaro sufficiente a rifarsi una vita insieme a Kyōko e poi andarsene di casa.

Yukari cominciò a piangere.

«Era una persona splendida. Saperla accanto a me mi dava la forza di sopportare qualsiasi cosa. Dopo la sua morte ho capito di non avere più nessuno che potessi considerare un genitore, ho avuto paura.»

Non sapeva che fare. Organizzò la cerimonia funebre in uno stato di stordimento. L'agenzia suggerì loro di mettere nella bara un ricordo della donna, e la prima cosa che il suocero le ordinò di portare la fece trasalire.

«Un grembiule ridotto a brandelli che mia suocera usava quotidianamente. Disse che all'altro mondo c'erano i suoi genitori, cioè i suoceri di mia suocera, che l'aspettavano. Come avrebbe fatto senza il suo grembiule? Capisci? Pretendeva che, dopo una vita spesa a badare a lui, dovesse prendersi cura dei suoceri anche dopo la morte. Gli feci credere di avercelo messo ma di nascosto lo bruciai.»

«Oggi Kyō-*chan* mi ha detto una cosa. Ha detto che per una donna sposarsi equivale a infilarsi in una tomba che la porterà dritto all'inferno. E ha aggiunto che la nonna e la mamma sono state delle schiave» disse Kanae, al che Yukari lasciò cadere le spalle e mormorò: «Ah, ha detto questo? È colpa mia. Ero così scioccata e arrabbiata, non riuscivo a smettere di piangere. E così le ho detto che le donne finiscono sempre all'inferno, da vive come da morte».

«Quando morirò, tu vattene.» Questo le aveva detto la suocera, ma lei non riusciva a trovare le forze per farlo. Si illudeva che, se avesse avuto pazienza, forse se la sarebbe cavata. Cercava di crederci.

«Evidentemente non ragionavo più. Quando Hidehito aggrediva verbalmente Kyōko mi dicevo che era sufficiente che la consolassi, se mi picchiava mi rallegravo del fatto che almeno non stava picchiando lei. Mi procurai un registratore e raccolsi le prove solo perché l'avevo promesso a mia suocera, ma non pensavo affatto a quando e come le avrei usate.»

Fu allora che Hidehito le chiese di divorziare. Disse che si sarebbe risposato con una donna da cui aspettava un bambino. E che lei doveva andare via.

«Allora gli ho detto che volevo Kyōko. "Me ne vado, ma Kyōko viene con me", gli ho detto. "Potrei morire, se tu mi togliessi anche lei." Ormai non riuscivo a pensare ad altro.»

Kanae le passò la scatola dei fazzoletti senza dire una parola. La guardò estrarne due o tre e strofinarsi gli occhi. Ora che tutto le era chiaro, provava una profonda tristezza. Aveva vissuto anni tremendi. Quanto doveva aver sofferto. Si vergognò di averla giudicata senza sapere niente. Non si trattava di questioni triviali come l'incapacità di tener testa agli uomini.

Yukari si soffiò il naso, poi accennò un sorriso e disse: «Eppure era evidente: qualunque persona normale se ne sarebbe andata da quella casa. L'ho capito oggi parlando con Hidehito».

«Ma certo. Quello è strano forte.»

Il motivo per cui era venuto a cercare la moglie e la figlia che aveva cacciato era che voleva fuggire dalla sua attuale moglie. Con il pancione che aveva, sicuramente non poteva pretendere che facesse da badante a un vecchio scorbutico che conosceva appena. Non ci voleva chissà che per arrivarci, ma Hidehito non l'aveva capito. Pensò che di certo non poteva riportare in vita la madre, e fu allora che gli tornarono in mente la moglie e la figlia che aveva messo alla porta.

Era davvero convinto che Yukari l'avrebbe accolto a braccia aperte sentendo che si era procurato l'indirizzo di casa e della scuola per andare a prenderle.

«Quando se n'è uscito con quella frase del tutto illogica, "Se vuoi tornare anche tu per me va bene," mi è venuta voglia di tirargli un pugno. Anche se un pugno solo non sarebbe stato sufficiente a far rinsavire un idiota come lui» disse Kanae ridacchiando. Yukari annuì.

«In realtà anch'io stavo per prenderlo a pugni. Che strano. Cose che fino a poco tempo fa accettavo passivamente mi sono sembrate all'improvviso assurde. È come se le emozioni fossero più avanti di mille ragionamenti.»

«Sei tornata in te. Da questo momento in poi potrai vivere una vita tranquilla insieme a Kyōko.»

Yukari assentì, poi sorrise.

«Ormai non ho più paura di niente. Non potrò mai ringraziare abbastanza mia suocera. Né te, Kanae.»

Tutte quelle prove, e poi l'attacco di Kanae. «Se non vuoi che si sappia in giro, non dovrai mai più avvicinarti a noi. Se mai dovessi farlo, ti citerò immediatamente in tribunale, chiaro?» Sentendo queste parole, il volto di Hidehito era diventato livido per la rabbia, ma non poté fare altro che annuire. Borbottò un «Chiaro» strozzato, che sembravano avergli tirato fuori attraverso la fessura tra gli incisivi.

«Ah, evviva!»

Si sentivano di buon umore. Kanae si avviò in punta di piedi verso il frigorifero dicendosi che un bicchierino, in fondo in fondo… Tirò fuori una lattina di birra e tirò la linguetta. Bevve qualche sorsata e gridò: «Che bontà!».

«Ti chiedo perdono, Kanae.»

La ragazza, china a cercare degli snack, alzò la testa e Yukari le rivolse un gesto di scuse.

«Avrei preferito che non sapessi in che condizioni ho vissuto. Volevo che continuassi a considerarmi la ragazza ottimista dei tempi del liceo. Per questo non ti ho raccontato tutta la verità.»

Kanae si fermò. Yukari continuò a parlare con la testa bassa. Le disse di non volere che la disprezzasse, in fondo lei era riuscita a cavarsela da sola in una città come Tokyo. E invece alla prima occasione era stata proprio Kanae a vedersela brutta per proteggere lei e Kyōko. Nonostante l'avesse ferita, e per una stupida, stupidissima questione di orgoglio.

Le lacrime le rigavano le guance. Non aveva mai considerato Kanae una smorfiosa. Doveva crederle. Quel viso Kanae se lo era sudato. Era bella, splendida. Ma ogni volta che pensava a quanto fosse bella Kanae, si sentiva sempre più fallita. Kanae affrontava i problemi senza l'aiuto di nessuno, e lei invece che stava combinando? Era solo invidiosa. E per questo le chiedeva scusa...

Kanae si avvicinò lentamente e le strinse le spalle.

«Sono io a doverti delle scuse. Ti ho detto delle cose orribili senza sapere cosa stessi passando. Sappi però che sono io la fallita. Ho fatto anche cose che non avrei mai voluto fare.»

Gli occhi di Kanae si velarono di lacrime. Non c'era alcuna differenza tra loro. Quel viso che aveva ottenuto mettendo a tacere il proprio cuore non le aveva certo procurato quella salvezza che aveva sognato di ottenere. Credeva di essere amata e invece non l'amava nessuno.

«Ho sacrificato anima e corpo per questa faccia e non so nemmeno che senso abbia. Qualsiasi maschera indossi resterò sempre un mostro.»

«Ma non sei affatto un mostro, Kana-*chan*!»

Le due donne, ancora abbracciate, trasalirono. Si voltarono e videro Kyōko, che credevano addormentata. Si stropicciava gli occhi.

«Kyō-*chan*? Non stavi dormen...»

«Kana-*chan*, tu sei una principessa. E sei bella, bellissima! Non sei affatto un mostro» gridò, poi scoppiò a piangere. Non credevano ai loro occhi, non l'avevano mai vista piangere con quell'intensità. La prima a tornare in sé fu Yukari. Andò a mettersi davanti a Kyōko e le prese le mani.

«Sì, lo penso anch'io. Kana-*chan* è la più bella di tutte. È la migliore amica della mamma.»

Kanae si dimenticò del dolore ai piedi e di tutto il resto. Corse verso di loro e le abbracciò.

L'indomani, quando Kanae andò a prendere Kyōko alla ludoteca, Uraya le corse incontro.

«Mi spiace per il disturbo che si è preso per noi ieri» gli disse con un profondo inchino.

Uraya, con aria impensierita, le domandò: «Come vanno le ferite?».

«Bene. Non sento dolore e non mi danno alcun fastidio. Piuttosto, le sono grata per ciò che ha fatto per noi. Mi vengono i brividi al solo pensiero di cosa sarebbe successo se lei non fosse intervenuto.»

Uraya passava di là per caso, era andato al *konbini* per comprarsi qualcosa da mangiare a pranzo e, uscendo, aveva notato la confusione.

«Pensavo che fosse un tentativo di rapimento in pieno giorno. Aveva Kyō-*chan* in braccio, no? Chiunque sarebbe intervenuto» rispose con un sorriso imbarazzato. Le aveva accompagnate in commissariato e spiegato tutto con calma agli agenti. Per Kanae, che in attesa dell'arrivo di Yukari non poteva fare altro che tenere stretta a sé Kyōko per non farsela strappare via da Hidehito, fu un grandissimo aiuto.

«Sarà stato il destino a farmi trovare lì, e spero che d'ora in avanti vi rivolgiate a me ogni volta che avrete un problema. Sarò felice di esservi d'aiuto. Ecco, questo è il mio numero di cellulare. Mi chiami in qualsiasi momento, ventiquattro ore su ventiquattro.»

«Grazie. Non abbiamo conoscenti maschi, quindi sapere di poter contare su di lei ci rassicura.»

Ora che l'aveva salvata provava gratitudine per quegli stessi atteggiamenti che prima non le andavano a genio, il che la faceva sentire leggermente opportunista. Prese il foglio che le porgeva e sorrise, lui arrossì.

«Dimenticavo: prenda, non è niente, solo un pensiero per esprimerle la nostra gratitudine. E questo è per i suoi colleghi.»

Gli porse le due confezioni di pasticcini che aveva portato, ma lui si schermì: «No, no, non posso accettarli! Non deve sentirsi in dovere. Se ho preso l'iniziativa non è di certo perché mi aspettassi un ringraziamento o una ricompensa».

«Ma certo, questo lo so. Non è niente di che. È solo un pensiero, su, li prenda.»

Quando gli disse che la madre di Kyōko aveva insistito perché glieli consegnasse, Uraya finalmente si convinse e li accettò. Kanae sorrise soddisfatta e lui si fece coraggio e ribatté: «E allora... A-allora, se proprio vuole ringraziarmi, potrebbe, ecco... Potrebbe telefonarmi. Per piacere!».

Curvò le spalle larghe e accennò un inchino ripetendo: «Per piacere!».

«Va bene. Più tardi la chiamerò, non ne dubiti. Ecco... Entro stasera, va bene?»

Uraya alzò la testa di scatto ed esclamò: «Fantastico!».

«Maestro Ura-*chan*, sei tutto emozionato» disse con aria allegra Kyōko, che nel frattempo si era preparata e li aveva raggiunti. Vedendo quella sua espressione così serena, a Kanae scappò un sorriso.

* * *

Un anno passò in un battibaleno.

Quando ormai non restava più nulla da mettere in valigia, Kanae guardò la stanza vuota intorno a sé e sorrise. Al suo arrivo, un anno prima, non aveva niente. Né sogni, né desideri, né fiducia. Le sembrava di girare in tondo dentro a un labirinto, e la sua vita ormai non aveva alcun senso.

Non avrebbe neanche lontanamente immaginato di lasciare la casa con una tale sensazione di leggerezza.

Kyōko si affacciò dalla porta e disse: «Kana-*chan*, il maestro chiede se non c'è più niente da portare giù». Rispetto a un anno prima era molto più abbronzata, forse perché adesso giocava spesso all'aperto con gli amici. Ed era anche cresciuta in altezza.

«Solo questo, posso portarlo io.»

Afferrò la tracolla del borsone e si mise a ridere. Kyōko lanciò un'occhiata alla stanza vuota e sospirò.

«Uffa, non voglio separarmi da te, Kana-*chan*. Speravo che restassimo insieme ancora un po'.»

«Ma verrò a trovarvi e anche voi potrete venire a casa mia. Sarete sempre le benvenute.»

Kanae aveva trovato un appartamento in affitto nella stessa strada in cui c'era Appareya. Da circa sei mesi lavorava in un supermercato di lusso che aveva aperto di recente proprio lì vicino, quindi per lei era una posizione perfetta. In passato, le era capitato di approfondire la conoscenza dei vini quando, nei club, le servivano argomenti di cui conversare con i clienti, e proprio quella era stata la sua fortuna. Appena assunta al supermercato le era stato affidato il reparto dei vini di importazione, e siccome riusciva a consigliare abbinamenti con formaggi e affettati, oltre che vere e proprie ricette, in breve tempo si era fatta un nome, per sé e per il negozio, contribuendo a un'impennata nelle vendite. Le cose andavano bene, tanto che le arrivavano perfino richieste di consulenza dai ristoranti della zona.

Yukari e Kyōko, come previsto, trovarono una sistemazione nei pressi del terminale degli autobus. Nello stesso edificio abitava una compagna di scuola di Kyōko, quella a cui era più legata in assoluto, tant'è vero che aveva fatto letteralmente il conto alla rovescia fino al giorno del trasloco.

Dopo Kyōko, fu Yukari ad affacciarsi: «Kanae, la nostra *senpai* dice che non riesce a passare».

Nell'ultimo anno Yukari si era irrobustita. Come diceva lei stessa, la consuetudine di consumare alcolici l'aveva fatta abituare anche agli stuzzichini. Quando si beve qualcosa di buono viene voglia di accompagnarlo con uno snack, e gran parte della colpa era di Kanae, che ogni sera tornava a casa con una ricetta diversa. Così era ingrassata. Yukari rideva di gusto quando le diceva queste cose, e sembrava più giovane dei tempi del liceo.

«Oh, e perché? Le avevo preso una cosa per ringraziarla dell'ospitalità!»

«Pare che la suocera si sia sentita male. Hanno dovuto ricoverarla in ospedale.»

«Mi dispiace, poverina. Speriamo che vada tutto bene.»

C'era un motivo se Chiyoko aveva lasciato loro la casa solo per un anno. Se la suocera non si fosse rimessa, Chiyoko e il marito si sarebbero sbarazzati di quella proprietà. Quando le due amiche le telefonarono per annunciarle che traslocavano, fece una risata e, con aria indifferente, disse: «Inizialmente mio marito e io avevamo deciso di aspettare almeno un anno prima di disfarcene, ma per tutt'altro motivo. Anche mia suocera era sicura che sarebbe guarita. Perché vi scusate? Non c'è motivo, davvero. Piuttosto che tenerla disabitata preferivamo che ci fosse qualcuno. Come? Scritte sui muri? Con i pennarelli? Ma sì, quando ci sono bambini queste cose si mettono in conto, che sarà mai? Va bene, se dovessero essere così terribili vi farò recapitare la mia richiesta di risarcimento! Con un interesse del settanta percento. Ma sì, state tranquille».

Prima o poi si sarebbero sdebitate con Chiyoko. E le avrebbero chiesto il perché di tanta generosità.

«Sì, è in ospedale, ma pare che le sue condizioni non siano preoccupanti. Se dice così non c'è motivo di dubitarne. Quando ci saremo sistemate, però, direi di andarla a trovare.»

«Già.»

«Kanae, non c'è più niente?» gridò Uraya in fondo alle scale.

«Uh, mi ero dimenticata di lui!» esclamò Kanae, suscitando l'ilarità di Yukari e Kyōko.

«Povero maestro Ura-*chan*.»

«Infatti. E pensare che è venuto fin qui proprio per darle una mano!»

«Smettetela di ridere voi due. Eccomi, arrivo.»

Prese il borsone e scese al piano inferiore. Uraya si asciugò il sudore con l'asciugamano che teneva sulle spalle, poi vide comparire Kanae e le fece un gran sorriso. Un sorriso così disarmante che Kanae sentì un brivido.

«Scusami. Non c'è altro da trasportare.»

«Va bene. Vogliamo andare allora?»

Una volta arrivati avrebbero dovuto scaricare tutto. Kanae chinò il capo.

«Grazie mille, maestro Ura-*chan*. Farlo fare a una ditta di trasporti mi sarebbe costato parecchio, il tuo aiuto è stato davvero provvidenziale.»

«Ma non dirlo neanche! Sono felice di poterti dare una mano.»

Lei e Uraya si erano avvicinati già da qualche mese. All'inizio, quando era chiaro che stesse cercando di accorciare le distanze, si era comportato da gentiluomo. Se uscivano fuori a cena non la riaccompagnava mai troppo tardi, e qualche volta si portavano dietro anche Kyōko. Con Kanae era sempre gentile e rispettoso. Non ci volle molto perché anche Kanae cominciasse ad affezionarsi a lui.

Tuttavia, riuscì a dichiararsi solo dopo parecchi tentennamenti. Tanto che Kanae aveva iniziato a chiedersi se non avesse frainteso quella che era solo una grande gentilezza. Forse non era davvero innamorato di lei. Ecco perché non si era mai fatto avanti.

«Andiamo?» ripeté Uraya. Uscirono.

A mamma e figlia, entrambe sulla soglia, Kanae promise che sarebbe andata presto a trovarle. E che magari avrebbero fatto una festicciola.

«Vuoi dire il pizza-party delle principesse?» scherzò Kyōko, al che Kanae annuì sorridente. «Hai ragione, la prossima volta lo faremo.»

«Ehi, principe, puoi venire anche tu se ti va.»

«Capito, maestro Ura-*chan*?» ripeté Kyōko facendolo arrossire. Non era mica un principe, lui. Mentre tergiversava, la bambina lo incalzò: non è che al maestro Ura-*chan* per caso piaceva Kanae? Ora che non vivevano più insieme sarebbe stato più difficile incontrarsi, quindi gli conveniva dichiararsi subito!

«Kyōko, ma che dici?» fece Yukari affrettandosi a tapparle la bocca, ma era chiaro che le veniva da ridere. Kanae le lanciò un'occhiataccia accusatrice e lei abbassò lo sguardo ridacchiando.

«Maestro Ura-*chan*, non farci caso, è solo una bambina, non...»

«Mi piaci. Mi piaci, Kanae!» esclamò Uraya con convinzione. Kyōko lanciò un grido di vittoria che li raggiunse nonostante la mano della madre.

«Vorrei che ci mettessimo insieme. Voglio una storia seria» disse a Kanae, impietrita e con gli occhi sbarrati. «... Non mi rispondi?»

Fissandolo, Kanae aprì lentamente la bocca e disse: «Credo che tu ne sia già a conoscenza, ma io mi sono sottoposta a diversi interventi di chirurgia estetica». Indicò con il dito gli zigomi ritoccati. Poi il naso, che al tatto risultava dritto e rigido. Una volta un uomo glielo aveva pizzicato con aria disgustata dicendole che faceva impressione.

«Sono molto più che semplici ritocchi. Prima ero veramente inguardabile. Ti vado bene nonostante tutto? Se è questo viso posticcio a piacerti, prima o poi te ne stancherai, è inevitabile. E se è così, non me la sento di stare insieme a te.»

«Il tuo viso mi piace, certo» ribatté con fermezza Uraya. «Ma più che il viso mi piacciono le tue espressioni. La dolcezza degli sguardi che rivolgi a Kyō-*chan*, le risate discrete... Tutto questo mi sembra davvero carino. Ciò che mi ha attirato veramente, però, non è questo, e ti prego, ascoltami senza arrabbiarti. E non pensare che io sia un maniaco.»

Per un attimo restò in silenzio, come se stesse cercando le parole giuste. Poi scrutò l'espressione di Kanae e disse: «Hai un profumo delizioso. Emani un profumo molto delicato, Kanae».

«Il profumo» ripeté Kanae, e Uraya la incalzò: «Ecco, ora pensi che io sia un tipo strano. Lo so, ne sono consapevole. Però è come se intorno a te aleggiasse qualcosa di speciale, che si può solo amare».

Kanae rimase a bocca aperta. Sentì un tremolio alle labbra.

«Io non uso profumi.»

«Lo so. Sì, lo so. Però hai un ottimo odore. È un odore tuo, solo tuo.»

Uraya era così imbarazzato mentre si dichiarava che a Kanae venne voglia di stringerlo a sé.

«Le persone che hanno qualcuno che tiene a loro emanano un buon profumo, come di rose appena sbocciate.»

Queste parole, che era stata lei stessa a pronunciare, le tornarono in mente con il calore di un abbraccio. Forse la felicità era arrivata anche per lei. Si guardò intorno e vide che Kyōko sorrideva. Sulle labbra le lesse: «Non sei affatto finta, vedi?». Kanae, ormai quasi in lacrime, annuì.

Forse adesso sono vera, finalmente.

4

La casa dei mangiatori di sogni

La felicità ha un prezzo, e prima o poi la vita ti presenta il conto.

Tadakiyo l'aveva sentito cinque anni prima, da un amico ubriaco. Dopo i festeggiamenti del matrimonio, erano andati avanti a bere con alcuni degli invitati. «È un miracolo che tu sia riuscito a sposare una donna così giovane e bella. Questa felicità ha sicuramente un prezzo e prima o poi la vita ti presenterà il conto, vedrai.»

Quel suo amico desiderava con tutto il cuore che Tadakiyo, ormai vicino ai quarant'anni, avesse finalmente trovato la felicità, e se nel dirgli quelle cose aveva gli occhi rossi, la colpa non era solo del sakè. Era la stessa persona pronta a offrirgli da bere ogni qual volta una donna scaricava Tadakiyo e che puntualmente veniva etichettata come "idiota incapace di comprendere il fascino del mio amico Chū[1]". Sicuramente aveva più a cuore lui la felicità di Tadakiyo che i suoi stessi genitori.

Sul momento aveva incassato quelle parole con un sorriso e poco tempo dopo se le era dimenticate, ma adesso non riusciva a togliersele dalla testa. *Forse non meritava quella felicità? Per questo con Chiyoko era andata a finire così?*

1. Il primo carattere del nome "Tadakiyo" si può leggere anche "Chū," e tale lettura è talvolta usata come nomignolo. *[NdT]*

Davanti a lui c'era un foglio. L'istanza di divorzio. Chiyoko la sera prima era venuta a portargliela. «Che diavolo è il matrimonio?» aveva mormorato. «Eh, Chū? Che diavolo è per te il matrimonio? Cosa rappresentava per te il nostro legame?»

«Che razza di domanda» borbottò. Avrebbe dovuto risponderle così, ma su due piedi non era riuscito a dire nulla. Ce l'aveva messa tutta per provare a controbattere. Ma era come se qualcuno lo stesse strangolando, gli mancava il respiro. Ormai aveva già rinunciato a Chiyoko.

Sospirò e si guardò intorno. Il salotto, arredato secondo il gusto della donna, che prediligeva i materiali naturali, trasmetteva un certo calore. Dalla finestra aperta si sentivano le risate dei bambini nel vicino parco giochi.

Acquistarono quella casa quando decisero di sposarsi. Se ne innamorarono entrambi al primo sguardo. Una casa tutta bianca, a due piani, proprio al centro di una zona residenziale di recente costruzione. Due posti auto e un giardino sul retro che avrebbe potuto ospitare tranquillamente una griglia per il barbecue. Un buon numero di stanze e spazio a volontà per le loro cose. Per fare la spesa forse avrebbero avuto qualche problema, in compenso c'erano asili, parchi e ambulatori medici nelle vicinanze. Dopo aver visitato moltissimi immobili senza riuscire a trovarne nemmeno uno che li convincesse, per la prima volta non avevano proprio niente da ridire. Se se lo fossero lasciato scappare se ne sarebbero senz'altro pentiti. Confermarono senza perdere un secondo. L'unico aspetto negativo era che il prezzo eccedeva il loro budget e quindi, anche unendo i loro risparmi, avrebbero dovuto chiedere un mutuo a lungo termine, ma sul momento sentivano di aver fatto un buon acquisto. Ci avrebbero vissuto tutta la vita. Tadakiyo si ricordava ancora quel giorno, l'entusiasmo di Chiyoko e i suoi cenni di assenso.

Non avrebbe mai creduto che, un giorno, quella casa si sarebbe trasformata in una zavorra. Come la bestia a due schiene nell'*Otello*, chi poteva immaginare che la loro felicità mutasse forma in modo così repentino? Ormai lui lo considerava un dato di fatto.

Lanciò un'occhiata alla libreria accanto al televisore. Conteneva fotografie del matrimonio e del viaggio di nozze intervallate qua e là da libri. Libri che avevano sfogliato insieme all'infinito, fino a memorizzarne il contenuto. Ma era stato inutile.

Infertilità maschile. Tadakiyo lo scoprì quando erano sposati già da un anno.

Essendosi sposato così tardi, volle da subito provare ad avere figli. Amava Chiyoko e se possibile avrebbe voluto almeno tre figli da lei. Desiderava il calore di una famiglia. Lo ripeteva già da prima del matrimonio, quindi anche lei era animata da una profonda convinzione. Peccato però che non riuscisse a rimanere incinta. Pensarono che fosse il caso di rivolgersi a uno specialista e, piuttosto a cuor leggero, si presentarono in un ambulatorio. Dopo essersi sottoposti alle analisi del caso, scoprirono che la causa di quella loro difficoltà era l'infertilità di Tadakiyo. Il suo sperma era di molto inferiore alla norma sia per quantità che per qualità. Il giovane medico che illustrò loro i risultati delle analisi osservò con aria greve che una gravidanza naturale sarebbe stata poco probabile, mentre Tadakiyo lo guardava con occhi spenti.

Fino ad allora aveva condotto una vita sessuale del tutto normale, e da giovane era sempre stato attento a usare i contraccettivi. E ora gli venivano a dire che aveva poche possibilità di mettere incinta una donna.

«Allo stato attuale è difficile che una cura sortisca gli effetti sperati, quindi vi suggerisco l'inseminazione artificiale. Per fortuna la condizione fisica della signora è incoraggiante.»

Gli avrebbero estratto lo sperma, selezionato gli spermatozoi migliori e, durante l'ovulazione, li avrebbero iniettati nell'utero di Chiyoko. Tadakiyo si impegnò il più possibile perché l'inseminazione artificiale andasse a buon fine.

Smise di fumare e di bere. Corresse le proprie abitudini alimentari e tentò dei rimedi tradizionali. Seppe che a qualcuno aveva giovato l'attività fisica, così cominciò a fare jogging quotidianamente e anche a frequentare una palestra. Il suo sperma, però, rimaneva scadente. Ciò nonostante, tentarono più volte l'inseminazione con quel poco che riuscivano a estrargli, ma non arrivavano neanche all'impianto. La speranza scivolava via puntualmente con i crampi e il liquido rosso che fuoriusciva dal corpo di Chiyoko.

Dopo l'ennesima delusione, decisero di provare con la fecondazione in vitro. Costava di più perché non era coperta dall'assicurazione, in compenso c'erano maggiori probabilità di riuscita. Questa spiegazione li convinse, ma il risultato fu lo stesso. E più provavano, peggio stavano.

Per estrarre gli ovuli, dovettero infilare più e più volte un ago nelle ovaie di Chiyoko. Nonostante l'anestesia locale, la procedura sembrava piuttosto dolorosa, dopo l'estrazione era sempre rossa in viso e faticava a camminare. Il giorno seguente, si gonfiavano le ovaie e anche quello le procurava dolore. Quando le impiantavano gli ovuli, poi, doveva sottoporsi quasi ogni giorno a iniezioni di ormoni che in teoria avrebbero dovuto facilitare l'impianto. Il corpo di Chiyoko, che all'inizio era in buone condizioni, con il passare del tempo si era ridotto a uno straccio.

A tutto ciò si aggiungevano i costi della fecondazione artificiale che, con quelle prestazioni così frequenti, cominciavano a diventare insostenibili. Inizialmente Chiyoko aveva lasciato il lavoro per potersi dedicare in modo esclusivo alla ricerca di una gravidanza, ma con l'aumentare delle spese si era dovuta cercare dei lavoretti part-time. Tadakiyo non sopportava di vederla uscire per lavorare quando era così stanca che sembrava si trascinasse.

Nonostante questo, la gravidanza non arrivò. Se avessero avuto un bambino, tutti quegli sforzi un giorno sarebbero diventati solo un ricordo, ma così il peso della dura realtà diventava sempre più opprimente. Era come trovarsi in un labirinto.

A quattro anni dalla prima visita medica, fu Tadakiyo a rompere il silenzio.

«Basta così. Voglio che ti faccia una famiglia insieme a un altro uomo.»

Le consegnò l'istanza di divorzio già compilata per la parte che lo riguardava. In tutti quegli anni le aveva addossato un peso enorme. Chiyoko sapeva che lui non aveva molti risparmi, ma le avrebbe dato ciò che poteva. In cambio doveva mettere una firma su quel foglio. Tadakiyo le impose il divorzio anche se gli veniva da piangere.

Chiyoko aveva osservato il documento in silenzio.

Il pianto di un neonato lo fece tornare in sé. Sembrava avere pochi giorni. Tadakiyo si alzò in piedi, era come se volesse seguire quel pianto acuto e tremante. Si avvicinò al davanzale della finestra che affacciava sul giardino posteriore e guardò fuori. Il punto da cui proveniva la voce era proprio sotto di lui. Nella veranda della casa di Araki, la loro vicina, era seduta una donna vestita di bianco che teneva in braccio un fagottino. Nella luce soffusa di quel pomeriggio autunnale, sorrideva guardando ciò che teneva in grembo.

«Oh, ha avuto un bambino!»

In giardino c'era un uomo che potava gli alberi. L'unico figlio degli Araki. Dovevano essere passati all'incirca quattro anni da quando gli avevano annunciato che il loro unico figlio, andato via da tempo e impiegato in una ditta di una città piuttosto distante, si era sposato. L'uomo maneggiava le cesoie con mano inesperta e si asciugava il sudore con un asciugamano che portava sulle spalle.

Era di diversi anni più giovane rispetto a Tadakiyo. Una volta si erano scambiati qualche parola di circostanza, ma gli aveva dato l'impressione di non essere particolarmente socievole, o forse era solo il suo carattere. Ricordava di non aver provato particolare simpatia per lui, anche perché a un sorriso di Chiyoko aveva risposto con un semplice cenno della testa.

«Non hai caldo lì? Forse è meglio se entri dentro.»

Il tono con cui si rivolgeva alla moglie era molto più tenero che in passato. Tadakiyo, piacevolmente sorpreso, osservò tra sé che le persone a volte cambiano in fretta, come pure i loro comportamenti.

«Controllo che tu non cada dalla scala. Sai che pasticcio se ti facessi male proprio adesso, papino?»

«Non ti fidi proprio di me, eh? Siamo venuti qui apposta, e poi sto solo dando una spuntatina.»

«Ma se tua madre ha detto che se n'è sempre occupato un giardiniere. Meglio lasciar fare ai professionisti, no?»

«Però voglio dare una mano anch'io! Lo vuoi capire?»

Continuavano a becchettarsi e ridere. Tadakiyo rimase per un po' a guardare quella scena così banale eppure così bella. Una felicità vicina e inafferrabile al tempo stesso. La vita gli aveva dato anche troppo. Non gli era mai successo di provare frustrazione per non essere riuscito a ottenere ciò che voleva.

Il bambino piangeva. L'uomo chiese se fosse per il pannolino, la moglie annuì. Tadakiyo distolse per un momento lo sguardo. Senza volerlo aveva stretto i pugni così forte che gli erano rimasti sui palmi i segni delle unghie. Si guardò le mani con amarezza, poi scosse il capo. Piuttosto che starsene lì a spiare gli altri e a invidiarli, era meglio uscire a fare una passeggiata. Gli venne voglia di una lattina di birra, erano anni che non ne beveva. Poteva comprarsene una da qualche parte e andarla a bere al parco da dove si vedeva il mare. Il sole e il vento gli avrebbero schiarito le idee. Si infilò il giubbotto che aveva appoggiato allo schienale della sedia e uscì.

Lungo la strada tra casa sua e il bar notò vari edifici in costruzione. Da qualche tempo continuavano a tirare su abitazioni per i nuovi abitanti del quartiere. Quando si erano trasferiti lì c'erano ancora diversi lotti liberi, adesso avevano costruito dappertutto. L'ampliamento ormai decennale di Utsukushigaoka aveva attirato molte più persone di quante immaginassero. Se da una parte era fiero di sé per averci visto lungo, dall'altra il pensiero che non fosse servito a niente suscitava in lui un senso di vuoto. Aveva predisposto tutto per accogliere al meglio dei figli che, però, non erano mai arrivati.

Passò davanti alla palestra che lui e Chiyoko avrebbero voluto far frequentare ai loro bambini. Vide delle mamme che controllavano i loro pargoli. Sentì melodie allegre e risate infantili provenire dall'interno. Si fermò per ascoltare meglio, quando qualcuno lo chiamò.

«Non è il signor Yamagō? Non lavora oggi?»

Si voltò e vide una donna di bassa statura. Doveva avere qualche anno in più di sua madre, forse si avvicinava alla settantina. Portava un elegante abito viola, ombreggiato da un parasole bianco. Con l'altra mano teneva un grosso cesto di vimini.

«Oh, signora Araki. Buon pomeriggio.»

Era la signora Nobuko, la proprietaria del giardino che aveva spiato fino a poco prima. Sorridendo, gli domandò se fosse solo. Tadakiyo tergiversò un poco, poi le chiese: «E lei, signora Araki, è in giro a fare compere?».

«No. A casa mi sento a disagio, quindi sono scappata» rispose con tono mite. Lui inclinò la testa di lato e si chiese perché mai dovesse sentirsi a disagio adesso che c'erano il figlio, la nuora e il nipotino. Nobuko sollevò il panno bianco che copriva il cesto e chiese alla tartaruga: «Dove ce ne andiamo, eh, Gan-*chan*?». Chiyoko, che era entrata in confidenza con Nobuko, gli aveva raccontato che trattava quella tartaruga come se fosse una figlia, ed evidentemente non mentiva.

«Poco fa ho intravisto la famiglia di suo figlio. O mi sbaglio?»

Del figlio e del nipote doveva importarle più della tartaruga, no? Alla domanda innocente di Tadakiyo, Nobuko si adombrò. Poi annuì con aria incerta.

«Pare che si fermeranno a dormire da me. Ma io non so come comportarmi.»

«Ah» fece Tadakiyo. Per quanto ne sapeva, il figlio di Nobuko non le faceva quasi mai visita. Ora che era nato il primo nipote, e che erano andati lì a trovarla, doveva avere una gran voglia di stare con loro, o no? Nobuko si accorse della sua espressione interrogativa. I suoi occhi si intristirono.

«Non siamo molto intimi.»

Preso alla sprovvista, la prima cosa che gli venne in mente fu un'incompatibilità tra suocera e nuora. Storie di questo genere non erano nuove per lui, ne aveva sentite anche al lavoro. «Mia madre se ne frega di mia moglie», «Ero sfinita dopo aver badato al bambino con la febbre e mia suocera mi ha fatto una scenata perché la casa non era in ordine», «Le ho spedito un regalo per il compleanno e quella l'ha buttato dicendo che non le piaceva...» Antipatie ancestrali che procuravano problemi su problemi. Aveva persino colleghi divorziati a causa dei dissidi tra mogli e madri.

Tadakiyo ripensò a Chiyoko: con lei non era mai capitato nulla di tutto ciò. Era davvero una brava donna. Non solo aveva sposato, a soli ventiquattro anni, uno che ne aveva oltre dieci di più, ma era sempre andata d'accordo anche con sua madre. Che era una donna alla buona, ma dai modi fin troppo spicci. Diceva ogni cosa che le passava per la mente e non conosceva la discrezione. Chiyoko la buttava sempre sul ridere e sapeva tenerla alla giusta distanza. Era sempre stata legata al figlio, ma con il tempo si era affezionata sempre di più a Chiyoko ed era arrivata a dirgli che se l'avesse fatta piangere non gliel'avrebbe mai perdonato. Già, doveva dirle com'era andata a finire: sarebbe diventata una furia.

Dopo tutte queste elucubrazioni, Tadakiyo scosse leggermente la testa. Poi abbozzò una frase di circostanza: «Eh, la vita è così». Non era il caso di mettere bocca nelle faccende familiari di altri. Ci sono situazioni che si capiscono solo vivendole in prima persona.

Nobuko abbassò gli occhi, poi disse piano: «Mi dica, signor Yamagō, se uno cercasse un posto dove dormire da queste parti l'unica soluzione sarebbe il *business hotel* vicino alla stazione? E ci si può andare anche senza aver prenotato?».

«Eh? Non ha intenzione di rincasare stasera?» chiese, sorpreso. Il figlio veniva a trovarla e lei se ne andava a dormire da un'altra parte? Marito e moglie, poco prima, gli erano sembrati tranquilli, nulla lasciava intuire che potesse esserci stata una lite, e allora perché Nobuko proprio non voleva stare insieme a loro?

«Non ci riesco. Non so come comportarmi» disse la donna facendo spallucce, con un sospiro. Sembrava davvero persa. Tadakiyo guardò la mano rugosa che accarezzava la corazza della tartaruga, poi, senza neanche rifletterci, le propose di andare a dormire a casa sua.

«La stanza libera c'è, può venire tranquillamente.»

Per un attimo il viso di Nobuko si illuminò, poi aggrottò la fronte e gli domandò: «Ma non sarà troppo disturbo?».

«A dire il vero, Chiyoko è andata via di casa e io sono rimasto da solo» rispose facendo spallucce, e stavolta fu Nobuko a trasalire.

«Ma no! Che è successo a Chiyoko? Avete litigato?»

«Molto peggio.»

Quella mattina si era svegliato e non c'era più niente. La borsa da lavoro di Chiyoko, il telefono cellulare, gli abiti appesi nell'armadio. Nessun biglietto d'addio, solo i documenti del divorzio lasciati sul tavolo della cucina la sera prima.

«Povero me» aggiunse con una stretta al cuore. Aveva parlato solo lui, le aveva detto di pensarci ed era fuggito in camera da letto. Era stato lui a proporle di lasciarsi ma se n'era già pentito. Si chiese se fosse giusto chiuderla così. Si mise a letto, finse di dormire e attese che si infilasse anche lei sotto le coperte. Dietro di sé percepiva il calore di Chiyoko. Avrebbe voluto voltarsi ma il suo corpo sembrava incatenato. Non doveva avere fretta. Ci avrebbe parlato la mattina seguente, avrebbe rimesso tutto a posto. Cercò di convincersene e a un certo punto riuscì a prendere sonno, ma al risveglio lei era già andata via. Chiyoko non si sarebbe arresa così facilmente, sicuramente stava cercando di fargliela pesare. Che sciocchezza. Impossibile. Era un essere umano anche lei, ed era anche giovane. Era sicuramente ferita e delusa.

Nobuko interruppe il flusso dei suoi pensieri dicendo: «Se è così allora forse posso approfittare della sua ospitalità per stanotte». Non aveva bisogno di niente. Giusto un posticino per dormire. Tadakiyo annuì e si portò a casa Nobuko e la sua tartaruga.

Poiché era in buoni rapporti con Chiyoko, Nobuko era stata molte volte a casa loro. Salirono al primo piano e lei andò ad accomodarsi senza alcuna esitazione sulla poltrona vicino alla finestra. Poi fece un profondo sospiro.

«Oh, che stanchezza. Sa, continuavo a camminare avanti e indietro cercando un posto dove riposare. Solo che non ne trovavo nessuno. Ci ha fatto caso? A Utsukushigaoka praticamente non ci sono locali» disse con l'aria di chi sta rivelando un grande segreto, poi ridacchiò. «Ma scommetto che questo lei lo sa già, signor Yamagō. In effetti è stata Chiyoko a farmelo notare. Ripeteva sempre che è indispensabile andarsene in giro a fare ricerche se prima o poi si vuole aprire un buon caffè.»

«Ah, sì? Non ne avevo idea.»

Le mani di Tadakiyo, impegnato proprio a versare il caffè, si fermarono a mezz'aria. Era la prima volta che sentiva una cosa del genere. Chiyoko in effetti era un'amante del caffè, una passione che l'aveva indotta a studiare per prendere persino alcune certificazioni. Possedeva anche diversi apparecchi tra cui un tostatore per uso casalingo, e nei pensili della cucina conservava la sua collezione di tazzine. Tuttavia non gli aveva mai detto di voler aprire un'attività.

«Chiyoko le ha detto così, quindi.»

«Certo. Mi scusi, ma non sa che si è perfino messa a studiare a tal fine? Anche materie economiche, cose del genere.»

Non lo sapeva. Tadakiyo afferrò il manico del bollitore che aveva iniziato a sbuffare e rifletté. *No, Chiyoko non gliene aveva mai parlato*. Ebbe un sussulto, si chiese perché non lo avesse fatto, ma riuscì a contenere l'emozione.

Non riusciva a dirglielo, tutto qui. Non c'erano soldi. Dopo l'acquisto della casa e le cure per la fertilità le loro finanze erano ridotte all'osso. Non facevano più niente, né le cene nei ristoranti di lusso che prima del matrimonio si concedevano una volta al mese, né i soggiorni stagionali alle terme. Nemmeno la collezione di tazze da caffè si arricchiva più. La loro era diventata una vita dura che puntava a un unico obiettivo. Non poteva certo parlargli di un ulteriore sogno che avrebbe richiesto un investimento di denaro.

Chissà che aveva pensato Chiyoko negli ultimi anni, vissuti all'insegna di improbabili castelli in aria per cui si era dovuta sottoporre a sofferenze fisiche e mentali. Rideva sempre di gusto, non si era mai lamentata. A ogni tentativo fallito, quando lui le chiedeva scusa, gli metteva una mano sulla spalla e rispondeva che la colpa non era solo sua. Quante lacrime nascondevano quei sorrisi? Quanti sacrifici? E lui non si era accorto di niente.

Sforzandosi di restare impassibile versò la seconda tazza di caffè. La porse a Nobuko insieme a uno dei muffin comprati da Chiyoko.

«Grazie, grazie davvero.»

«Il mio non è buono come quello di Chiyoko.»

Si sedettero al tavolo uno di fronte all'altra e sorseggiarono il caffè. Nobuko di tanto in tanto lanciava un'occhiata oltre la finestra, ma non si affacciò mai. Fissava sempre il contenuto della tazza, come se si fosse imposta di non guardare fuori. Tadakiyo era curioso di sapere che problemi avesse con il figlio e con la nuora, ma nei suoi pensieri in quel momento c'era spazio solo per sua moglie. Doveva cercare di parlarle.

«Cos'è successo con Chiyoko?»

Tadakiyo all'inizio restò zitto. Rifletté a fondo, poi rispose: «Ecco... Stavamo cercando di avere un bambino con la fecondazione artificiale, lei ce l'ha messa tutta ma io ho mollato per primo».

Nobuko aggrottò la fronte con aria sorpresa. Mormorò che Chiyoko era sempre così solare che non poteva immaginare neanche lontanamente una simile situazione. Queste parole per Tadakiyo furono come una fitta al cuore.

«Non so se ne sia a conoscenza, ma queste pratiche per la donna sono particolarmente gravose. Non riuscivo più a vederla in quello stato e le ho chiesto di fermarci, e poi sono successe altre cose, e perciò...»

Arrivato a questo punto si rese conto che forse non voleva dirle tutto, quindi tergiversò. In particolare non voleva menzionare la proposta di divorzio, il che lo fece sentire ancora più miserabile. Non era neanche capace di raccontare la verità.

«Sento di averle fatto del male. L'ho costretta a soffrire per anni, e per realizzare un sogno, quello di avere figli, che era solo il mio. E alla fine non ci siamo nemmeno riusciti. Chiunque ne avrebbe avuto abbastanza.»

Ostentò una risata amara. Nobuko rifletté giocherellando con la cintura, o più precisamente una specie di spesso cordoncino che le stringeva la vita. Dopo essersi rigirata tra le dita quei fili porpora, viola e gialli intrecciati, alzò la testa di scatto.

«Sa, Yamagō, ho sempre pensato che la parola "sogno" sia un po' troppo brutale.»

Il sorriso svanì dal volto di Tadakiyo. Non si aspettava un attacco così diretto. Ma non era quella l'intenzione di Nobuko.

Strinse forte il cordoncino e proseguì come parlando tra sé: «Ho sempre pensato che sia una forma di violenza. Per dirlo diversamente, non è altro che egoismo nascosto dietro una bella parola. Affermare di voler realizzare il proprio sogno significa voler soddisfare il proprio egoismo. Dedicare la propria vita alla realizzazione di un sogno è un modo per privare gli altri della possibilità di contraddirci. "Se ci tieni tanto devi mettercela tutta", solo questo puoi dire a chi afferma di avere un sogno, puoi solo dimostrargli il tuo sostegno. E se ti sembra di poter contribuire in qualche modo, allora ti ritrovi costretto a dargli una mano. È una violenza. I sogni non andrebbero imposti ad altri».

Ascoltandola, Tadakiyo non riuscì a scacciare la sensazione che Nobuko stesse parlando di sé stessa. L'anziana che aveva di fronte forse aveva procurato dolore a qualcuno in nome di un sogno.

Senza neanche accorgersene le domandò: «Signora Araki, mi sta dicendo che a causa di un sogno ha forzato qualcuno a fare qualcosa?». Si rese conto che le aveva posto una domanda scomoda e se ne pentì, ma lei accennò un sorriso.

«Io non posso avere figli.»

Il corpo di Tadakiyo fu scosso da un tremore. Nobuko se ne accorse. Cominciò a raccontare soppesando ogni parola.

Subito dopo il matrimonio contrasse una malattia che comportò l'asportazione delle ovaie. All'epoca la fecondazione artificiale non era ancora così diffusa, quindi non poté nemmeno tentare la via del congelamento degli embrioni. Se pure avesse voluto provarci, la cifra da pagare sarebbe stata esorbitante. Quindi dovette rinunciare ad avere figli. Pianse, implorò il perdono del marito e chiese il divorzio. Gli disse che non poteva dargli dei figli, dunque era meglio se si lasciavano. Il marito era l'unico erede di una ricca famiglia e tutti si aspettavano che mettesse al mondo un maschio.

Tadakiyo si sporse in avanti senza volerlo. La sua famiglia non era ricca, ma anche lui era figlio unico. Una parte di lui desiderava avere subito dei bambini per far contenti i genitori.

«Mio marito disse che era contrario. Che potevamo vivere una vita soddisfacente anche senza figli, che lui sarebbe stato bene anche solo insieme a me. Questo mi disse. Mi fece sentire colma di gioia e di gratitudine, ma al tempo stesso fui ancora più triste al pensiero che un uomo così meraviglioso non potesse mettere al mondo un figlio altrettanto meraviglioso. Sa, è morto poco prima che vi trasferiste qui, ma era un uomo fantastico. Ero veramente orgogliosa di averlo al mio fianco.»

Nobuko arrossì leggermente e sorrise. Si capiva che erano stati una coppia felice.

«Più pensavo a lui e più mi dicevo che era giusto che avesse un figlio. Lo desideravo io stessa. Ne ero fermamente convinta. E quindi gli ho chiesto… Di farlo con un'altra donna.»

Furono sorpresi da un improvviso fruscio. La tartaruga, fino a quel momento ferma e tranquilla nel cesto ai piedi di Nobuko, aveva cominciato a muoversi. Ma non esattamente. Aveva appoggiato le zampe al bordo del cesto e si guardava intorno. I suoi occhietti rotondi si posarono, curiosi, su Tadakiyo.

«Mi rivolsi anche ai miei suoceri. Chiesi loro di cercare una donna con cui potesse avere un figlio. Un figlio cui poi avrei fatto da madre. Alla fine riuscii a convincerli, ma lui andò su tutte le furie. Non capiva perché dovessimo spingerci a tanto. Quella fu la prima e ultima volta che sentii rabbia nella sua voce.»

Dopo qualche anno, il marito di Nobuko ebbe un rapporto con una donna. L'avevano scelta per lui i suoi genitori.

«Immagino che fosse molto confuso. La moglie l'aveva spedito in tutta tranquillità fra le braccia di un'altra donna. Ma in quel momento per me non era così. Non passarono neanche sei mesi. Quando seppi che era rimasta incinta, la mia gioia fu incontenibile. Finalmente il mio sogno si sarebbe avverato. Avrei stretto a me il figlio di mio marito, sangue del suo sangue.»

La accompagnava alle visite ginecologiche e se non stava bene si prendeva cura di lei. Nobuko era così premurosa che tutti, intorno a loro, pensavano che fossero due sorelle.

«E così nacque Kōtarō. Fu un parto tremendo, il travaglio durò un intero giorno. Quella donna, Kanako, ci consegnò Kōtarō in cambio di una ricompensa e uscì dalla nostra vita. Io mi sarei presa cura di lui, e sarebbe diventato a tutti gli effetti l'erede degli Araki. Kanako naturalmente era d'accordo con noi sin dall'inizio. A quanto pare aveva anche lei i suoi problemi. Ma quando arrivò il momento di dirsi addio...»

Gli occhi di Nobuko si fecero distanti. Strinse le palpebre rugose e sospirò.

«Abbracciò forte il bambino e versò una lacrima, una soltanto. La stessa donna che non aveva pianto per tutti i disturbi ipertensivi della gravidanza, né per la lunga degenza in ospedale, in quel momento aveva versato una lacrima. Poi gli augurò sottovoce una vita felice e me lo consegnò. E da allora non la rividi più...»

Gli occhi della tartaruga erano ancora fermi su Tadakiyo. Neri, profondi. Tadakiyo li fissava a sua volta mentre ascoltava in silenzio il racconto di Nobuko. Si era resa conto di aver commesso azioni orribili – aveva procurato sofferenze e lacrime a una donna, tolto il figlio a una madre. Tremando sotto il peso di ciò che le aveva sottratto, si chiese se non fosse il caso di restituirglielo. Avere un sogno non ci dà il diritto di passare sopra a qualsiasi cosa. Ma ormai era tardi. Guardò Kanako andare via in silenzio e non riuscì a chiamarla.

La tartaruga richiuse gli occhi. Tadakiyo tornò in sé e bevve una sorsata di caffè ormai freddo. Lo mandò giù, nonostante fosse insapore, e si calmò. In nome del suo sogno aveva prosciugato Chiyoko per poi rinunciare. Un comportamento di gran lunga più spregevole di quello di Nobuko.

«Ho cresciuto Kōtarō meglio che potevo. Sentivo di doverlo alle persone cui avevo stravolto la vita. Forse lo dico perché sono la mamma, ma è veramente un bravo ragazzo. È venuto su proprio bene. Quando si è sposato non stavo nella pelle dalla felicità, ed è ancora così. Non ha idea di quanto gli sia grata per avermi dato un nipotino così grazioso. Insieme a questa felicità, però, mi assale sempre un forte senso di colpa. È che non sono certa di meritarla, capisce?»

«Forse non dovrebbe crearsi tutti questi problemi.»

Al di là delle circostanze della sua nascita, quel figlio era stato cresciuto da Nobuko con la massima responsabilità. Si era fatto anche lui una famiglia, e se avesse avuto qualcosa contro di lei non sarebbe certo andato a trovarla portandosi dietro la moglie e il bambino. Ma Nobuko scosse il capo con decisione.

«Mi diceva così anche mio marito. Kōtarō vive una vita piena, non gli manca nulla, cos'hai da rimproverarti? Però anche se gli altri mi hanno perdonato, sono io che non riesco a perdonarmi. Anche se è finita bene, il mio rimane un gesto violento, oltre che arrogante. E sono sicura che non me lo perdonerò mai finché vivrò.»

Dalla finestra filtrava una luce arancione dai riflessi sempre più intensi. Le piante da appartamento proiettavano ombre lunghissime nella stanza. Tadakiyo taceva e osservava la tartaruga.

Forse Nobuko era stanca. Poco dopo appoggiò le spalle allo schienale e si addormentò. Tadakiyo pensò di svegliarla e accompagnarla al *futon*, poi si disse che l'avrebbe messa in imbarazzo. Decise di lasciarla dormire, andò a prendere una trapunta leggera e la coprì. Si chiese che fare con la tartaruga, ci rifletté per qualche istante e decise di infilarla in una vecchia cassetta per abiti. Sempre meglio di quella cesta in cui riusciva a malapena a muoversi. Guardinga, scrutava la stanza dalla cassetta semitrasparente, restando ferma e tranquilla in un angolo.

«È un alloggio temporaneo, devi avere un po' di pazienza» le sussurrò, poi prese le due tazze dal tavolo e andò a riporle. Estrasse il cellulare dalla tasca dei pantaloni. Voleva telefonare a Chiyoko ma le sue dita erano come bloccate. Ci pensò su un po', quindi uscì da casa portando il cellulare con sé.

Era il tramonto, e nel cielo volteggiavano libellule rosse. Tadakiyo alzò gli occhi e le osservò distrattamente. Stava pensando che doveva chiamare Chiyoko e parlarle di nuovo. Dirle che aveva badato solo al proprio dolore, senza cercare di capire davvero cosa provasse lei. Al divorzio aveva pensato seriamente, quello sì. Non voleva farla soffrire oltre... Cercava di mettere insieme un discorso, ma le dita non volevano saperne di muoversi. Gli tornò in mente il suo bel viso.

Capì che per lui era la persona più importante. La donna con cui voleva trascorrere il resto della propria vita. Aveva giurato di non farla piangere, di renderla felice. Eppure, con il proprio sogno aveva continuato a causarle del male. Come Nobuko, probabilmente il rimorso non gli avrebbe mai più dato pace.

«Scusi!»

Sentendosi chiamare, si voltò e vide il giovane Araki, Kōtarō, in piedi davanti a lui. Era sudato e respirava affannosamente.

Si guardò intorno e poi gli domandò con tono impaziente: «Mi scusi, per caso ha visto mia madre? È uscita dopo pranzo per una passeggiata e non è ancora rientrata. La sto cercando, non vorrei che le fosse capitato un incidente...».

«Ah, ecco, mi scusi. In verità...»

Gli disse che era a casa sua. Abbassò la voce nonostante fosse certo che Nobuko, dal salotto, non potesse sentirlo.

«L'ho incontrata per caso nel pomeriggio, e siccome mi ha detto che non aveva un posto dove andare l'ho invitata da me. Mi scusi, avrei dovuto avvisarla.»

Chinò il capo in segno di scusa, Kōtarō fece un profondo sospiro e, con un'espressione finalmente distesa, disse: «Ho capito, meno male». Un attimo dopo, però, si incupì di nuovo.

«È stata proprio mia madre a riferirle che non ha un posto dove andare?»

«Ecco, sì. Be', come dire...»

Che poteva dirgli? Si grattò la testa sforzandosi di pensare a qualcosa, ma fu Kōtarō, questa volta, a chinare il capo. «La ringrazio. So che si confida spesso con lei. Avrei dovuto ringraziarla molto tempo fa, ma capito raramente da queste parti, e quindi...»

«No, si sbaglia, non è con me che si confida, ma con mia moglie» rispose Tadakiyo sgranando gli occhi. Ci pensava anche prima: *è possibile che le persone cambino così tanto?* Era completamente diverso da come lo ricordava. Kōtarō abbassò gli occhi con aria contrita e disse: «Immagino che conosca la storia della nostra famiglia». Tadakiyo annuì senza specificare che ne era appena venuto a conoscenza.

«I miei mi hanno sempre viziato e io ho vissuto come volevo. Finora non mi sono mai preoccupato di loro. Adesso però me ne sono pentito. E quindi vorrei poter fare qualcosa» disse Kōtarō scegliendo con cura le parole. Dopo aver patito le stesse sofferenze finalmente aveva capito cosa provava sua madre. Ecco perché voleva cercare di ricostruire il loro rapporto.

«Quando parla delle stesse sofferenze... Si riferisce forse a difficoltà nel concepimento?»

Dovevano essere per forza quelli i tormenti patiti da Nobuko. E infatti Kōtarō lo confermò, senza giri di parole: «Sì, esatto. Il problema è mio. Ci siamo sottoposti a un lungo ciclo di cure». Sembrava imbarazzato, Tadakiyo lo guardò fisso negli occhi. Se riusciva a parlare senza particolari problemi di cicli di cure e infertilità maschile a uno sconosciuto era perché alla fine era riuscito ad avere un figlio. Una volta superati, gli ostacoli diventano semplici incidenti di percorso.

Ma verso Kōtarō provava anche curiosità. Fino a quel momento non aveva mai avuto occasione di parlare con qualcuno che si fosse sottoposto a cure per l'infertilità maschile. Tutt'al più gli era capitato di cercare in rete blog e testimonianze di sconosciuti per poi confrontarle con la propria esperienza.

«A dire il vero, ho anch'io problemi di fertilità.»

Era la prima volta che si apriva con qualcuno che non appartenesse alla cerchia di familiari e amici intimi. Se era riuscito a confidargli così facilmente qualcosa che a Nobuko, poco prima, non era riuscito a confessare, era forse in virtù di ciò che lui e quell'uomo condividevano, o forse perché non voleva farsi sfuggire quell'occasione.

«Sono in cura da quattro anni ma non sta funzionando.»

Kōtarō non sembrava troppo sorpreso. Fece un profondo cenno con la testa e rispose: «Capisco perfettamente la frustrazione» quindi gli nominò la clinica più famosa della zona: «Dov'è che si cura? Ah, certo, non avevo dubbi che fosse lì». Quando Tadakiyo gli confessò che il primario non gli andava troppo a genio, quello sorrise e rispose: «Neanche a me». Tadakiyo fu felice di vederlo sorridere.

«Ma non stiamocene qui in piedi. Perché non entra un attimo?»

In fondo anche sua madre era in casa sua. Kōtarō accettò l'invito, ma gli chiese di aspettare perché doveva prima dire una cosa alla moglie, quindi corse via. Tornò poco dopo, portando con sé un sacchetto di plastica pieno di lattine di birra.

«Ho solo queste in casa... Lei gradisce?»

«Stavo giusto pensando che ho voglia di bere.»

Condusse Kōtarō nella sala al piano terra, poi tornò nel salotto al piano superiore. Controllò che Nobuko dormisse ancora e prese dal frigo tutto ciò che poteva star bene con la birra. Tornò al pianterreno con le braccia piene di *tupperware* con snack vari.

«Scusi, ho solo questi.»

«Ma si figuri, anzi, non doveva disturbarsi.»

La chiamavano sala, ma era una stanzetta con un tavolino e due divani. Si sedettero l'uno di fronte all'altro e presero una lattina ciascuno. Era tanto che Tadakiyo non beveva, la birra era fresca e scivolò giù pizzicandogli leggermente la gola. Divenuto improvvisamente loquace, cominciò a raccontargli la propria storia. Che non immaginava affatto di poter essere lui la causa di tutto, e che di fronte ai risultati delle analisi gli era caduto un macigno sul cuore.

«Ogni volta che entravo in una stanza per il prelievo mi sembrava di non capire nemmeno perché fossi lì. Stanze bianche e asettiche, tutte con gli stessi libri e DVD. Fuori dalla porta c'era una fila di persone in attesa impaziente del loro turno. Cercavo di sbrigarmi aiutandomi con qualche rivista presa in un *konbini* prima di entrare, ma riuscivo ad arrivare a malapena in fondo.»

La sensazione di essere guardato dall'alto mentre, in una situazione agli antipodi del piacere, si sforzava di produrre liquido seminale. Di essere ridicolizzato, disprezzato, compatito.

«Se ne sentono di tutti i colori. Nella clinica dove andavo io non c'erano stanze dedicate e dovevamo farlo nei bagni. Mi veniva un colpo ogni volta che sentivo entrare qualcuno. Era umiliante, mi sentivo peggio di un animale. Le prime volte non ce la facevo, mi è capitato anche di scappare via.»

«Anche a me veniva voglia di scappare. Poi però ho imparato a sopportare, in qualche modo.»

Parlandoci, si rese conto che Kōtarō era amichevole e disponibile. Gli raccontò tutto senza girarci intorno, dalla durata delle cure alle condizioni del suo sperma. Scherzò sui pettegolezzi e le bufale che circolavano sulla clinica e a cui i primi tempi aveva creduto. E ascoltò con gentilezza le lamentele di Tadakiyo, mostrandosi solidale. Tadakiyo, a propria volta, riuscì a raccontargli la sua esperienza, ogni particolare patetico, come non aveva mai fatto con nessuno, nemmeno con Chiyoko. Quella semplice conversazione lo aiutò a liberarsi di una parte del peso che si portava dietro. Forse per tutto quel tempo aveva desiderato qualcuno che lo ascoltasse. Glielo disse, e con un'espressione seria Kōtarō rispose: «Per me è uguale». Con la moglie, che a causa sua aveva dovuto affrontare mille problemi, non poteva proprio lamentarsi. Gli altri amici erano diventati padri senza difficoltà, e non sarebbe mai riuscito a confessare loro un simile fallimento. Certo, c'entrava l'orgoglio. Quella punta di orgoglio che fino ad allora gli aveva imposto il silenzio. Anche se stava male. Credeva che prima o poi quelle emozioni lo avrebbero schiacciato e ucciso. Era così anche per lui? Certo, era naturale che lo fosse.

Kōtarō e la moglie, come Tadakiyo e Chiyoko, avevano tentato la via della fecondazione in vitro, e alla fine lei era rimasta incinta.

«La fecondazione in vitro è terribilmente gravosa. E talvolta non va a buon fine, il che è ancora più stressante. Ci sono coppie che entrano in crisi... A voi non è mai capitato di litigare?» domandò Tadakiyo come se stesse parlando da solo, e Kōtarō, rosso in volto per via dell'alcol, annuì ripetutamente.

«Sì, sì, è capitato eccome. Dicono che l'amore fa superare qualsiasi difficoltà, ma chi lo dice non conosce i veri problemi.»

A dispetto della sua aria mite, la moglie di Kōtarō aveva un temperamento impulsivo che, quando si arrabbiava, la rendeva intrattabile. Quando se l'era data a gambe nel bel mezzo della visita, lei gli aveva lanciato un bicchiere di vino procurandogli un taglio all'altezza della tempia. Ridendo, Kōtarō mostrò la cicatrice livida e spessa.

«Mia moglie diventò il bersaglio della mia frustrazione. Sentivo che la mia virilità era sminuita, mi chiedevo per quale motivo fossi venuto al mondo e attraversai persino qualche periodo di depressione. Pensavo che la nascita del bambino prima o poi avrebbe fatto sfumare tutto in una storia quasi da ridere, ma mi chiedo che ne sarebbe stato di noi se a quest'ora fossimo stati ancora alle prese con quella terapia.»

Kōtarō guardò fisso Tadakiyo. Gli disse che era dispiaciuto per lui e che sperava che non lo considerasse invadente né presuntuoso. Che lo capiva perfettamente: la convinzione che la volta dopo sarebbe stata quella giusta, l'inevitabile delusione. E poi di nuovo, e ancora. Finché la speranza non diventa essa stessa la più crudele delle torture.

Tadakiyo strinse la lattina fino ad accartocciarla. Gli veniva quasi da piangere.

«Ha ragione. Ormai credo di volermi fermare. Lei ci ha mai pensato?»

Kōtarō annuì subito: «Certo. È naturale. Ma nel mio caso è andata un po' diversamente. Quando ho espresso la volontà di fermarmi, mia moglie mi ha detto: "Vuol dire che non capisci proprio come si senta tua madre. Un ragazzino viziato come te non può capire il dolore di chi non si è potuto permettere neanche il lusso di provarci!"».

Schiacciò anche lui la lattina che aveva in mano, poi sorrise.

«Quando ero più giovane l'avevo accusata di aver commesso un atto disumano per la sua ostinazione a volere un figlio da mio padre. Le avevo dato addosso mettendo in dubbio il suo rispetto per la vita stessa. In quel momento, però, finalmente capii. Volevo un figlio a tutti i costi. Volevo guardare il visino di una creatura tanto preziosa, eppure non ci riuscivo. Capii la caparbietà di mia madre. Che se avesse avuto anche solo una possibilità si sarebbe sottoposta a qualsiasi terapia senza lamentarsi mai.»

Tadakiyo poteva solo assentire. Neanche Chiyoko si era mai lamentata. Persino quando era pallidissima trovava la forza di sorridere e dire che avevano appena cominciato. E proprio perché Chiyoko era così, lui avrebbe voluto darle un figlio. Voleva vederla ridere di cuore. Anche per quello le aveva chiesto il divorzio. Con un'altra persona accanto, avrebbe potuto realizzare il suo sogno senza sottoporsi a inutili sofferenze.

«E insomma, così sono riuscito ad andare avanti» disse Kōtarō con un tono allegro che sperava potesse alleggerire l'atmosfera che si era creata. Tadakiyo rispose con un sorriso vago. Bisognava rallegrarsi anche solo di avere una possibilità. Era giusto, e per Kōtarō evidentemente era stata la spinta decisiva. Ma se provava ad applicare a sé stesso quel principio, si rendeva conto di non riuscire a immaginare alcun esito positivo. Le persone sono tutte diverse. Se lo ripeté più volte, e allo stesso tempo lo rincuorava un po' l'idea che l'esperienza di qualcun altro potesse in qualche modo indicargli una strada da seguire.

Senza accorgersi di Tadakiyo che, in silenzio, aveva chinato il capo, Kōtarō riprese: «Ovviamente sapevo che i miei sforzi avrebbero anche potuto essere vani. Penso però che se alla fine ce l'abbiamo fatta è stato grazie a mia madre. In passato le ho dato davvero tanti problemi. Ciò che è stato non si può cambiare, ma d'ora in avanti vorrei cercare di rimettere a posto le cose. È stata questa determinazione a portarmi qui in visita da lei, ma evidentemente la facevo troppo semplice. È normale che non voglia più saperne di una persona sgarbata e capricciosa come me».

«Ma no, ti sbagli» irruppe una voce all'improvviso, cogliendo entrambi di sorpresa. Dalla porta accostata, videro spuntare il volto di Nobuko.

«Mamma» esclamò Kōtarō alzandosi, lei lo guardò e disse: «Sono sempre stata orgogliosa di averti cresciuto. Sentirmi chiamare "mamma" da te è una gioia. E non potrò mai ringraziarti abbastanza per aver sposato quella ragazza e avermi dato un nipotino. Ma a prescindere da ciò che ne pensi tu, e da ciò che mi diceva tuo padre, non riesco proprio a perdonarmi per quello che ho fatto. E non c'è alcun rimedio».

La sua mano, appoggiata allo stipite della porta, tremava leggermente. Nobuko andò avanti: «Non riesco mai a gioire fino in fondo delle cose belle. Però non rinnego le mie azioni. Chiedo solo di essere capita».

Kōtarō esitò. Poi, con il volto contratto, le domandò: «Non vuoi lasciarmi compiere il mio dovere di figlio?». Non voleva, in altre parole, lasciare che compensasse in qualche modo anni di mancanze?

«Mi basta il pensiero. E te ne sono grata.»

«Non dire così, mi fai diventare triste.»

Tadakiyo si alzò per evitare che continuassero a parlare attraverso la porta. Uscì dalla stanza e spinse Nobuko all'interno.

«Su, parlate voi due soli. Io vado di sopra.»

Chiuse la porta e salì al primo piano.

Ad accoglierlo nel soggiorno trovò la tartaruga nella cassetta in cui l'aveva sistemata. Si sedette di fronte a lei e sospirò.

«Che devo fare?»

Una parte di lui si sentiva sollevata grazie alla conversazione avuta con Kōtarō. Ciascuno si portava dietro le proprie difficoltà. Aveva capito di non essere il solo a soffrire, e questo era un bene. Ciò nonostante, faticava ancora a trovare un modo per uscire da quella situazione.

«Se solo potessi tornare indietro di un giorno...»

Se si fosse voltato verso di lei, se avesse stretto a sé il suo corpo esile e le avesse detto «Scusa per come è andata finora» forse le cose sarebbero state diverse. Era questo ciò che avrebbe voluto fare. Ma non ci era riuscito.

Da quanto tempo, ormai, non era più in grado di sfiorare il suo corpo? Ogni volta che si estraeva, in modo così meccanico, il liquido seminale, si sentiva sempre meno uomo, e poco alla volta aveva perso tutta la fiducia in sé stesso. Anche se provavano ad avere rapporti sessuali, il ricordo di quella stanza bianca gli impediva di arrivare fino in fondo. Il suo corpo si irrigidiva, cominciava a preoccuparsi di ciò che avrebbe pensato Chiyoko, si spaventava e alla fine non riusciva a mantenere l'erezione. E con il tempo aveva perso completamente fiducia. Un circolo vizioso senza alcuna speranza di uscita.

Se l'abbracciassi e lei mi rifiutasse? Se mi fermassi a metà? Il solo pensiero lo spaventava a morte. Ecco il motivo della sua fuga.

«Cosa rappresentava per te il nostro legame?»

Le parole di Chiyoko gli risuonavano nella mente.

«Con te volevo un legame. Un legame stabile.»

Da marito e moglie. Questa era la forma del loro legame. E per essere completo necessitava di un figlio. Non credeva di potersi sbagliare. E invece non ci era riuscito, anzi, aveva perso tutto.

«Non mi resta più niente ormai...»

Si prese la testa tra le mani e chiuse gli occhi. Dopo un tempo imprecisato avvertì una presenza. Alzò gli occhi e trovò Nobuko in piedi davanti a lui.

«Oh, deve scusarmi. Lei stesso sta attraversando un momento difficile e mi ci sono messa anch'io con i problemi della mia famiglia.»

«Ma no, che dice? Siete riusciti a chiarirvi?» le domandò sforzandosi di sorridere. Nobuko ricambiò il sorriso con aria imbarazzata.

«Be', sa com'è: non è un problema di facile soluzione... Ed è un *mio* problema. Stasera però tornerò a casa mia. Mia nuora è preoccupata e Kōtarō mi ha rimproverato, dice che devo comportarmi da persona matura.»

Fece un profondo inchino e si scusò per il disturbo. Quando sollevò la testa, a Tadakiyo parve di scorgere un certo sollievo sul suo viso.

«Non direi che abbiamo risolto, ma penso che sia stata un'occasione per chiarirci. Kōtarō e io imbastiremo una nuova trama.»

«In che senso "imbastirete una trama"?»

Tadakiyo la guardò con aria interrogativa e Nobuko gli indicò il cordoncino che portava legato in vita.

«Prenda per esempio questo cordoncino. I legami tra le persone non sono fili singoli, no? Sono un insieme di fili intrecciati che si ingrossano e formano trame uniche. Oggi Kōtarō e io siamo riusciti a imbastirne una nuova.»

Lo sciolse per porgerlo a Tadakiyo. Vedendolo da vicino, si accorse che quel cordoncino così colorato sembrava in realtà piuttosto usurato. In alcuni punti era scolorito, in altri lacerato. Ma continuava a svolgere la propria funzione. Nobuko lo fece scivolare delicatamente tra le mani e, sorridendo, disse: «È un regalo di mio marito. Vede, c'è stato un periodo in cui soffrivo perché non ero riuscita a instaurare con Kōtarō il rapporto che avrei voluto. Non sono la sua madre naturale. Come si fa a costruire un rapporto tra madre e figlio? Mi correggo: è possibile una cosa del genere? Che tipo di rapporto…? Ero stata egoista, a causa mia si era creata una situazione complicata, eppure andavo a piangere da mio marito perché non sapevo come prendere Kōtarō».

Doveva restituirlo a Kanako? Sarebbe stato meglio sparire, lasciarlo senza una madre come lei? Nobuko piangeva e il marito le diede quel cordoncino.

«I legami sono fragili e instabili. Vanno presi uno per uno, filati, intrecciati e resi forti. Cerca i fili di Kōtarō. Deve averne per forza.» Così mi disse, e io mi misi a cercare.

Andava bene qualsiasi cosa, anche la più insignificante. Li trovò uno per uno e cominciò a intrecciarli dentro di sé. Le bastava immaginarli perché la sua ansia si acquietasse. Ed era serena mentre lo raccontava.

«Volevo un cordoncino rosso. Perché a legare una madre e un figlio si dice che sia un filo rosso, per questo lo desideravo.

Ma tra noi il filo rosso non c'era, fine della storia. Eppure, in fondo i fili non sono solo rossi. Ce ne sono di verdi, di viola, di gialli, di blu, di tutti i colori. Il mio cordoncino sarebbe stato soltanto mio. Capisce?»

Tadakiyo osservò il cordoncino che aveva tra le mani. Mancava il rosso, ma lo trovò bello.

«Se si guarda intorno, si accorgerà che esistono tanti fili. Voi due dovete comporre il vostro cordoncino con i fili che avete, e deve essere solo vostro. Un matrimonio è questo.»

Chissà se c'erano. Chissà se tra lui e Chiyoko restava ancora qualche filo. Se erano ancora in tempo per intrecciarli e trasformarli in un legame stabile.

Alzò gli occhi e incontrò quelli di Nobuko che, con aria imbarazzata, gli disse: «Mi scusi se le ho dato l'impressione di volerle insegnare qualcosa. In fondo chi sono io per dirle come deve comportarsi? La consideri la predica di una vecchia rompiscatole».

«Al contrario... Grazie.»

Se i fili c'erano, se Chiyoko avesse potuto perdonarlo, forse restava ancora una speranza di sistemare le cose tra loro due. Tadakiyo strinse forte il cordoncino e rifletté.

* * *

Decisero di andarsene lasciando quasi l'intera mobilia dov'era. Tadakiyo pensava che potessero usarli ancora ma Chiyoko non era d'accordo perché, diceva: «Non è così che me la sono immaginata». Il trasloco, dunque, non fu particolarmente impegnativo e se la cavarono con il furgoncino prestato loro dai suoi genitori.

«Abbiamo caricato tutto il necessario. Penseremo poi a come disfarci del resto, va bene?» propose Chiyoko osservando i bagagli. Tadakiyo, dietro di lei, la guardava e mormorava tra sé: «Non so se va bene...».

Chiyoko lo sentì e, con tono perentorio, disse: «Sì che va bene! Ormai siamo d'accordo. E tu, caro il mio Chū, non puoi rimangiarti la parola data».

«Sì, su questo hai ragione. Ma resto scettico riguardo all'andare a vivere con i miei.»

Tadakiyo e Chiyoko lasciarono la casa di Utsukushigaoka e andarono ad abitare con i genitori di lui, a un'ora di macchina da lì. Era più vicina alla clinica e avrebbe permesso loro di risparmiare sulle bollette di luce e gas.

«Ti va di riparlarne?» La sera in cui Nobuko gli aveva fatto quel discorso sui fili, lui si era deciso a telefonare a Chiyoko. Si scusò per essere stato egoista, per non aver considerato i suoi sentimenti, e le confessò che l'aveva fatto solo perché voleva fuggire.

«Se ci tieni ancora al nostro legame potresti darmi un'altra possibilità?» Mentre lo diceva, fu sopraffatto dalla voce impietosa di sua madre: «Pensavo che valessi un po' di più come uomo! Un quarantenne senza arte né parte che ha la presunzione di mettersi a parlare di divorzio. Dovresti buttarti ai suoi piedi e pregarla di non lasciarti! Domattina, come prima cosa, la raggiungi e le chiedi scusa in ginocchio».

Chiyoko era a casa dei genitori di Tadakiyo. In attesa di una telefonata di scuse da parte sua. La mattina dopo, ancora incredulo, andò da loro e la trovò effettivamente lì, si mise in ginocchio e, tra le occhiatacce dei genitori, le chiese perdono. Chiyoko gli rivolse un sorriso bonario, poi disse: «Allora se ti sei pentito dovrai fare ciò che ti chiedo», quindi elencò cinque condizioni:

1. Avrebbero continuato la terapia ancora per un anno e poi basta.
2. Per tutto quel tempo avrebbero vissuto con i genitori di Tadakiyo.
3. Le avrebbe permesso di lavorare in un caffè che avevano aperto lì vicino, nei locali di una vecchia casa privata.
4. Avrebbe trovato più tempo solo per loro due.
5. Le avrebbe confidato ogni difficoltà, anche le più insignificanti.

«Proviamoci ancora per un anno. E se non dovesse andare bene vorrà dire che vivremo in due. I figli sono indubbiamente una ricchezza, ma si può essere ricchi anche senza. Se non dovessimo riuscire ad avere un figlio, mi dedicherò al mio sogno di aprire un piccolo caffè. Ne ho parlato anche con tuo padre e tua madre, che la pensano come me. Staremo qui con loro per un anno, durante il quale proveremo ad avere un bambino e nel frattempo mi dedicherò anche allo studio del caffè.»

Era a conoscenza della passione di Chiyoko per quel locale vicino alla casa dei genitori. Diceva sempre che era perfetto sotto ogni punto di vista, dall'atmosfera all'idea di base, alla filosofia del proprietario. Non immaginava, però, che volesse addirittura andarci a imparare il mestiere, né tantomeno che i suoceri l'avrebbero appoggiata.

«Vivere con loro? Ma io come faccio con il lavoro...»

«È vero, tu impiegherai molto più tempo. Prendila come una punizione per questa bravata.»

Chiyoko sorrise, la madre di Tadakiyo le diede man forte: «Non è un grosso sacrificio in fondo. E poi un buon capofamiglia deve riconoscere gli sforzi fatti dalla moglie e incoraggiarla».

Erano già proiettate in avanti, Tadakiyo non riusciva a crederci. Chiese se facessero sul serio e i genitori annuirono con grande naturalezza.

«Se non vi aiutiamo noi chi lo farà?»

«Per noi è impensabile non avere Chiyoko come nuora. Se divorziate e te ne vai tu non ce ne importa niente.»

«Che c'è, Chū? Non sei d'accordo?» Il tono della voce tradiva la sicurezza di Chiyoko, che conosceva già la risposta del marito. A Tadakiyo venne da ridere. «Come potrei non essere d'accordo?» rispose con il tono allegro che non aveva da tempo. Avrebbe assecondato tutte e cinque le richieste. Avrebbe fatto ciò che lei desiderava. Chiyoko arrossì, felice, e fece un cenno di assenso.

Quella sera rientrarono alla casa di Utsukushigaoka. Non appena misero piede all'interno, Tadakiyo chinò il capo e disse: «Ti chiedo scusa, davvero».

A casa dei genitori non erano riusciti a parlare come si deve, ma ci teneva a dirle che era consapevole degli sforzi a cui l'aveva sottoposta. Che le chiedeva di perdonarlo. Chiyoko lo fissò per qualche istante in silenzio, poi disse lentamente: «Posso aggiungere una condizione?».

«Sì, quale?»

«Non pronunciare mai più la parola "divorzio" senza averci pensato a fondo.» Per la prima volta gli occhi di Chiyoko si velarono di lacrime. «Non provare mai più a recidere il nostro legame come se fosse niente. Non è così che funziona tra marito e moglie, hai capito?»

Tadakiyo ascoltò attentamente la sua voce, che vibrava di un leggero tremolio. Non l'avrebbe mai dimenticata, come non avrebbe dimenticato le sue parole. Né ciò che aveva fatto lui.

Poi estrasse dalla tasca un sacchetto di carta. Chiyoko lo guardò con aria interrogativa, lui le disse: «Dammi la mano». E così dicendo le legò al polso un braccialetto. Era fatto di tanti fili intrecciati. L'aveva realizzato in fretta e furia la notte prima, dopo aver parlato con Nobuko, i fili erano storti e la trama non particolarmente bella.

Mentre Chiyoko, meravigliata, lo osservava annodare quel braccialetto, lui le raccontò la storia sentita da Nobuko.

«Mi avevi chiesto cosa fosse per me il nostro legame, ricordi? Questa è la mia risposta. Forse ti sembreranno tanti fili allentati. E infatti voglio infittirli insieme a te. Mettere insieme un cordoncino spesso e lungo, impossibile da recidere. Quindi non pronuncerò mai più quella parola.»

A Chiyoko scappò una lacrima. Nel momento in cui le rigò il volto, si aggrappò a Tadakiyo stringendolo a sé. Lui accolse quel corpo esile con un pizzico di tensione, subito sostituita da una grande serenità. La abbracciò forte e le chiese scusa.

«Ero preoccupata. Ho avuto paura per tutto il tempo» ripeteva Chiyoko stretta a lui.

Tadakiyo le accarezzava la schiena ossuta ricambiando l'abbraccio. «Scusa, Chiyoko. Sei stata male, lo so. Diventerò più forte. Mi impegnerò al massimo.»

Quella notte si addormentarono mano nella mano.

«Quindi ve ne andate, Chiyoko-*chan*» disse con voce triste, dietro di loro, Nobuko.

Chiyoko sorrise e rispose: «Ti ho già detto che tornerò a trovarti. Mi piacciono troppo i tuoi dolci. Ti avviserò prima, così puoi farmi trovare la tua squisita gelatina di nespole».

Nobuko fece sì con la testa, felice. Poi, come se le fosse venuto in mente sentendone parlare da Chiyoko, disse: «Ieri mi sono permessa di entrare nel vostro giardino per raccogliere le foglie. Credo che il nespolo darà frutti. Per adesso ne ho vista una sola, ma penso che presto si riempirà, finalmente».

«Eh? Dici sul serio?» esclamò Chiyoko. Era stata Nobuko a dire loro che quell'albero che cresceva nel loro giardino era un nespolo. Nonostante fosse sicura che prima o poi avrebbe dato frutti, i suoi fiori bianchi non si erano mai evoluti.

«Lo prendiamo come un buon segno allora» disse Tadakiyo.

«Già» rispose ridendo Chiyoko.

«Aspetteremo con ancora più impazienza di ritornare qui.»

«A proposito di case, Chū, devo dirti una cosa...»

Chiyoko socchiuse le labbra. Due sue ex compagne di scuola erano nei guai e avevano bisogno di un posto dove vivere. E lei aveva proposto loro di stare lì durante la loro assenza. Era preferibile che la casa non restasse disabitata, in fondo. Gli chiese se fosse d'accordo.

«Be', ecco... Non è un po' troppo per due ex compagne di scuola?»

Non le aveva mai sentite nominare e la stessa Chiyoko, dopo il liceo, aveva quasi perso le loro tracce, si limitavano a scambiarsi cartoline d'auguri a Capodanno e niente di più. Se la sentiva di prestare la loro casa a due persone che non conosceva poi così bene? Ma Chiyoko annuì con convinzione.

«Sono due bravissime ragazze. Ho fiducia in loro. E una delle due ha una bambina. Quando è nata le ho fatto visita e me l'ha lasciata tenere in braccio, se avessi visto quant'era carina. Non mi era mai capitato di tenere in braccio un bambino, quella è stata la prima volta che ne toccavo uno. Ho provato una forte emozione. So che è in difficoltà e vorrei aiutarla.»

Voleva aiutare una bambina. Tadakiyo non aveva motivo di opporsi. Le disse di fare come voleva.

«Grazie.»

Chiyoko sorrise e si passò una mano tra i capelli. Tadakiyo vide quel pasticcio di braccialetto al suo polso e ricambiò il sorriso. *Tessiamo insieme i fili*, giurò a sé stesso. Poi la prese per mano.

5

La casa della felicità

Mahiro non era molto brava in cucina.

Per essere precisi, non era in grado di cucinare per qualcun altro. Cucinava solo per riempirsi lo stomaco e non le era quasi mai successo di preparare qualcosa per far piacere o per sfamare un'altra persona. Ecco perché faticava ancora ad abituarsi a quella storia di "preparare i pasti altrui" in cui si era ritrovata all'improvviso e che andava avanti da qualche mese. Anche stavolta, quando Sōichi aveva lanciato un grido isterico mangiando le sue uova strapazzate, Mahiro aveva esclamato, con voce insolitamente alta: «Scusa! Ho per caso lasciato dei pezzi di guscio?».

«No, no. Mi è caduto un dente.»

Sōichi si infilò lentamente un dito in bocca e ne estrasse un piccolo frammento bianco avvolto in una poltiglia gialla e rossa.

«Era un dente traballante che faceva proprio impressione, finalmente è caduto» disse ridendo. Il canino in alto a destra aveva lasciato uno spazio vuoto.

«Vado un attimo a lavarlo.»

Con il dente tra le dita, si diresse in cucina. Alle sue spalle, Mahiro gli disse: «Se era dell'arcata superiore andrà lanciato in giardino, come da tradizione».

Sōichi si voltò e la guardò con aria interrogativa, poi le chiese che volesse dire. E così, parlando, Mahiro venne a sapere che adesso i bambini avevano l'abitudine di conservare i denti da latte. E che esistevano delle apposite scatoline.

«Ecco la mia scatolina dei denti.»

Sōichi le aveva portato un piccolo contenitore in legno il cui interno era diviso in tanti scomparti, diversi dei quali occupati da dentini bianchi. Sul fondo di ciascuno scomparto c'era un adesivo su cui era stata annotata con cura la data in cui il dente corrispondente era caduto. Sembrava un campionario di fossili.

«Ah, sì? Funziona così adesso? Incredibile.»

Mentre Mahiro osservava la scatola, Sōichi disse: «Ma ce l'hanno tutti, no?». Mahiro scosse il capo, Sōichi, meravigliato, domandò: «Vuoi dire che tu non ce l'hai?». E l'altra confermò con una risata strozzata.

«Quando cade un dente dell'arcata superiore lo si lancia in giardino, quando ne cade uno dell'arcata inferiore lo si lancia sul tetto. Così cresceranno denti forti e sani.»

Mahiro sentì una stretta al cuore. Le era tornato in mente un episodio che credeva ormai dimenticato.

«Ma che dici? Sembra una specie di superstizione. Tu però hai dei denti perfetti, significa che forse sotto sotto funziona.»

Mahiro lo ringraziò. Gli mostrò i denti perfettamente allineati e bianchissimi. Poi suonò il campanello: avevano visite. «Sō-*chan*, vieni a giocare?» ripeté più volte una voce indiscreta.

«Ah, eccolo. Arrivo!» esclamò Sōichi illuminandosi in volto.

«Giochi anche oggi con Yuzu-*kun*?»

Era il nome di un bambino con cui Sōichi da qualche tempo andava particolarmente d'accordo, e che aveva un anno meno di lui. Trascorreva l'estate a casa di alcuni parenti. Per Sōichi era il compagno di giochi ideale, dal momento che Utsukushigaoka contava pochi abitanti e ancor meno bambini della sua età, ragion per cui nei giorni in cui non c'era scuola si annoiava terribilmente.

«Sì, proprio con lui. È un tipo fortissimo, sai? Sarebbe bello se abitasse qui tutto l'anno.»

Afferrò di corsa il berretto che aveva appoggiato sul tavolo e si strinse in vita il marsupio. Verificò che all'interno ci fosse la sua consolle portatile e, quand'era già in fondo alle scale, disse: «Tornerò al suono della sirena del pranzo».

«Fa' attenzione, mi raccomando!» gli gridò, ma chissà se Sōichi l'aveva sentita. La porta sbatté rumorosamente.

«Ah, già, devo provvedere al dente.»

Scrisse la data in fondo allo scomparto della scatolina che aveva in mano e ci lasciò cadere il dente lavato da Sōichi. Restò a guardarlo distrattamente, con la sensazione che da un po' di tempo a quella parte le cose fossero migliorate. E pensò che anche i denti caduti, se li si conservava in quel modo, potevano trasformarsi in un bel ricordo.

«Buttalo via quel dente!» disse suo padre Daisuke, guardando il dente da latte appoggiato sul palmo della sua mano, con l'aria disgustata di chi ha appena sentito una brutta notizia al telegiornale. «Come ti viene in mente di mostrarmi una cosa del genere? A tutti i bambini cadono i denti.»

Il dentino, poggiato sul palmo della mano, recava ancora tracce di sangue. La piccola Mahiro, sollevata dopo giorni di fastidio ed eccitata per la caduta del suo primo dente, era su di giri. E sentì distintamente quelle sensazioni incontenibili sgonfiarsi come un pallone bucato.

Anche a una sua compagna di classe di nome Risa era caduto un dente, e siccome era dell'arcata superiore, lei e il padre l'avevano seppellito in giardino pregando che lasciasse il posto a uno nuovo, sano e forte. E la stessa sera, a cena, per festeggiare avevano mangiato il piatto preferito di Risa: l'hamburger. Perché secondo loro le tappe importanti della crescita andavano celebrate.

Le parole le si bloccarono in gola e non riuscì a muovere un muscolo. Daisuke guardò Mahiro lì impalata e, aggrottando le sopracciglia, le disse: «Su, sbrigati a buttarlo fuori, è tutto sporco». Mahiro percepì un tale disprezzo nelle sue parole che le venne da piangere. Vedendola, sospirò e disse: «Cosa mai ci sarà da piangere?». Mahiro strinse forte il pugno e corse fuori da casa. Quello fu forse l'ultimo ricordo che aveva di lui.

Chissà che fine aveva fatto quel dente. Forse era diventato parte del terreno e non era neanche più un dente. Sperava che fosse così.

Il portone d'ingresso si aprì e sentì qualcuno salire le scale. Forse era Sōichi che si era dimenticato qualcosa. Chiuse il coperchio della scatolina e chiamò: «Sō-*chan*?». Ma quando aprì la porta trovò Kenta. Aveva la barba incolta e con un mugugno le fece capire che era rientrato.

«Ken-*chan*, non dovevi tornare domattina?»

Due sere prima l'aveva chiamata per avvisarla che, a causa di un incarico improvviso, non sarebbe tornato per un po'. Le aveva parlato di un lavoro molto lontano, e aveva aggiunto che avrebbe dormito in un alloggio messo a disposizione dal committente, quindi perché adesso era lì?

«Ah, già, il bagno. Te lo preparo subito. E il pranzo... Oh, accidenti, Ken-*chan*.»

Mahiro gli si avvicinò per prendere il sacchetto di carta contenente gli abiti da lavoro sporchi, ma Kenta la strinse a sé. Odorava di polvere, di sudore e rancido.

«Chi farebbe due volte avanti e indietro, da e per Tokyo, a quelle condizioni di merda? Li ho mandati al diavolo.»

«Che cosa? Ma se avevi detto che era una persona che in passato ti aveva aiutato...»

«Ho tagliato i ponti con quell'idiota» la liquidò Kenta prima di imprimere con forza le labbra contro le sue. Le infilò la lingua in bocca, che, come il suo alito, sapeva di tabacco e caffè.

«Aspett... Aspetta, Sō-*chan* potrebbe rientrare da un momento all'altro.»

«Ho chiuso a chiave.»

Le infilò le mani sotto la canotta e strinse forte i seni. Nella parte bassa lo sentiva spingere, già duro.

Sapeva che se lo avesse rifiutato avrebbe avuto la luna storta per giorni. L'ultima volta aveva scaraventato per terra la sua tazza preferita riducendola in mille pezzi e aveva dato il tormento a Sōichi per quasi una settimana. Mahiro si rassegnò e smise di opporre resistenza.

* * *

Suzaki Kenta e Mahiro si erano conosciuti all'incirca due anni prima. Kenta era andato come cliente nel club dove lavorava Mahiro e si era interessato a lei.

Il suo punto di forza era la giovane età, perché di certo non spiccava per avvenenza. Non aveva niente più delle altre, e se Kenta l'aveva notata nonostante la sua ordinarietà era stato perché «Quando ti sei seduta accanto a me ho sentito un buon odore di brodo» dovuto al fatto che di giorno Mahiro lavorava in un chiosco di *udon*. Sorpresa, gli rispose che nessuno ci aveva mai fatto caso, lui sorrise e ribatté: «Il brodo è di sardine essiccate, non è vero? Piace anche a me». Mahiro ricambiò il sorriso, piacevolmente colpita dalla sua spontaneità, fu così che cominciò tra loro.

Kenta le disse di essere a capo di una ditta di trasporti. Andava al club due sere alla settimana, si faceva servire da Mahiro, beveva roba buona e se ne andava. Aveva trentacinque anni ed era piuttosto simpatico, fatta eccezione per il tono della voce un po' troppo alto e una certa propensione alla lite, ma le ragazze ne parlavano come di un cliente niente male. Cominciarono presto a vedersi anche fuori dal locale e non passò molto tempo prima che tra loro si creasse una certa intimità.

Con l'inizio della loro relazione, i segreti di Kenta cominciarono a venire allo scoperto. La verità era completamente diversa da ciò che raccontava durante le visite al club. Aveva detto di non essersi mai sposato perché viveva per il lavoro, ma in realtà aveva un divorzio alle spalle e persino un figlio a carico. Un anno prima di incontrare Mahiro, sua moglie se n'era andata di casa e lui aveva affidato il figlio all'anziana madre malata di diabete. E non era il proprietario di una ditta con numerosi dipendenti, bensì un cosiddetto lavoratore autonomo, uno che possedeva solo un camion e lo usava per effettuare consegne per conto di altri. A seconda dell'umore del momento, gli capitava di rifiutare commesse. E poi era stizzoso, e non di rado litigava con i committenti e se ne tornava a casa nel bel mezzo di una trasferta. Tutto ciò che guadagnava lo spendeva in alcolici, e per vivere faceva affidamento sulla pensione della madre e su qualche risparmio. Come se non bastasse, dichiarava di avere cinque anni di meno.

Quando Mahiro si rese conto che le aveva raccontato un sacco di menzogne era ormai troppo tardi. Ci voleva troppo coraggio per dargli del bugiardo e andarsene, né sentiva di poter intavolare una discussione costruttiva con una persona così irascibile.

«Vorrà dire che è così che deve andare la mia vita.»

Mahiro, che era sempre stata di indole remissiva e pessimista, gliele perdonava tutte. Era una persona senza arte né parte. Non aveva una famiglia su cui contare, era destinata a restare da sola, quindi si accontentava di sapere che quell'uomo aveva bisogno di lei. Si era convinta di non poter aspirare a nulla di meglio.

Otto mesi prima, la madre di Kenta, Toshiko, era morta improvvisamente. Poiché non c'era nessuno che potesse badare a suo figlio Sōichi, che andava in seconda elementare, Kenta chiese a Mahiro di lasciare il lavoro al club e restare a casa insieme al bambino. In fondo progettava già di sposarla. E così cominciò la loro convivenza. Mahiro sognava il matrimonio da quando era piccola, e Kenta si ricordava di averglielo sentito dire tante volte nei momenti di intimità.

Kenta le aveva raccontato un mucchio di sciocchezze, ma che aveva «una casa piuttosto recente e di dimensioni ragguardevoli» era vero. Quando vide quella casa indipendente a due piani, tutta bianca, in un quartiere residenziale ancora in costruzione, Mahiro ebbe un tuffo al cuore. Le pareti intatte, l'ampio parcheggio. Sul retro c'era un giardino, di cui forse era Toshiko a prendersi cura, pieno di fiori. Era la casa che avrebbe sempre voluto. Glielo rivelò con emozione, quasi in lacrime, e Kenta ne fu soddisfatto. Le disse che avrebbe potuto farne ciò che desiderava. Che ormai quella era casa sua. Parole che le fecero girare la testa più di qualsiasi melensa dichiarazione d'amore.

Quella nuova vita era un sogno. In giro si cominciava a parlare di Utsukushigaoka e anche le case si vendevano, ma le famiglie residenti erano ancora poche, quindi non c'erano mai problemi con il vicinato. A mano a mano che i lavori andavano avanti e si preparavano i lotti di terreno per nuove costruzioni, aumentava l'eccitazione per tutte le novità che li aspettavano. Quando andava a passeggio girava intorno alle impalcature. Quando non aveva niente da fare, poteva indulgere in uno dei suoi passatempi preferiti: fantasticare su chi sarebbe venuto ad abitare in questa o quella casa, su che tipo di vita avrebbero condotto i futuri abitanti di quegli edifici in costruzione.

Le piaceva anche il fatto di essere vicini alla montagna ma con la vista sul mare. La rasserenava l'idea di avere la natura a portata di mano. E anche il rapporto con Sōichi, che inizialmente la preoccupava, sembrava andare a gonfie vele.

Non sapeva se fosse la sua indole naturale o un prodotto dell'educazione impartitagli da Toshiko, ma Sōichi era un bambino gentile, intelligente e rispettoso. Mahiro credeva che i bambini fossero tutti capricciosi e impegnativi, però Sōichi la fece ricredere. Sbrigava ogni cosa da solo e non le procurava mai alcun fastidio. Sebbene fosse minuto, era completamente autonomo. Si chiedeva se fosse in grado di fargli da madre, ma era chiaro che quel bambino sarebbe venuto su senza l'aiuto di nessuno. Era sufficiente preparargli da mangiare, fare il bucato, insomma il minimo indispensabile, e al resto avrebbe pensato lui.

Nonostante ciò, i problemi erano all'ordine del giorno e la colpa era sempre di Kenta. Quando non doveva lavorare beveva fino a ubriacarsi. Chiamava altri camionisti e scolavano tutto quello che c'era fino all'alba, qualche volta litigavano e capitava che qualcuno chiamasse la polizia. Quando aveva un po' di soldi usciva a bere e non voleva saperne di tornare a casa. Al rientro nel portafoglio non c'era più contante, ma biglietti da visita di ragazze di qualche club. Una volta, che era rincasato a mattina inoltrata, gli trovò in tasca biancheria intima femminile. Mahiro, irritata, gli chiese spiegazioni, lui per tutta risposta diede un pugno a una vetrinetta che conteneva stoviglie e ruppe il vetro.

Nel punto in cui mancava il vetro adesso era attaccato un poster del cartone animato preferito di Sōichi.

«Senza questa casa non mi sentirei così stressato.»

Di mattina, mentre cercava di smaltire la sbornia, Kenta era solito borbottare tra sé frasi come questa. Il pensiero del mutuo lo deprimeva, spingendolo a bere. E pensare che nemmeno gli serviva una casa del genere.

L'aveva comprata su insistenza della moglie che poi l'aveva lasciato. Era la casa in cui avrebbero vissuto tutta la vita e doveva essere nuova, di questo era convinta e non era voluta scendere a compromessi, così avevano contratto un mutuo piuttosto oneroso. Gli aveva promesso che si sarebbe messa a lavorare in modo tale da contribuire alle spese, ma dopo soli due anni se n'era andata. Questo, almeno, era quello che diceva lui perché – Mahiro l'aveva saputo da un suo collega camionista – in realtà pare che la responsabilità fosse sua, dal momento che aveva cominciato a trascurare il lavoro facendo affidamento sullo stipendio della moglie.

«Forse dovremmo traslocare in un appartamento più modesto o in uno di quei caseggiati economici.»

Mahiro fingeva di non sentirlo. Era vero che se si fosse disfatto della casa le cose sarebbero migliorate. Ma questo gli avrebbe offerto la scusa per lavorare ancora meno, e avrebbe usato tutti i soldi risparmiati per divertirsi. A quel punto rinunciare alla casa non avrebbe avuto senso, e Mahiro possibilmente – anzi no, assolutamente – preferiva restare lì. Doveva solo cercare di tenere a bada Kenta e magari incrementare le entrate.

Ma non sapeva quanto sarebbe durata.

Stesa sul divano del soggiorno, si staccò da Kenta che stava quasi per addormentarsi e sospirò. Raccolse gli abiti sparsi sul pavimento e si rivestì. Si accorse che dal preservativo caduto per terra era fuoriuscito del liquido seminale e lo asciugò con le mutande di Kenta. Guardò il liquido vischioso impregnare il cotone e sospirò di nuovo.

Il giorno prima la banca aveva telefonato per ricordare loro che erano in ritardo con i pagamenti. E non c'era solo il mutuo. Quasi ogni mese arrivavano avvisi di riscossione dalla compagnia del gas e della corrente elettrica. Kenta amministrava da sé le entrate e i risparmi (quasi certamente inesistenti) e si occupava lui di tutti i pagamenti. Quando lavorava, consegnava i soldi a Mahiro dicendole di usarli per le utenze, ma anche quelli erano sempre meno. Il mese precedente era riuscita a pagarci soltanto la mensa di Sōichi. Le restavano dei risparmi dal part-time al chiosco di *udon* e altri soldi che aveva messo da parte, ma dopo mesi erano quasi finiti.

Presto avrebbero dovuto lasciare quella casa. Quella casa che l'aveva resa felice fino quasi alle lacrime. Che le era apparsa davanti agli occhi nella stessa identica forma delle sue più antiche fantasie. Che forse era una costruzione di cartapesta. Fino ad allora aveva vissuto nel castello di un parco dei divertimenti, da cui a tempo debito si deve andar via.

Sentì un telefono vibrare. Si rese conto che era il suo, l'aveva appoggiato sul tavolo della cucina. Corse a prenderlo e, sullo schermo, lesse un numero di linea fissa che non conosceva. Uscì dalla stanza per non svegliare Kenta e premette il pulsante della risposta.

«... Pronto?» disse una timida voce femminile.

* * *

Era la prima volta che si fermava in quella stazione un po' fuori dal mondo.

Un solo tornello. Nell'angusta sala d'aspetto c'erano due vecchie panche ma neanche l'ombra di viaggiatori. Uscita fuori si trovò di fronte lo scenario desolante di pochi antiquati negozi e, di fronte, due taxi fermi a bordo strada. Uno dei conducenti teneva il finestrino completamente abbassato e leggeva con aria annoiata un giornale sportivo.

«Mai visto un posto così fuori mano!» gridò allegro Sōichi accanto a Mahiro che, invece, si guardava intorno sorpresa da quella desolazione.

«E quanto friniscono le cicale! Ce ne sono così tante che riuscirei a prenderle anche senza retino.»

C'erano volute tre ore, prima in autobus, poi in treno. Tutto per arrivare in un posto fuori dal mondo, evidentemente privo di qualsiasi vocazione turistica, eppure Sōichi sembrava contento. Mahiro gli disse di non capire cosa ci fosse di tanto interessante, ma lui scosse la testa come se avesse appena sentito una grande fesseria.

«Questo è il mio primo viaggio. E mi sto divertendo un casino!»

In effetti Kenta non era proprio il tipo che portava in giro la famiglia. Non gli piaceva nemmeno mangiare fuori, figurarsi viaggiare tutti insieme.

Pensandoci, neanche lei aveva mai viaggiato. Le venne in mente guardando il viso di Sōichi. La sola esperienza che ci si avvicinasse erano state le gite scolastiche. Era solita ascoltare i racconti dei viaggi dei suoi compagni di scuola, al rientro dalle vacanze, sforzandosi di sorridere.

«Tornando, potremmo fermarci a visitare qualche posto un po' più conosciuto. E magari comprare una montagna di souvenir.»

Sōichi rimase a bocca aperta, le chiese se fosse sicura. Il suo visino, con il buco al posto del dente caduto, era tutto rosso per l'eccitazione. A Mahiro venne da ridere.

«È un modo per ringraziarti di essere venuto fin quaggiù insieme a me. Fare visita ai morti non è così divertente.»

Al telefono le avevano annunciato che Daisuke, suo padre, era morto. La sua matrigna, piangendo, le aveva detto che il mese prima se n'era andato dopo una lunga malattia e che per tutto quel tempo non era riuscita a mettersi in contatto con lei.

«Pensava sempre a te, Mahiro.»

Impossibile. Il padre, che se n'era andato quando lei era in prima elementare, quanto a interesse per la famiglia era anche peggio di Kenta. Per quanto cercasse di scavare nella memoria, non aveva alcun bel ricordo di lui. Lo ricordava solo voltarle le spalle e dimenticarsi di lei.

Erano stati i genitori a imporgli il matrimonio con la madre di Mahiro, per la quale dovette affrontare una separazione molto dolorosa dalla donna che avrebbe voluto davvero sposare. Ciò nonostante non riuscì mai a dimenticarla, così a un certo punto abbandonò moglie e figlia e sparì. Mahiro venne a conoscenza di questa storiella da telenovela di quart'ordine quando frequentava ormai le superiori. Fu al funerale della madre. In quell'occasione, il padre mandò un biglietto di condoglianze con una piccola somma di denaro, come si fa di solito quando muore qualcuno, pensando che fosse sufficiente a farsi perdonare. Con che coraggio andava a dirle che era stata dura anche per lui, che aveva le sue ragioni, invece di pensare alla moglie e alla figlia che aveva abbandonato? Lo sdegno correva di bocca in bocca tra i familiari di Mahiro, e fu così che lei scoprì la verità.

Un padre del genere non si sarebbe mai ricordato di lei, neanche in punto di morte. Né tantomeno avrebbe espresso il desiderio d'incontrarla.

La donna al telefono sembrava così prostrata dal dolore che le aveva promesso di andare a bruciare dell'incenso davanti al suo altarino, ma un attimo dopo aver riagganciato se n'era pentita. Non c'era alcun bisogno di andarci. Se proprio avesse voluto onorare una sorta di senso di pietà filiale, si sarebbe potuta limitare a mettere del denaro in una busta e spedirlo, come aveva fatto lui a suo tempo. Perché allora non era riuscita a richiamarla per dirle che aveva cambiato idea, ritrovandosi adesso in quel luogo immerso nel nulla? Non capiva che le fosse passato per la testa.

Si avvicinò a un taxi e bussò al finestrino. Disse al conducente dove voleva andare, lui fece un cenno di assenso e le aprì la portiera. Salì a bordo insieme a Sōichi.

«È per caso una conoscente del signor Hikawa?» chiese il tassista guardandola dallo specchietto retrovisore, e lei ammutolì. L'uomo contrasse in una smorfia il viso dall'aria bonaria e, con un tono triste, disse: «Sa, eravamo colleghi. Andavamo d'accordo. Non aveva nemmeno cinquant'anni. Sa che aveva una bambina ancora piccola, no? Era per lei che cercava di stare in salute, non beveva né fumava, eppure...».

Il tassista scosse il capo. Mahiro, incerta su come rispondere, borbottò una frase di circostanza.

«Mahiro, hai fratelli quindi?» domandò Sōichi senza preoccuparsi di abbassare la voce. Al suo piccolo ma sveglio accompagnatore, Mahiro aveva detto a casa di chi si stavano recando e per quale ragione. Di quella sorellastra, però, non aveva fatto parola.

«Così pare» rispose Mahiro guardando fuori dal finestrino. Su uno sfondo di montagne verdi si stagliavano a perdita d'occhio risaie dalle spighe brillanti mosse dal vento. Incontrarono poche auto e pochi passanti. Di tanto in tanto appariva un negozio o una fermata dell'autobus che stonavano completamente con il resto del paesaggio. Si poteva vivere facendo i tassisti in un posto come quello? A giudicare dal movimento che aveva visto in stazione, era difficile immaginare che avessero molti clienti.

«Certo che fa caldo, eh? Le temperature di quest'anno sono anomale. Mi scusi, signora. L'aria condizionata ci mette un po' a partire.»

Mentre era parcheggiato in attesa di passeggeri teneva il motore spento. Dalle fessure sul cruscotto filtrava ancora aria calda e le braccia del conducente, sotto la polo bianca a maniche corte, erano madide di sudore. Anche Mahiro e Sōichi avevano i vestiti attaccati addosso.

Mahiro si passò un fazzoletto sulle tempie e fu assalita da un moto di nostalgia. Era la prima volta che metteva piede in quel posto, eppure le sembrava di esserci già stata. Il paesino dove viveva con il padre e la madre era diverso, ma l'atmosfera bucolica era molto simile.

Dopo venti minuti di paesaggio uniforme, giunsero in un centro abitato. Vide un edificio che doveva essere una scuola e poi condomini e una serie di grandi case in stile tradizionale che ormai si trovavano solo nelle zone di campagna. Sōichi, comprensibilmente annoiato e sprofondato nel sedile, si drizzò sulle spalle e gridò tutto contento: «Finalmente un *konbini*!».

«Ci siamo quasi.»

Il tassista si fermò davanti a una vecchia casa indipendente.

Doveva essere lì da molti anni, a giudicare dalle erbacce e dal muschio cresciuti in mezzo ai mattoni rossi e marroni, e dal vetro ingiallito della porta-finestra scorrevole all'ingresso.

A Mahiro non sfuggì la somiglianza. La loro vecchia casa, ormai inesistente, era come quella. Fatiscente, che rischiava di venir giù a ogni folata di vento, che si riempiva di insetti d'estate e di neve d'inverno. Nelle fughe tra le piastrelle del bagno spuntavano fili d'erba che poi toccava a Mahiro estirpare uno per uno.

La stessa casa in cui suo padre, con un'espressione insofferente e cupa, passava il tempo seduto sul *tatami* della sala. Le conversazioni con il resto della famiglia erano ridotte ai minimi termini e se Mahiro o sua madre ridevano a voce alta lui le guardava di sbieco. Le famiglie felici che vedeva in TV, per lei, erano solo fantasia.

«Mahiro?»

Mentre fissava distrattamente il pomello arrugginito della porta-finestra, Sōichi si affacciò per guardare dentro. Mahiro si mise a ridere e gli chiese scusa, poi fece per bussare ma in quel momento qualcuno spalancò la porta dall'interno. Davanti a loro comparve una bambina. Sembrava un po' più piccola di Sōichi. I capelli mossi, castani, erano divisi in due code e portava un abitino senza maniche. Diede loro il benvenuto a gran voce e chinò il capo, facendo sollevare quel tessuto impalpabile color crema. Alzò la testa e fece loro un bel sorriso a cui, però, mancava un incisivo. Quel gesto così ingenuo e disarmante, per qualche motivo, fece trasalire Mahiro.

«Sei mia sorella, non è così? Ti aspettavo. Io sono Maiko» disse con aria innocente, poi afferrò la mano di Mahiro. Vide sé stessa riflessa nei suoi occhi neri. Senza accorgersene, Mahiro fece per sottrarsi alla presa di quella manina sudaticcia, ma fu sorpresa da un «Basta così!» pronunciato da una voce severa.

«Non importunare i nostri ospiti, Maiko. Grazie per essere venuta. Sono Atsuko, la persona che le ha telefonato.»

Era da poco passato mezzogiorno, ciò nonostante l'interno era in penombra. In fondo al corridoio umido comparve una donna formosa: Atsuko, la moglie di Daisuke.

«Sono Mahiro. Lieta di fare la sua conoscenza.»

Chinò il capo, poi la guardò. Non erano ancora passati quarantanove giorni dalla morte di Daisuke. Portava una polo nera e pantaloni in cotone dello stesso colore. I lunghi capelli neri erano raccolti in una coda. Sembrava una brava persona. Fece un profondo inchino e le rispose: «Il piacere è tutto mio».

Quella, dunque, era la donna che suo padre aveva scelto. Senza neanche rendersene conto, Mahiro la stava fissando. Sua madre era certamente più bella. Che cosa, di lei, aveva convinto il padre a lasciare la moglie?

«Ma prego, non stiamocene a parlare qui in piedi.»

Quell'invito fece sussultare Mahiro. Maiko le aveva lasciato la mano da un pezzo ed era andata a mettersi accanto a lei. Fece un cenno di assenso per sottrarsi allo sguardo della bambina, che sembrava aspettarsi qualcosa.

L'altarino era sistemato in una stanza in stile tradizionale di sei *tatami* che affacciava su un piccolo giardino. C'erano varie ceste con i doni ricevuti al funerale e, in fondo, un *butsudan* molto semplice. L'urna era avvolta in un panno bianco, accanto c'era una fotografia, e l'uomo sorridente all'interno di quella cornice nera somigliava a quello che ricordava Mahiro, ma era anche diverso.

Maiko si controllava per non prendersi un'altra sgridata dalla madre. Non si avventò su di lei come prima, ma la condusse davanti all'altarino con gli occhi che le brillavano. Mahiro si sedette, Sōichi la seguì a qualche passo di distanza.

«Papà, è venuta la mia sorellina.»

Maiko suonò il campanello e annunciò Mahiro all'uomo nella fotografia. Mahiro la guardò per qualche istante, poi accese il bastoncino di incenso. Osservò il volto del padre dietro al sottile filo di fumo.

E così era questa la sua faccia, pensò. Le sopracciglia non erano aggrottate, la curva della bocca non era all'ingiù. Dietro la montatura argentata degli occhiali vide uno sguardo tenero, non c'era più alcuna traccia della luce fredda che vi brillava un tempo. Non sembrava affatto suo padre, ma solo un uomo che gli somigliava molto.

Dopo un po' che lo fissava, notò che sotto alla sua fotografia ce n'era un'altra, più piccola. Era una foto di famiglia che lo ritraeva insieme ad Atsuko e Maiko. Tutti e tre, guancia a guancia, con un campo di tulipani sullo sfondo. Daisuke teneva in braccio Maiko, che era molto più piccola, e sorrideva così di gusto che gli si vedevano anche i molari.

«Questa è una foto che abbiamo scattato durante un viaggio a Nagasaki. A me piacciono i tulipani, e così papà mi ci ha portato. Era la prima volta che montavo su un aereo» disse Maiko prendendo in mano la cornice, forse equivocando lo sguardo di Mahiro. Le parole "viaggio" e "piacciono" penetrarono con forza nella sua mente.

«Maiko, non ti stai comportando bene. La perdoni, parla sempre a ruota libera» disse Atsuko, desolata, servendo il tè. Maiko mise il broncio con aria seccata.

«Ma scusa, lei è mia sorella, no? Cos'è che non va bene?»

"Sorella". Questa parola, pronunciata da Maiko con tanta leggerezza, irrigidì visibilmente l'espressione di Mahiro. Mentre era lì, incapace di distendere i muscoli facciali, Sōichi esclamò: «Senti... Posso andare a dare un'occhiata fuori? Mi annoio ad ascoltare i discorsi dei grandi». Così dicendo, lanciò un'occhiata a Maiko, che s'illuminò.

«Ti ci accompagno io. Mamma, va bene se restiamo qui vicino, vero?»

Atsuko guardò Mahiro, che le fece segno che andava bene. «D'accordo» disse Atsuko. Maiko si alzò tutta felice.

«Mahiro, torniamo tra una mezz'oretta.»

E così uscirono.

«L'ha fatto per sottrarti a una situazione imbarazzante. Avrà più o meno l'età di Maiko ma sembra proprio un bravo bambino. Lui...»

«È il figlio di mio marito. L'ho cresciuto io.» Prima ancora che potesse rendersene conto, le aveva mentito, e non sapeva nemmeno perché. Atsuko notò la sua espressione contratta e capì. E Mahiro si rese conto di aver fatto la figura della stupida.

Atsuko si inginocchiò. Poi si inchinò davanti a lei.

«Devo chiederti scusa.»

«Non ce n'è bisogno, ormai.»

Mahiro fece segno ad Atsuko, che teneva ancora la fronte appoggiata a terra, di rimettersi a sedere.

«L'unico che si sarebbe dovuto scusare era mio padre. Tutt'al più, se ci tenevi tanto, avresti dovuto scusarti con mia madre.»

Aggiunse che si sentiva in imbarazzo e la pregò di alzarsi, e questa volta la convinse. Il suo volto, rigato dalle lacrime, ricordava un po' quello di Maiko.

«Se ti ho fatto visita non è per ottenere delle scuse. Anzi, a dire il vero non so nemmeno io perché sono venuta.»

Si guardò intorno. La stanza era tenuta bene ma sembrava molto vecchia. I pannelli dei *fusuma*, ormai sbiaditi, recavano segni di nastro adesivo, sulle pareti c'erano diverse crepe. Nel giardino, che non era neanche la metà di quello sul retro della casa di Utsukushigaoka, c'era un unico vaso di plastica. Il convolvolo si arrampicava lungo un palo verde. Lì accanto c'era un vecchio annaffiatoio scolorito a forma di elefantino buttato per terra. Si leggeva a malapena la scritta "Hikawa Maiko" su un lato.

«Atsuko, giusto? Maiko ha una stanza tutta sua?»

Atsuko aggrottò leggermente le sopracciglia, poi rispose:

«Be', sì, ce l'ha». Vedendola così sulle difensive, a Mahiro venne da ridere.

«Potrei vederla un attimo?»

Atsuko esitò per qualche istante, poi rispose: «È proprio qui accanto» e si alzò in piedi. Aprì il *fusuma* con più tracce di nastro adesivo.

La colpì il poster di una streghetta in grado di trasformarsi che era particolarmente popolare tra le bambine. Una scrivania rosa e un letto con le sbarre bianche. Un plaid con un grazioso motivo a fiocchi accuratamente ripiegato. Sull'armadio c'erano tanti pupazzi di pezza, sul pavimento un pallone da pallavolo. Mahiro raccolse quel pallone su cui Maiko aveva scritto il proprio nome e Atsuko le disse: «Sta imparando a giocare. A quanto pare le piace fare attività fisica».

«Che cameretta graziosa, proprio da bambina.»

Con il pallone tra le mani si portò al centro della stanza e si avvicinò alla scrivania. Guardò l'orario delle lezioni e le fotografie delle amiche poggiate sul piano, poi qualcosa attirò la sua attenzione. La palla le scivolò dalle mani e cadde per terra. Atsuko, dietro di lei, le domandò: «È successo qualcosa?».

Si voltò e, con un tono allegro, rispose: «Be', ecco… Mi sembra che ovunque sia scritto il suo nome la grafia sia quella di nostro padre. Voleva molto bene a Maiko, non è così?». Atsuko abbassò gli occhi e si sforzò di sorridere.

«Ecco… Sì…»

«Sarebbe strano il contrario. D'altronde è la bambina che ha messo davanti a tutto, anche al desiderio espresso da mia madre in punto di morte di rivederlo almeno un'altra volta.»

L'espressione di Atsuko si fece tesa.

Naomi, la madre di Mahiro, amava profondamente suo marito Daisuke. Credeva che a dispetto della sua freddezza, e anche se era andato via con un'altra donna, prima o poi sarebbe tornato da lei, per questo continuava ad aspettarlo. Persino sul letto di morte.

«Ecco... Quella volta...»

«Lo so. Eri nel bel mezzo del travaglio. E a un certo punto si è temuto per la vita tua e della bambina.»

Non avrebbe potuto esaudire l'ultimo desiderio della donna che aveva abbandonato in un modo così vergognoso. Parenti e amici lo chiamarono infinite volte, ma Daisuke non si fece vedere. Disse che quella vita che stava per nascere era molto più importante. Naomi morì aspettando che Daisuke corresse al suo capezzale.

«È naturale che le volesse bene. Era la figlia avuta dalla donna che amava.»

La figlia avuta da una donna che non amava, invece, non contava niente.

Al funerale della madre, Mahiro sapeva che tutti dicevano questo di lei. E, anche se non ne parlava, lei stessa era la prima a pensarlo.

Un padre che non l'aveva mai abbracciata, che non le aveva mai rivolto un sorriso. Cosa poteva fare perché la trattasse con la gentilezza delle famiglie alla TV, perché la proteggesse come i padri delle sue compagne di scuola? Questo pensiero l'aveva accompagnata per tutta l'infanzia. La conclusione cui era giunta era la più semplice: non riusciva a volerle bene. Per lui era un peso. Niente di più.

«No, devi credermi, Daisuke teneva a te, Mahiro, diceva di averti fatto del male.»

«Sarà stato qualche senso di colpa che si è fatto venire in punto di morte. Se avesse voluto vedermi sul serio non gli sarebbe certo mancato il tempo.»

«Ti ha cercato per anni. Ma nessuno gli ha voluto rivelare dove fossi.»

«Questo è vero. Quando ha abbandonato la mamma, quasi tutti hanno perso la fiducia in lui.»

Stavolta Atsuko era riuscita a contattarla solo perché un parente di Naomi aveva accettato di darle il suo numero di telefono quando lei gli aveva comunicato la notizia della morte di Daisuke. Altrimenti chiunque sarebbe rimasto con la bocca cucita.

Atsuko si zittì. Mahiro raccolse il pallone, ancora senza un graffio, da terra e lo appoggiò sulla scrivania accarezzandolo.

«Perché sono venuta?» mormorò tra sé Mahiro. Che cosa era andata a fare? Forse un'idea ce l'aveva. Voleva *sincerarsi* di qualcosa. C'era qualcosa, cioè, che desiderava sapere, perciò era andata fin lì. E quella risposta le stava bene? Se la risposta era quella, che significato potevano mai avere tutti i suoi sogni fino a quel momento?

«Ecco... Questa è per te, da parte di Daisuke» disse Atsuko porgendole una busta. Una busta marrone formato A4 ripiegata in due su cui era scritto, con la grafia di Daisuke, "Per Mahiro". Mahiro guardò quei caratteri disegnati con il pennarello nero e le sembrarono strani.

«Mi ha chiesto di consegnartela qualora fossi riuscita a incontrarti. Ti prego di accettarla.»

Avvicinò la mano. Mahiro tentennò, poi prese la busta. Guardò Atsuko, che scosse il capo dicendo di non conoscerne il contenuto. Non si sentiva autorizzata a guardare all'interno.

Cosa poteva mai aver lasciato a quella figlia che non vedeva da oltre dieci anni? Una lettera piena di scuse, magari una foto di loro due insieme (anche se non le sembrava di averne mai fatte), qualcosa del genere? E in tal caso che cosa ne avrebbe fatto, ormai? Ringraziò Atsuko, ma non aveva alcuna voglia di aprirla. Quella busta le parve incredibilmente pesante.

A pochi passi da casa c'era un piccolo parco con solo uno scivolo e una sbarra. I bambini, muniti di retini e cesti, ci andavano a catturare gli insetti. Mahiro li avvistò nel momento esatto in cui Sōichi sembrava aver preso qualcosa. Maiko saltellava emettendo dei gridolini.

«Sō-*chan*, che hai preso?»

«Ehi, Mahiro! Incredibile!»

Completamente su di giri, Sōichi le mostrò un grosso scarabeo. Perfino in un posto pieno di verde come Utsukushigaoka era raro trovarne di quelle dimensioni. Era di tutt'altro livello anche rispetto a quelli contenuti nella gabbietta che tenevano all'ingresso di casa, e di cui Sōichi andava tanto orgoglioso.

«Wow, hai proprio ragione. È la prima volta che ne prendi uno così grande, giusto?»

«Penso proprio di sì» ridacchiò Sōichi tutto soddisfatto. Maiko gli stava attaccata.

«Che bello. È proprio bello. Lo voglio, me lo dai?»

Voleva farlo vedere ai suoi amici. L'espressione ingenua di Maiko mise in difficoltà Sōichi, che sgranò gli occhi. Ma prima che potesse aprire bocca, Mahiro rispose al posto suo: «No». Perché era stato Sō-*chan* a catturarlo. Se proprio ne voleva uno anche lei, lì intorno ne avrebbe trovati a volontà.

«Eh? Però...»

Maiko si adombrò e guardò Sōichi. Lui guardò lei, poi Mahiro, quindi la propria mano. E infilò la sua prima grande preda nella gabbietta che pendeva dal collo di Maiko.

«In fondo non posso nemmeno portarmelo a casa...»

Maiko si rianimò ed esclamò ridendo: «Grazie!». Mahiro

gli domandò se fosse sicuro, con un tono che non riusciva a dissimulare la sua irritazione. Sōichi la guardò confuso.

«Ecco… Oh, Mahiro. Avete finito di parlare?»

«Sì. Possiamo tornarcene a casa, Sō-*chan*.»

Aveva già chiamato il taxi. Prima ancora di finire la frase, Maiko gridò: «No! Volevo parlare ancora con te».

«Ho sbrigato la commissione con tua madre. Ciao, alla prossima» rispose Mahiro scegliendo con cura le parole, mentre Maiko stava per mettersi a piangere. Disse che non vedeva l'ora di incontrarla, che l'aveva aspettata così tanto e ora lei se ne andava di già.

«Io invece non avevo nessuna voglia di incontrarti» borbottò fredda Mahiro, e non credette neanche lei di aver pronunciato davvero una frase del genere. Maiko non sembrava aver sentito, perché inclinò leggermente la testa.

«Andiamo, Sō-*chan*. Ho chiesto di venirci a prendere al *konbini* qui vicino.»

Prese Sōichi per mano e salutò di nuovo Maiko. Finse di non sentirla quando le chiese se sarebbero tornati a trovarla.

Voleva andarsene il prima possibile. Mahiro camminava a passo svelto e Sōichi faceva fatica a seguirla. «Ah!» esclamò il bambino, riportandola alla realtà. Si fermò, Sōichi le fece segno di guardare dietro di loro. Si voltò, e vicino all'entrata del parco vide Maiko e Atsuko che si tenevano per mano. Accanto alla bambina, che salutava sbuffando, la mamma chinò profondamente il capo. Quando vide che Mahiro non ricambiava il saluto, Sōichi agitò discretamente la mano.

«È la prima volta che ti vedo arrabbiata, Mahiro» disse a bassa voce, facendola trasalire.

«Arrabbiata?»

Sōichi annuì.

«Eri nervosa. Ma non importa.»

«Scusami, Sōichi, ti sei preoccupato?»

«Ma no, figurati. Su, andiamo.»

Voltarono loro le spalle e Sōichi si incamminò davanti a lei. Ora toccava a Mahiro stargli dietro.

Arrivati al *konbini* trovarono il taxi già ad aspettarli, quindi salirono in fretta. Fino alla stazione non parlarono affatto, rimasero tutto il tempo a guardare fuori dal finestrino.

Mancavano quaranta minuti all'arrivo del treno. Si misero a sedere su una panchina sbiadita in mezzo al marciapiede vuoto.

«Che tranquillità, vero, Mahiro?»

«Già.»

«Ho la gola secca. Vado a comprare un succo di frutta da quel distributore automatico. Tu che cosa vuoi?»

«Mmh.»

Sōichi si alzò sospirando. Al suo ritorno appoggiò sulle ginocchia di Mahiro una bottiglia di tè freddo. Mahiro sussultò e Sōichi la prese in giro dicendole che sembrava imbambolata.

«Scusami. E grazie.»

«Fa caldo, rischiamo di prenderci un colpo di calore. È meglio bere.»

Non se n'era accorta, ma aveva anche lei la gola secca. Accostò piano la bocca al collo della bottiglia e ne mandò giù una metà in un sorso solo. Sōichi la guardò sospirare e si mise di nuovo a ridere.

Finalmente calma, Mahiro alzò gli occhi al cielo. Oltre il tetto della vecchia stazione si apriva una distesa azzurra coperta in parte da un grosso cumulonembo. Osservò per qualche istante quella macchia bianca che mutava forma lentamente, poi mormorò: «Serve una casa grande e bella per diventare una famiglia felice. Una volta ne ero convinta».

Le famiglie felici non vivono in case fatiscenti.

Vecchie latrine a pavimento e pareti grezze tutte crepate non si addicono alle famiglie felici. Quand'era bambina, ci credeva fermamente. Da grande aveva capito che le cose non stavano così, tuttavia non era mai riuscita a mettere davvero a tacere quell'idea. Continuava a chiedersi se, almeno nel suo caso, un'abitazione più curata avrebbe potuto salvare la sua famiglia.

Si voltò e vide che Sōichi la stava fissando. Lo ringraziò per la pazienza di starla a sentire, poi disse: «La casa in cui siamo appena stati somiglia un po' a quella in cui sono cresciuta». Era vecchia e diroccata proprio come quella. Da piccola la detestava. Era scura, umida, e il solo starci dentro la faceva sentire depressa. Si lamentava, diceva di odiare quella specie di casa degli orrori, di voler vivere in una più bella, e per quello si era beccata anche qualche schiaffo dalla madre. Allora si metteva a piangere e suo padre la guardava in silenzio, senza nemmeno sgridarla. E quindi lei si era convinta di una cosa: che anche il padre odiava quella casa. Che era la casa a metterlo di cattivo umore, anche se poi se la prendeva con lei e con sua madre.

Si era spiegata così persino il suo abbandono. Non sopportava più quella casa e quindi se n'era andato via. Certo, avrebbe potuto portarsi dietro anche loro.

«Che stupida, eh?» disse con un risolino. Una vera sciocca. E non era ancora riuscita a scacciare via del tutto quelle convinzioni così insensate.

«Vuoi sapere qual è il motivo per cui oggi sono andata là? Volevo sincerarmi che il posto in cui si era trasferito fosse bellissimo. Ero sicura che vivesse in una casa stupenda.»

Era certa che la famiglia per la quale aveva sacrificato lei e sua madre abitasse in una dimora meravigliosa.

E invece si era ritrovata davanti a una catapecchia come quella in cui era cresciuta lei.

«E poi Maiko. Somiglia così tanto a me quando avevo la sua età.»

In un primo momento aveva avuto l'impressione che le fosse spuntata davanti la versione di lei bambina. Anche il primo dente caduto era lo stesso.

«Io però non riuscivo a ridere in maniera così spensierata.»

Il sorriso sicuro di chi dà l'amore per scontato. Il suo viso non era mai stato così.

«E da quel momento in poi non ho capito più niente.»

Una bambina simile a lei, che rideva spensierata in una casa fatiscente. La bambina che suo padre amava, lo stesso padre che non l'aveva mai amata. Una bambina felice e stupida, che non aveva mai dovuto scrutare l'espressione degli adulti per indovinarne l'umore.

Se suo padre non le aveva mai voluto bene lei non poteva farci niente. Dopotutto era la figlia di una donna che non amava. Ma avrebbe preferito che quella bambina non le somigliasse così tanto.

«Lei ce l'aveva.»

Sōichi piegò la testa di lato. Prima che potesse chiederle a cosa si riferisse, Mahiro disse: «La scatolina dei denti».

Sulla scrivania di Maiko c'era la stessa scatolina mostratale qualche giorno prima da Sōichi. Chissà se il padre si ricordava di averle detto di buttare via il suo. Lo ricordava, e a Maiko l'aveva regalata lo stesso? Come per dire che quei denti caduti erano una specie di tesoro.

Sentì un bruciore agli occhi, un pizzicore alla punta del naso. In un posto non dissimile dalla casa che lei detestava, albergavano tanto amore e tanta felicità. Era una realtà fin troppo crudele.

«Be', e allora? Un dente è solo un dente, in fondo.»

Che sarà mai? Sentendo la vocina di Sōichi, Mahiro non riuscì più a trattenere le lacrime. Si portò la punta del dito alla bocca. Strinse i denti e se li indicò.

«Questi sono tutti finti.»

I veri denti di Mahiro erano pieni di carie e completamente rovinati. Dopo il diploma aveva cominciato a lavorare e si era pagata un impianto dentale, motivo per cui adesso erano belli, ma prima di allora le avevano sempre fatto male.

«I denti sono solo denti. Ma per me non era così. C'è stato un periodo in cui erano così disgustosi che mi era passata la voglia di occuparmene. Poi un cliente mi ha detto che erano impresentabili e così mi sono decisa a curarli. È una brutta storia.»

Dopo essersi sentita dire che il primo dente cadutole era "sporco", Mahiro aveva cominciato a odiare i propri denti. Sperava che le cadessero tutti. Non se li lavava e anche se aveva le carie non andava dal dentista. Ma soprattutto non c'era nessuno che la rimproverasse per questo.

Dopo essere stata lasciata da Daisuke, Naomi non si prendeva cura di Mahiro. Non faceva altro che lamentarsi per non essere riuscita a tenersi il marito e trascurava ogni cosa, compresa l'educazione della figlia. Fino alla maggiore età erano riuscite a tirare avanti grazie al denaro offerto loro dal nonno, che era ancora in salute ma che di certo non poteva occuparsi di ogni singolo problema della nipote. In quella casa fatiscente da cui il padre era scappato, Mahiro viveva in completa solitudine.

«Non ho né bei ricordi, né la certezza di essere mai stata amata. Ecco perché credevo che con una bella casa avrei ottenuto tutto. Questa convinzione mi ha aiutata ad accettare ciò che mi è mancato. Ma oggi ho dovuto affrontare la dura realtà.»

Non c'è un motivo se qualcuno non ci ama. Era semplicemente una presenza che lui *non poteva amare*. Solo questo. Lo sapeva benissimo, ed era stata una stupida ad arrivare fin laggiù.

«Una casa, in fondo, è solo un contenitore...» pensò a voce alta Sōichi, facendola sussultare. Si girò verso di lui e vide che si stava guardando le ginocchia. Le sue ginocchia scurite dal sole, perfettamente allineate.

«I grandi sono fissati con la casa, non parlano d'altro. Che cosa c'è di così speciale in una casa?»

Lo disse con un tono di voce flebile, che non usava quasi mai. Stringeva forte la bottiglietta. Giusto, era per via di una casa che quel bambino aveva perso la mamma. Mahiro si scusò immediatamente, ma Sōichi continuò a guardare in basso.

«Che differenza fa se si abita in un posto piuttosto che in un altro? Se ci si può divertire con le persone a cui si vuole bene si può abitare dovunque.»

Mahiro restò senza parole. Si rese conto che Sōichi si portava dietro una solitudine e un dolore che lei non poteva immaginare. La sua intelligenza gli impediva anche di cercare la comprensione degli adulti, quindi lo teneva per sé.

Continuò a guardarlo senza dire niente.

Il marciapiede deserto della stazione era immerso nel silenzio. Si sentiva solo il frinire delle cicale in lontananza. Le sembrava di sentire il rumore delle gocce di condensa che scorrevano sulla bottiglia del tè.

Passarono molti minuti. Una goccia di sudore rigò il viso di Sōichi dalla tempia al mento. La bloccò con il dorso della mano, strofinando forte, un attimo prima che cadesse. Fece un profondo sospiro, con tutto il corpo, e si voltò verso Mahiro. Poi si mise a ridere.

«Tu ormai sei un'adulta Mahiro. Per questo hai potuto metterti a posto i denti, giusto?»

Mahiro, un po' interdetta, annuì. Sōichi riprese a parlare.

«Vorrà dire che allo stesso modo dovrai farti anche una famiglia. Puoi avere un posto pieno di felicità insieme alle persone a cui vuoi bene.»

Perché Mahiro era adulta, e poteva fare qualsiasi cosa. Anche quelle che per un bambino erano impossibili. Dopo aver ponderato bene ogni parola, Sōichi si mise a ridere. Ma con l'espressione di chi potrebbe scoppiare a piangere da un momento all'altro.

«Perdonami, Sō-*chan*.»

Lo abbracciò. Riusciva a contenere perfettamente quel corpicino esile tra le sue braccia. Sentendo l'odore dolce del sole e del sudore, fu Mahiro a mettersi a piangere.

«Perdonami, ti vedevo tranquillo e pensavo che andasse tutto bene. E invece non è così, non può essere così. Ti senti solo anche tu, non è vero? Stai male. Ti chiedo scusa.»

L'aveva capito ripensando al proprio passato. Non aveva nessuno che la proteggesse e per questo si teneva la tristezza per sé.

Non credeva che abitare in quella bella casa sarebbe bastato a renderla felice. Eppure che cosa stava facendo per esserlo? Non si era preoccupata neanche della felicità di quel bambino così piccolo.

«Perdonami.»

Il suo corpicino tremava tra le sue braccia. Mahiro continuò a tenerlo stretto a sé fino a che il treno non arrivò.

* * *

Tornarono carichi di souvenir, e tre giorni dopo Kenta se ne andò. Uscì dicendo che andava a prendere la paga del mese precedente e fece perdere le proprie tracce.

«Capisco, non è nemmeno lì... Sì, è una settimana ormai che non torna a casa né ci contatta. Se dovesse avere sue notizie me lo faccia sapere, per favore. Scusi il disturbo, grazie.»

Dopo aver ripetuto le stesse cose per l'ennesima volta, Mahiro riagganciò. Appoggiò il cellulare sul tavolo e sospirò.

«Dove può essere andato papà?» mormorò Sōichi, seduto sul divano con le gambe incrociate.

Mahiro, con un tono fin troppo allegro, rispose: «Tranquillo, vedrai che torna presto», ma in realtà non aveva idea di dove fosse.

Un collega autotrasportatore le aveva risposto in modo sprezzante: «Lo sapevo, se l'è data a gambe». A quanto pare si era fatto prestare grosse somme di denaro dai colleghi. Era già successo, ma quella volta la moglie e la madre si erano scusate, avevano restituito tutti i soldi e così le cose si erano sistemate. Che l'avesse rifatto dimostrava quanto fosse inaffidabile. Le disse che era meglio se scappava anche lei, visto che quella era gente che non scherzava. Aggiunse infine che secondo lui Kenta non sarebbe più tornato. Si era portato anche il camion, no? Con quello avrebbe potuto vivere dappertutto.

Naturalmente a Sōichi non aveva riferito nulla di quella conversazione.

Suonò il campanello, poi una voce gridò: «Sō-*chan*, vieni a giocare?». In circostanze normali sarebbe saltato in piedi, ma da qualche giorno a quella parte si negava sempre.

«Sō-*chan*, perché oggi non esci? Ti potrebbe aiutare a distrarti.»

«S-sì... Allora vado.»

Non sembrava granché entusiasta, ma quando Yuzu chiamò ancora una volta «Sō-*chaaan*!» finalmente si alzò.

«Arrivo subito» gridò. «Mahiro, se hai delle novità fammelo

sapere. Sarò con Yuzu al parco con il belvedere» aggiunse, ancora mogio, mentre si preparava a uscire. Mahiro annuì e sorrise.

Sōichi uscì in fretta e furia e lei si stese sul divano ancora caldo. Fissò il soffitto e si domandò ad alta voce: «Cosa posso fare?». Che avrebbe fatto se Kenta non fosse tornato? Come l'avrebbe spiegato a Sōichi?

«Che miserabile...»

Ripensò al volto di Kenta e si morse il labbro. Lui sapeva che suo padre l'aveva abbandonata quand'era bambina. Le aveva anche risposto che lui non avrebbe mai potuto compiere un gesto spietato come abbandonare una persona cara, ma evidentemente era una bugia. Non le importava di sé stessa. Ma perché lasciare Sōichi? Come faceva a non chiedersi che ne sarebbe stato di un bambino che non aveva nemmeno la mamma? Perché tradire anche lui?

La... mamma?

Forse, se fosse riuscita a mettersi in contatto con la madre, le cose si sarebbero sistemate. Sapendo che il figlio era in difficoltà probabilmente sarebbe andata a riprenderselo. Come poteva fare per raggiungere una persona che se n'era andata senza lasciare tracce?

«Ma certo!» Le venne in mente la vicina, la signora Araki. Si erano conosciute pochi giorni dopo il suo trasferimento a Utsukushigaoka. Era una buona amica di Toshiko, e a quanto ricordava abitava lì già da prima che Kenta comprasse la casa. Magari andava d'accordo anche con la mamma di Sōichi.

Mahiro si alzò in fretta e scese al pianterreno. Si infilò i sandali e uscì di casa. Non aveva tempo per affliggersi. Doveva fare qualcosa. Senza esitare oltre, bussò alla porta degli Araki.

«Oh, buongiorno.»

Nobuko, la signora Araki, accolse con il sorriso quella visita inaspettata.

«Che bello, è venuta a trovare me?»

«Be', ecco... In verità c'è una cosa che le dovrei chiedere.»

Quel sorriso elegante e tranquillo suscitava in lei una leggera soggezione. Non era certa di poterla mettere al corrente delle sfortunate circostanze in cui si trovava. Ma poi ripensò a Sōichi e si decise a parlarle.

«Avrei urgente necessità di mettermi in contatto con l'ex moglie di Ken... Del signor Suzaki. Per caso ha un suo recapito?»

Nobuko sgranò gli occhi.

Venne fuori che Nobuko conosceva sia l'indirizzo che il numero di telefono di Chiaki, l'ex moglie di Kenta.

«Quando se n'è andata me li ha lasciati pregandomi di contattarla nell'eventualità in cui Sōichi avesse avuto problemi. Spero che non me ne voglia, ma l'ho informata anche del suo arrivo qui.»

Le disse che in un primo momento Chiaki era intenzionata ad andarsene portando Sōichi con sé. Kenta, però, non glielo permise. Fece una sfuriata, le disse che, se proprio voleva divorziare, doveva rinunciare al figlio e così lei, che in quel momento era arrivata a temere per la propria vita, fu costretta ad andarsene senza di lui. Ecco l'ennesima bugia di Kenta, che ormai a Mahiro non faceva più né caldo né freddo. Rimpiangeva soltanto di essere stata al fianco di un uomo così spregevole.

«Come? La sua ex moglie contribuiva anche alle spese per il mantenimento di Sōichi?»

«Era una delle condizioni imposte dal marito. Lei si è data un gran daffare perché era convinta che prima o poi le avrebbe ceduto Sōichi.»

Chiaki abitava nella prefettura vicina. Quando Nobuko le

telefonò e le spiegò la situazione, rispose senza pensarci due volte che l'indomani le avrebbe raggiunte.

«Immagino che sia stato difficile anche per lei» le disse, con tono accorato, Nobuko, quando alla fine della telefonata Mahiro tirò un sospiro di sollievo. Le porse del tè con una gelatina di nespole invitandola a servirsi. Mahiro, che dalla scomparsa di Kenta non aveva consumato neanche un pasto come si deve, accettò di buon grado. Erano dolci, corpose, le mandò giù con piacere. Spontaneamente commentò: «Che bontà».

«Mi fa piacere che li gradisca. Sa, io mi diverto a preparare dolci. Solo che mio marito preferisce il salato, mentre mio figlio... Lui non li assaggia nemmeno. Prenda tutti quelli che vuole.»

«Che bello. Finora non mi era mai capitato di assaggiare dolci fatti in casa. Non farò complimenti allora.»

Seppe così che aveva sempre regalato i suoi dolci a Toshiko e Chiaki. A Sōichi la gelatina alle nespole di Nobuko piaceva moltissimo. Mahiro confessò di esserne all'oscuro e lei, un po' a disagio, le rispose: «Toshiko mi ha detto che al signor Suzaki non piacciono i dolci fatti in casa, quindi, dopo la sua morte, non me la sono più sentita di portarglieli». Kenta detestava qualsiasi tipo di interferenza. Probabilmente era a quello che si riferiva.

«È un peccato che sia andata a finire in questo modo, ma forse per Sō-*chan* è la cosa migliore, non crede?» osservò Mahiro, con un filo di emozione. Stando a quanto diceva Nobuko, per Sōichi non ci sarebbe stato posto migliore che accanto alla madre. Era colma di felicità al pensiero che quel bambino che sul marciapiede di una stazione piangeva tremante tra le sue braccia, sarebbe finalmente approdato in un luogo dove l'aspettavano amore e comprensione.

«Ma di lei che ne sarà? Mi riferisco al suo matrimonio con il signor Suzaki.»

«Era nei nostri programmi. Ma ora ho capito che tipo di uomo è, e non se ne fa più nulla» disse ridendo Mahiro. La situazione di Sōichi si sarebbe risolta. L'indomani l'avrebbe affidato a Chiaki, portando a compimento il proprio dovere. Poi avrebbe pensato a cosa fare da quel momento in avanti, anche se in effetti non aveva mai creduto di poter vivere per davvero accanto a qualcun altro. In qualche modo se la sarebbe cavata. Nobuko, però, sembrava avere a cuore l'avvenire della sua giovane vicina. E più rispondeva alle sue domande, più la sua espressione si faceva tesa.

«Non ha una famiglia e può fare affidamento solo su un impiego part-time in un chiosco di *udon.* Non me la sento di far finta di niente. L'aiuterò a rifarsi una vita così che possa cavarsela con le sue sole forze. Come prima cosa, verrà ad abitare a casa mia.»

«Che cosa? No, non posso approfittarmene» esclamò Mahiro, ma ormai Nobuko aveva deciso e oppose alle sue proteste un netto rifiuto.

«Mi sembra anche più giovane di mio figlio. Alla mia età non potrei mai perdonarmi di aver abbandonato una ragazza così giovane al proprio destino. Lasci che la aiuti.»

Di fronte a quella risolutezza, Mahiro non sapeva cosa rispondere. Quand'era stata l'ultima volta in cui si era sentita trattata come una figlia? Era passato talmente tanto tempo che non sapeva neanche più come comportarsi. Vedendola così silenziosa, Nobuko pensò che fosse contrariata. Cercò allora di distendere i muscoli del volto e sorridendo le disse: «Non si preoccupi, nessuno le farà nulla di male. Mio figlio non abita più con noi, a casa ci siamo solo mio marito e io. Avere di nuovo una persona giovane con noi ravviverà l'atmosfera».

Nobuko mise le mani su quelle di Mahiro. Quel tocco caldo e umido commosse Mahiro. Fino a quel momento era stata oltremodo impegnata a fronteggiare i problemi da non rendersi conto di quanto fosse turbata.

«Se proprio insiste…»

La voce le tremava, Nobuko annuì, poi aggiunse con tono allegro: «Ah, già! Mi ero sbagliata. A casa non ci siamo solo mio marito e io, sa? C'è anche un altro coinquilino. Una graziosissima tartaruga. Si chiama Gan».

* * *

Il primo a lasciare Utsukushigaoka fu Yuzu.

Con uno zaino più grande di lui sulle spalle, e quasi in lacrime, andò a salutare Sōichi e gli disse: «Sembra proprio che me ne debba andare. Ma tornerò, quindi non ti dimenticare di me, mi raccomando».

«Capisco. Alla prossima allora» rispose mogio Sōichi. Mahiro, dietro di loro, osservava quella dolorosa separazione. Due giorni dopo anche Sōichi se ne sarebbe andato da Utsukushigaoka. Traslocava nella prefettura vicina, a casa di Chiaki, quindi era molto improbabile che lui e il suo amico potessero rivedersi.

«Tieni, questo è un regalo per te, Sō-*chan*» fece Yuzu porgendogli un sacchetto di plastica. Sōichi lo prese, guardò all'interno e, con aria interrogativa, gli domandò: «E che cos'è? Una piantina… Farà dei fiori? O diventerà un albero?».

«È un nespolo, no? Siccome ti piacciono tanto le nespole, ho usato la mia paghetta per comprartelo!»

Una volta cresciuto, avrebbe prodotto tante nespole e Sō-*chan* se le sarebbe mangiate tutte. Yuzu, con gli occhi rossi, rideva soddisfatto. Era andato a comprare quella piantina perché sapeva che a Sōichi piacevano le nespole.

«Incredibile, l'hai cercata proprio per lui?» domandò Mahiro, incapace ormai di restare in disparte, al che Yuzu, imbarazzato, si grattò una guancia e mormorò: «Non proprio...». L'aveva trovata per caso in un negozio di articoli per la casa dove era andato a fare spese con la mamma.

Poi aggiunse, un po' dispiaciuto: «Solo che finché non saremo grandi sicuramente non darà frutti, quindi devi avere un po' di pazienza».

Sōichi strinse a sé il sacchetto con la piantina e rispose: «Ma certo, va benissimo!». Una volta diventati grandi avrebbero mangiato le nespole insieme.

«D'accordo! Promesso. Allora ciao, Sō-*chan*.»

Sōichi lo guardò andare via salutando con la mano, poi le chiese: «E adesso come facciamo? La casa dove vivrò con la mamma è un appartamento. Non saprei dove piantare un nespolo».

«Ah sì? Hai ragione, come possiamo fare?»

Si misero a riflettere guardando dentro al sacchetto. Non riuscivano a immaginare quanto sarebbe potuto crescere un nespolo, ma era chiaro che non lo si poteva tenere in un appartamento.

«Proviamo a parlarne con la mamma, le telefoniamo.»

«Già, è la cosa migliore.»

Il giorno dopo la telefonata, Chiaki venne a prendere Sōichi. Era una donna dai modi pacati. O almeno così sembrava, perché a quanto pare era piuttosto efficiente. Si occupò delle questioni lasciate in sospeso da Kenta e li rassicurò dicendo che poteva risolvere quasi tutto. Preparò il necessario anche per il trasferimento di Sōichi nella nuova scuola a partire dall'autunno. Anche lui sembrava molto più tranquillo adesso che era tornata la sua mamma.

«Ehi, Sōichi.»

Sentirono una voce dal cielo, alzarono gli occhi e videro Chiaki affacciata alla finestra del primo piano.

«Voglio sistemare i bagagli. C'è qualcosa da buttare? Vieni a controllare.»

«Ah, sì! Ciao, Mahiro.»

Mahiro lo seguì con lo sguardo finché non sparì all'interno e si incamminò. Passò davanti a casa degli Araki, si guardò intorno con calma e proseguì.

Ricominciò il suo gioco solitario di indovinare chi vivesse in quelle case. Ma non la divertiva più come una volta. Le case sono solo contenitori. Non sono loro la cosa importante. Questo finalmente l'aveva capito.

Chissà se un giorno avrebbe avuto anche lei una famiglia. Se sarebbe stata in grado di costruirsi una casa piena di felicità. Provò a immaginarsela ma non ci riuscì. Pensò che forse era destinata a sognare fino alla fine dei suoi giorni.

Camminò fino al parco da cui si vedeva il mare e si sedette su una panchina all'ombra di un albero. La brezza marina era una carezza sulla sua pelle sudata. Chiuse gli occhi, si godé la frescura per qualche istante, poi guardò la busta tra le sue mani.

"Per Mahiro."

Era la busta che Atsuko le aveva consegnato per conto di Daisuke. Per qualche motivo non aveva avuto alcuna voglia di aprirla, poi Kenta era sparito, si era ritrovata con un mucchio di cose da fare e aveva finito per dimenticarsi persino della sua esistenza. Ora che si erano calmate le acque aveva deciso di scoprirne il contenuto, ma non era ancora del tutto convinta.

Ci pensò su per qualche minuto, poi strappò il bordo della busta.

Conteneva un libretto bancario. C'era scritto il suo nome. Lo aprì e vide che ogni mese era stata versata una somma precisa.

«Per me?»

Era andato avanti per anni, raggiungendo una somma notevole. Incredula, Mahiro continuò a sfogliarlo finché non trovò un foglietto ripiegato. Lo aprì e riconobbe la grafia di suo padre.

Mi odierai per il mio gesto ignobile. Non c'è niente che possa dirti per farmi perdonare. Vorrei però che accettassi questo. Te lo lascio con tutto il cuore.

Per tutta la vita aveva pensato che suo padre si fosse completamente dimenticato di lei. Ma almeno una volta al mese se ne ricordava.

Guardava intontita le colonne di numeri trascritte sul libretto. Le tornò in mente il suo volto nella fotografia che aveva visto sull'altarino. Restò così per diversi lunghi minuti, poi scosse leggermente la testa e chiuse il libretto. Fece per rimetterlo nella busta, ma si bloccò. Si accorse che al suo interno c'era ancora qualcos'altro.

Il giorno dopo, Sōichi si presentò a casa degli Araki e, non appena vide Mahiro, le disse: «Abbiamo trovato un posto per il nespolo. L'ho scelto insieme alla mamma. Vieni a piantarlo con me, Mahiro».

«Se l'avete scelto insieme, dovreste piantarlo tu e la mamma, no?»

«No, devi venire tu. Dài, piantiamolo insieme.»

Forse Chiaki aveva da fare, o Sōichi si sentiva solo perché Yuzu era andato via, ma il bambino, che di solito era obbediente, questa volta la tirava per la mano e non voleva saperne di lasciarla.

La trascinò nel giardino retrostante la casa di Suzaki. Oltre il muro di cinta c'era quello degli Araki.

«Qui?»

«Sì. Se Yuzu tornasse sarebbe felice di vedere il suo nespolo, quindi lo pianteremo in questo giardino. È sul retro, quindi non darà nessun fastidio, sei d'accordo?»

Sōichi aveva già preparato due vanghe. Cominciarono a scavare una buca.

«E poi la mamma ha detto che così diventerà un segno.»

«Un segno?»

«Già. L'altra volta ti ho detto tutte quelle cose, ma in verità quando ho saputo che avremmo vissuto in questa casa ero felicissimo anch'io.» Sōichi parlava e intanto continuava a scavare. Disse che all'inizio, quando c'erano sia la mamma che la nonna, e il papà era sempre sorridente, lui si divertiva da matti. Pensava che fosse merito di quella casa così bella se erano felici. E lo diceva anche la mamma.

Mahiro fece un cenno di assenso. Poi tornarono a guardare le vanghe e ripresero a scavare.

«Nonostante ciò, dovremo andarcene da questa casa. E allora la mamma ha detto che è meglio lasciare un segno, così potremo ritrovarla. Da grande, quando sarò in grado di costruire la mia "casa della felicità", ritornerò qui. E a quel punto saprò cosa si deve fare e cosa è meglio non fare, per poter essere felici.»

«Ma pensa...»

Un segno per ritrovare la casa della felicità. Mahiro continuò a scavare. Poi adagiarono insieme la piantina nel terreno. Mentre ne coprivano le sue radici, a Mahiro venne in mente una cosa.

«Aspettami un attimo qui, Sō-*chan*.»

Corse via e tornò con qualcosa in mano. Sōichi le domandò cosa fosse e lei replicò: «Possiamo sotterrare anche questo con la piantina?».

«Sì, ma di che si tratta?»

Mahiro aprì la mano. Sul palmo c'era un frammento ingiallito.

«Che cos'è?»

«Il mio dente.»

Lo stesso dente che avrebbe dovuto *buttare via*. In fondo alla busta di Daisuke c'era una scatolina al cui interno trovò un solo dente. Sotto al coperchio aveva scritto "Il primo dente di Mahiro".

Quel giorno, tra le lacrime, Mahiro aveva preparato la sua "tomba per il dente". Una piccola tomba in un angolo del giardino dove rendere omaggio a quel dente che nessuno voleva. Di lì a poco suo padre se ne sarebbe andato alzando un polverone e nessuno ci avrebbe più pensato, ma non Daisuke, che lo dissotterrò e lo portò via con sé.

Non capiva perché l'avesse fatto. Era forse una forma di amore nei suoi confronti? No, stava andando fuori strada. Ma allora perché l'aveva tenuto con sé fino alla morte?

«E sei sicura di volerlo sotterrare?»

«Sì. Non avrebbe senso tenerlo. E poi...»

Lasciò cadere il dente vicino alla piantina e lo ricoprì con il terriccio. Sparì in un batter d'occhio.

«... Voglio anch'io il mio "segno per ritrovare la casa della felicità". Quando, come te, dovrò costruirne una che sia solo mia, tornerò qui. E sarebbe bello se con me ci fosse un bambino.»

Già. Quando avrebbe avuto un bambino. Allora, forse, sarebbe stata in grado di comprendere i sentimenti di suo padre. Cosa pensava di fare dissotterrando quel dente? Cosa pensava di lei?

Sperava proprio che quel giorno arrivasse.

«Chissà come sarà la famiglia che verrà ad abitare in questa casa» mormorò Sōichi.

«Già, chissà che persone saranno» aggiunse Mahiro.

Non potevano saperlo, ma sentivano che lì avrebbero trovato la felicità. C'era anche il segno per farlo.

Sōichi annuì mentre ammucchiava il terriccio con le mani. *Troveranno la felicità. Certo che la troveranno.*

«Sōichi-*chan*, Mahiro-*chan*. Venite, ho affettato il cocomero. È bello fresco!» chiamò Nobuko, oltre il muretto.

«Ah, Sōichi-*chan*, dillo anche a tua madre. Ce lo mangiamo tutti insieme.»

«Sì!» risposero all'unisono. Si guardarono e scoppiarono a ridere, in mezzo a loro c'era il nespolo ancora giovane. Una brezza leggera fece tremolare le foglie verdi.

Epilogo

Erano passati tre anni dall'apertura del "Salone Tsumugu" a Utsukushigaoka.

Era un primo pomeriggio d'estate, appena dopo la fine di una lunga stagione delle piogge. Dalla mattina non era entrato nemmeno un cliente e Mihori, al bancone, stava piegando volantini.

C'era scritto a caratteri cubitali "Inizia la festa di Utsukushigaoka!" e ne avevano fatto anche dei poster che ora si trovavano attaccati un po' dappertutto nel quartiere. Organizzavano una festa nel parco con vista sul mare che era l'orgoglio del quartiere. Ci sarebbero state bancarelle e un palcoscenico per gli spettacoli più diversi. I più attesi erano la gara di karaoke che prevedeva ricchi premi e la caccia al tesoro per i bambini.

Era la prima volta, nei trent'anni di storia di Utsukushigaoka, che veniva allestito un evento del genere.

Il comitato organizzativo era formato da piccoli commercianti della zona e membri dello staff della casa di riposo, e tra loro c'era anche Yuzuru, il marito di Mihori. Era stato Tsutsumishita, il proprietario del caffè vicino al terminale degli autobus, che già da qualche tempo conoscevano di vista, a convincerlo dicendo che era per ravvivare l'atmosfera del quartiere.

All'inizio Mihori era preoccupata che fosse un peso eccessivo per Yuzuru, il cui carattere era sempre stato poco propositivo, e lui stesso non sembrava particolarmente coinvolto. Ma poi si era appassionato. Da qualche mese vedeva di buon occhio quelle iniziative e vi partecipava con impegno. Anche stavolta era uscito perché doveva parlare con qualcuno del comitato.

Raccolse i dépliant con un elastico e li mise in una busta. Yuzuru le aveva detto che li avrebbero infilati nelle cassette postali di un'area piuttosto estesa. Mihori guardò quella montagna di volantini e fece un sospiro.

Poi mormorò: «Speriamo bene...».

Qualche giorno prima, mentre li distribuiva davanti alla stazione approfittando di un'ora di buco, qualcuno le aveva gridato «Mi stai dando fastidio» e «Spero che sia un fiasco totale». Certa che ce l'avessero con lei, si voltò subito per vedere di chi si trattasse, ma non riuscì a capirlo. I volantini, però, erano stati accartocciati e buttati per terra.

«Il fatto è che non erano tutti d'accordo, capisci?»

Quando lo raccontò al marito, lui, che in quei giorni correva in lungo e in largo per i preparativi, ci rimase male. L'organizzazione era durata oltre un anno, durante il quale avevano avuto varie occasioni di discutere. Ottenuto il consenso di un buon numero di residenti, avevano quindi avviato i preparativi per la festa, ma c'era anche chi non l'aveva presa bene.

«Gente che vive qui da molti anni, o che vuole che il quartiere rimanga un posto tranquillo e silenzioso... Comunque non devi preoccuparti, Mihori. Si tratta solo di una minoranza, gli altri sono dalla nostra parte, quindi possiamo stare sereni.»

C'è chi non apprezza le novità. Questo lo capiva anche Mihori. Ma quando si è coinvolti in prima persona tutto sembra più difficile. E forse i pareri contrari erano più numerosi di quanto credevano Yuzuru e gli altri.

Ecco perché i clienti erano diminuiti.

Mese dopo mese, erano sempre di meno. Si diceva che era un caso, ma sotto sotto pensava che far parte del comitato organizzativo avesse attirato loro non poche antipatie.

Ormai erano una realtà radicata nel quartiere, e allora perché? Si erano lasciati coinvolgere in nome di una rinascita economica della zona e invece gli affari andavano sempre peggio, chi poteva aspettarselo? Yuzuru le diceva di stare tranquilla, ma lei faticava a credergli. La realtà era che quel giorno non si era ancora visto nemmeno un cliente.

Mentre piegava i dépliant si fermò più volte per guardare fuori. La gente c'era, però non entrava nessuno. Passava dalla speranza alla delusione e continuava a sospirare. Finalmente si erano ambientati, lavoravano sempre di più, cominciavano a potersi permettere qualcosa oltre lo stretto necessario: perché di punto in bianco dovevano ritrovarsi in una situazione del genere? Il problema era che non sapeva come chiedere a Yuzuru di uscire dal comitato. Quando parlava dei preparativi, si illuminava in volto, dimostrava un entusiasmo che Mihori non credeva nemmeno fosse capace di provare. Vedendolo così motivato, la sola cosa che poteva dirgli era: «Bravo, metticela tutta».

Fu sorpresa da un colpetto alla pancia. Se l'accarezzò – ormai era cresciuta – e disse: «Scusami, ti ho fatto forse preoccupare?».

Dopo tre anni di matrimonio era rimasta incinta, e il bambino sarebbe nato fra tre mesi. Mihori sapeva che la gravidanza l'aveva resa più ansiosa. Quando erano solo loro due non si preoccupava di niente, ma nell'istante stesso in cui aveva saputo di aspettare un bambino era diventata più apprensiva. Non sopportava il minimo intoppo.

«La mamma prima non era così paurosa, sai?» disse rivolgendosi al pancione. Era incredibile quanto l'avesse cambiata quel bambino che non aveva ancora mai visto. In circostanze normali qualche dissapore non l'avrebbe preoccupata più di tanto. Si cinse la pancia con le braccia e sperò che Yuzuru facesse un buon lavoro.

«Penso già da ora alla tua felicità.»

Una felicità senza ombra alcuna. Questo desiderava, trepidante.

«... Felicità.»

Le sue mani si bloccarono. La mente andò a qualche anno prima. A quando si lamentava che i suoi sforzi non portavano a niente. Quando piangeva e pensava che non sarebbe mai stata felice. Poi aveva incontrato una donna che le aveva fatto vedere il mondo sotto una luce completamente diversa. Da quel momento in poi, aveva cercato di costruire la propria felicità.

Mentre si accarezzava distrattamente la pancia, il campanello all'ingresso annunciò una visita. Si voltò e, come per un riflesso incondizionato, disse: «Benvenuti!». Ma era Yuzuru. Con un bel sorriso le disse: «Sono a casa!».

«Bentornato... Come sorridi. È successo qualcosa di bello?»

Accennò un sì e disse: «Hai presente il signor Yasutake?». Era lo storico capo del comitato di zona di Utsukushigaoka. Un uomo dai saldi princìpi morali, preside ormai in pensione della scuola media, una persona di cui tutti si fidavano. Tra i residenti del quartiere c'erano numerosi suoi ex alunni.

Ebbene, Yasutake era tra i maggiori oppositori alla festa. Il motivo era che avrebbe attirato estranei, minando la sicurezza del quartiere.

«Che ha fatto il signor Yasutake?»

Ogni volta che lo nominavano, Yuzuru si adombrava. Non stavolta però: «Ha accettato di entrare nel comitato organizzativo. Sai che all'inizio lo abbiamo supplicato, no? Si è sempre rifiutato, invece oggi ha ceduto. Con lui dalla nostra parte ogni cosa sarà più semplice».

«Ma è fantastico!»

Era un grande passo in avanti. Mihori batté le mani, felice, e Yuzuru le disse: «È tutto merito tuo». Che c'entrava lei, che non vedeva da tempo Yasutake? Yuzuru le indicò la pancia e aggiunse: «O forse dovrei dire che è merito del bambino». Mihori capiva sempre meno.

«Voglio che i bambini di domani siano felici di essere nati a Utsukushigaoka. Vorrei che con le loro piccole mani raccogliessero quanta più felicità possibile. E quindi, da adulto, farò ciò che posso. Questo gli ho detto.»

Perché un giorno il ricordo del posto da dove vengono dia loro gioia. Perché il semplice ricordo di Utsukushigaoka possa essere per loro motivo di conforto.

«Te ne ho già parlato, quand'ero bambino ho trascorso del tempo qui. È stato solo un mese, ma mi sono divertito tantissimo. Mi è rimasto davvero un bel ricordo. E voglio che anche per il nostro bambino sia così.»

Parlò a raffica, poi torno in sé, si grattò la testa e cominciò a ridere.

«Mi sono infervorato come ogni volta che penso a te e al bambino. Però ho toccato una corda nel cuore di Yasutake. Che ha detto di volermi aiutare. Di voler collaborare alla buona riuscita della festa, così che Utsukushigaoka diventi un posto capace di evocare belle sensazioni.»

«Davvero...?»

Il bambino scalciava. Mihori si accarezzò la pancia e si commosse.

Bastava cambiare punto di vista e le piccole preoccupazioni si trasformavano in frammenti di felicità. Gli sforzi di Yuzuru, tesi verso la felicità del bambino, non lo avrebbero mai reso infelice.

Yuzuru fraintese l'espressione di Mihori. «Ti chiedo scusa!» esclamò. «Dico che è per il bambino ma ti ho sottoposto a così tante fatiche. Stavi preparando i volantini, non è vero? Dài, prenditi una pausa. Ti preparo del tè.»

Le andava del rooibos? Corse al piano superiore. Ascoltando il rumore dei suoi passi, Mihori si fece coraggio. Non era infelice. Era a metà del percorso che l'avrebbe condotta alla felicità. Un giorno si sarebbe voltata indietro e il ricordo di quelle giornate le avrebbe scaldato il cuore. Avrebbe capito che quelle lacrime erano l'inizio della sua felicità.

«Come prima cosa devo finire di piegare i volantini.»

Nel momento esatto in cui si rimise all'opera, decisa a portare a termine il compito che aveva davanti, suonò di nuovo il campanello. Disse «Benvenuto» e, voltandosi, vide un uomo piuttosto alto. Si guardava intorno incuriosito. Era la prima volta che lo vedeva.

«È un nuovo cliente, vero? Prego.»

«Ah, mi scusi. Questa è una bottega di parrucchiere, giusto?»

Il suo tono era calmo ma vagamente entusiasta. Mihori confermò e lui ricominciò a guardarsi intorno con interesse sempre maggiore.

«Incredibile, com'è cambiato questo posto. Abitate al piano superiore?»

Mihori era interdetta, non capiva quali fossero le sue intenzioni. Non le sembrava un tipo strano, tuttavia si sarebbe sentita più sicura se Yuzuru avesse preso in mano la situazione, così pensò di chiamarlo, ma proprio in quel momento l'uomo esclamò: «Mi scusi, chissà che idea si sarà fatta di me. In passato ho abitato qui».

Chinò il capo educatamente e le disse di essere venuto a vedere la sua vecchia casa.

«Ho provato a sbirciare dalla strada, ma il nespolo è diventato gigantesco. Che bello!»

Mihori si sforzò di sorridere e gli domandò: «Di che periodo stiamo parlando?».

«Di ventisei anni fa. La zona era ancora in via di sviluppo e c'erano lotti di terreno inutilizzati un po' ovunque. Nella zona della stazione c'erano solo campi coltivati, mentre adesso ci sono *konbini* e caffè, quasi non credevo ai miei occhi. È tutto più bello.»

«È davvero tanto tempo fa. Forse lei è stato il primo occupante di questa casa?»

«Sì» mormorò. «E sono stato io a piantare il nespolo. Un mio amico mi aveva regalato la piantina e ci eravamo ripromessi di mangiarne i frutti insieme, una volta diventati adulti.»

«Ah, le nespole.»

Anche suo marito Yuzuru era un amante delle nespole. E anche lui era stato a Utsukushigaoka all'incirca ventisei anni prima. Durante le vacanze estive, le pareva di ricordare.

«Le dispiacerebbe mostrarmi brevemente il giardino sul retro? Vorrei vedere il nespolo, sa com'è...» Mihori uscì con lui dal salone.

«Lo sapevo che erano tutte fandonie» disse Mihori, emozionata. Subito dopo essersi trasferita lì, le avevano detto che quella casa era soprannominata "La casa della sfortuna". Grazie a Nobuko, che aveva negato categoricamente che fosse così, Mihori aveva smesso di darci peso. E adesso era ancora più sicura che si trattasse di una bugia. Quell'uomo rideva e sembrava felice. Se la casa avesse portato sfortuna, un vecchio proprietario non ci sarebbe tornato così volentieri.

«Ecco, Mihori, scusa l'attesa. Ti ho portato anche una *pound-cake*, non so se tu ne abbia voglia… Che succede? Perché stai fissando la porta?»

Arrivato in fondo alle scale, Yuzuru guardò la moglie con aria interrogativa. Mihori si voltò e gli disse che pochi istanti prima si era presentato un uomo che ora si trovava nel giardino sul retro.

«La persona che ha piantato il nespolo? Davvero?» chiese Yuzuru con aria sorpresa, poi il suo volto assunse un'espressione indecifrabile.

«Che ti prende?» gli domandò Mihori, e lui si portò la mano al petto e, con voce incerta, rispose: «Ho avvertito un tremore qui. O per meglio dire, il discorso della piantina di nespolo mi ha ricordato qualcosa, ma non so cosa».

Si grattò la testa, disse che forse non era niente e poi aggiunse: «Nel giardino sul retro, hai detto? Vado a dare un'occhiata».

«Non mi sembrava un tipo sospetto, ma è meglio se vai.»

Lo accompagnò con lo sguardo fino al giardino.

Pochi minuti dopo, li sentì ridere di gusto.

Glossario

-chan: suffisso posposto al nome di persone, più spesso bambini e giovani donne, con le quali si intrattengono rapporti particolarmente confidenziali.

chūhai: bevanda alcolica zuccherata e gassata all'aroma di limone dal gusto rinfrescante.

fusuma: pannelli scorrevoli formati da fogli di carta di riso su una struttura in legno. Montati su apposite guide, fanno da pareti divisorie tra una stanza e l'altra della casa tradizionale.

futon: letto tradizionale, composto da un sottile materasso che poggia direttamente sul pavimento, generalmente *tatami*, e una trapunta. Al mattino viene ripiegato e riposto in un armadio, lasciando libera la stanza.

happōshu: bevanda alcolica simile alla birra ma con una minore quantità di malto e per questo meno pregiata.

konbini: forma contratta di *convenience store*. Il termine indica una tipologia di negozio generalmente aperto tutto l'anno, ventiquattr'ore su ventiquattro, e che vende generi vari.

-kun: suffisso posposto a nomi di persona, solitamente di genere maschile, per indicare un certo grado di familiarità, spesso utilizzato verso individui di età più giovane.

senpai: studente o collega più anziano o con maggiore esperienza.

shōchū: distillato di patate dolci, orzo o riso con un volume alcolico pari a circa 25 gradi.

sōmen: pasta lunga molto sottile a base di farina di frumento che si consuma calda, in brodo, oppure fredda, con un intingolo a base di vari ingredienti.

tatami: stuoie di paglia dalle dimensioni standard di 90x180cm che ricoprono i pavimenti della casa tradizionale. Costituisce anche l'unità di misura per le stanze.

udon: pasta lunga fatta con la farina di frumento di formato piuttosto spesso. Gli *udon* si consumano caldi, in brodo, oppure freddi, intingendoli in una zuppa servita a parte.

yakisoba: pasta lunga a base di farina di grano saraceno (*soba*) saltata alla piastra con vari condimenti tra cui salsa di soia e verdure.

yamaimo: letteralmente "patata di montagna". Si tratta di un tubero, la *Dioscorea japonica*, molto simile alla patata, utilizzato in diverse preparazioni della cucina giapponese e, più in generale, dell'Asia orientale.

zaisu: seduta tradizionale la cui forma ricorda una sedia con uno schienale e talvolta dei braccioli ma senza gambe.

Indice

MISTO
Carta da fonti gestite in maniera responsabile
FSC® C115118
FSC
www.fsc.org

Stampato presso Elcograf S.p.A.
Stabilimento di Cles